U0120226

生死结

尹学芸——著

译林出版社

图书在版编目（CIP）数据

生死结 / 尹学芸著. —南京：译林出版社，2024.4（2024.8重印）
ISBN 978-7-5753-0073-5

Ⅰ.①生… Ⅱ.①尹… Ⅲ.①中篇小说—小说集—中国—当代
Ⅳ.①I 247.5

中国版本图书馆 CIP 数据核字（2024）第 045989 号

生死结 尹学芸／著

责任编辑 黄文娟
装帧设计 尚燕萍
校 对 王 敏
责任印制 单 莉

出版发行 译林出版社
地 址 南京市湖南路 1 号 A 楼
邮 箱 yilin@yilin.com
网 址 www.yilin.com
市场热线 025-86633278
排 版 南京展望文化发展有限公司
印 刷 苏州美柯乐印刷有限公司
开 本 850 毫米 ×1168 毫米 1/32
印 张 10.375
插 页 4
版 次 2024 年 4 月第 1 版
印 次 2024 年 8 月第 2 次印刷
书 号 ISBN 978-7-5753-0073-5
定 价 68.00 元

版权所有·侵权必究

译林版图书若有印装错误可向出版社调换。质量热线：025-83658316

目录

曹翠芬的一条大河

凶杀案发生在午夜时分。

具体是怎样的情形，当然没有人能说清楚。一早我上班，狭窄的楼道里拥堵着许多人，他们个个都很惊怵，脸上有着惶恐和隐秘的兴奋。姚小桃第一个问我，你听说凶杀案了吗？我说什么凶杀案？我的确不知道什么凶杀案。我这一路都没有碰到熟人，也怕碰到。我一手推着车，一手扶着摇摇欲坠的肚子，一直擦着墙根走路。我问姚小桃发生了什么凶杀案，谁被杀了。姚小桃刚要启齿，看了周围一眼，又把话咽了下去。刘金刚抢着说，曹小梨被杀了，曹小梨死了。死的咋不是曹翠芬呢，杀了曹翠芬多好。大家一致表示赞同，都说应该曹翠芬去死。曹小梨那孩子仁义，八岁就给她妈洗血裤衩，今年还不到十一呢，死了实在可惜。我情不自禁地用手托住了肚子，我的儿子在那里蹬腿呢，他好像也听到了外边大人说的话，也表示曹小梨不应该死。大家呛呛呛的声音震得我耳朵疼，说的都是疼惜曹小梨的话。我问了一句是谁杀了曹小梨，居然没有谁听到。我无聊地穿过人群去了办公室，一屁股在椅子上安顿下来。大家也一下子散了，各回各的办公室。我看见姚小桃提了暖瓶去打开水，屁股都没坐稳，我也提了暖瓶追了上去。因为走得急，肚子像皮球一样在我胸前晃来晃去。我儿子在肚子里都在问是谁杀了曹小梨，我得把这事弄清楚。

水龙头大概被水垢糊住了，半天也滴答不满一壶水。我和姚小桃站在雨篷底下聊天，我们两个同岁，同一年进机关的。只是我已身怀六甲，她还是光棍一根。我问到底是谁杀了曹小梨，姚小桃说，还能有谁，她那个继父，早就看曹翠芬母子不顺眼，想轰她们走，可就是轰不走。曹翠芬说要让她们走也可以，得把房子一并带走。怎么可能呢，她这是无理要求。房子是男人的，男人不可能把房子给她。姚小桃说的这些我都知道，我不知道的仅是——曹翠芬租住铁二秀的房子都两年多了，当然后来不是租住，传说他们住在了一起，铁二秀怎么忽然想起杀人呢，而且杀个孩子？姚小桃也摇了摇头表示不清楚。这个时候又来了别的人在我身后排队。姚小桃提了装满水的暖瓶先走了，我留神后边又来了谁，我还是想跟人探讨曹小梨的事。我过去也没有怎样喜欢过那个孩子，那个孩子偶尔到单位来找她妈，我都没有跟她说过话。那是一个脏兮兮的小女孩，拖着鼻涕，小脸总像花瓜一样。

大了稍微好一些，可也好不到哪里去，衣服不是长了就是短了，不是肥了就是瘦了。有一次居然穿了她妈一件连衣裙，一边走一边踩裙边，险些绊跟头。还有一次我在路上看她踢一只死耗子，边踢边骂："×你妈！×你妈！"我故意在离她很近的地方看她一眼，她也看了看我，仍没放弃踢那只死耗子，嘴里也没有停止骂。后来她用脚尖把死耗子挑了起来往远处扔，死耗子正好掉在路边一位女士的高跟鞋上。女士冲过来拍了她一巴掌。曹小梨往后退，可是她没哭。

这样的孩子，你会喜欢么？

曹翠芬穿得倒是整齐和鲜亮，人也丰腴得有红似白。传说她在家里什么都不做，都是曹小梨伺候她。冬天下着大雪，曹翠芬想吃汽锅鸡，曹小梨就顶风冒雪跑到城东去给她买。

刘金刚激动得脸都有些走形了，走形的标志就是鼻子和嘴都有些往一边歪。他的暖瓶还在手里提着，忘了放到地上。我刚提了"曹小梨"这三个字，他就把身子扑过来凑近我，嘴巴离我的耳朵只一拃的距离，呼呼喷出热气，唾沫星子也在我的眼前飞溅，像是在下一场零星小雨。他咬牙切齿地说，铁二秀怎么不杀曹翠芬呢，该死的是曹翠芬啊。如果铁二秀杀了曹翠芬而留下曹小梨，我甚至可以收养那孩子。我不动声色地移了移身子，让那些小雨下到地上。我朝刘金刚笑了笑，说当初你如果娶了曹翠芬，曹小梨也许就不会死。我知道曹翠芬曾经追过刘金刚，上班的第一天就有人当作笑柄告诉了我，只是曹翠芬方法用尽，也没能让刘金刚动心。后来他们因为什么事闹过纠纷，曹翠芬抓了刘金刚的脸，刘金刚扯掉了曹翠芬的两粒纽扣，曹翠芬就告他耍流氓。刘金刚起初不承认，可他不承认，曹翠芬就没完没了地写信告状。单位领导就给他做工作，说你承认了吧，就当是行行好。曹翠芬不单在县里告，还去市里告，还要去北京告。单位领导哪里撑得住，虽说曹翠芬是无理取闹，但领导也怕这样的无理取闹。后来刘金刚写了检讨，检讨中有这样的句子："我流氓成性，把曹翠芬同志的两粒纽扣看走了眼，以为是两只妈妈头……"刘金刚交的检讨是副本，原稿在他的抽屉里锁着，单位新分来年轻人，他就拿出来给别人看。后来同办公室的人一看他往外拿检讨就大声朗诵——大家都背下来了。

我对刘金刚说，当初你如果娶了曹翠芬，曹小梨也许就不会死。我知道我这句话有毛病，假如刘金刚娶了曹翠芬，他们的孩子根本不会是曹小梨。可我这句有毛病的话让刘金刚露出了得意之色。他嘲讽地说，你让我娶曹翠芬，你咋不娶她呢？刘金刚是个有本事的人，很多新修的寺庙都有他的泥塑金刚作品，所以大家都不叫他的本名刘玉，而是叫他刘金刚。我看着刘金刚，没来由地不喜欢这个人。我说，即便曹翠芬真的死了，你也不会收养曹小梨。刘金刚问我为什么，我说不为什么。我说，你哪里有这样的格局收养别人的孩子啊！话音未落，我的儿子在肚子里踢了我一脚，我就意识到自己说了错话。我怀了儿子以后经常说错话，只有今天我想补救。刘金刚提着他的暖瓶怒气冲冲走了。我赶紧提了暖瓶去追他。十五磅的暖瓶很重，我斜着身子在他的身后喊：“刘老师！刘老师！”刘老师没有理我，他连头也没回。

我还是得到了一些有关曹小梨的信息。她被一把西瓜刀横着竖着戳了十一刀。小小的人儿，十一刀啊！疼得我一个劲儿地打哆嗦，一个劲儿想曹小梨她怎么受得了。她怎么受得了！铁二秀本来想杀的是曹翠芬，可曹翠芬跑了，把曹小梨一个人丢在了屋里。铁二秀举着刀追到了大门外，喊她停下，回来。他说，你再不停下，我就去杀曹小梨！铁二秀的这句话胡同两边的许多人家都听见了，曹翠芬不可能听不到，可她还是鸭子一样顺着胡同一直朝南跑，那条胡同有一百多米长。她跑到一半，铁二秀就已经不追了。铁二秀说，我不追你了。曹翠芬回头看了一眼，铁二秀是收住了脚，可手里的那把西瓜刀被他舞得像丝绸一样。曹翠芬便没有停住脚步，她跑出了胡同口。胡同口对面是家龙商厦，商厦下面是冷饮摊儿，商家摆起桌椅想要收摊了，曹翠芬跑了过来，从兜缝里摸出几块钱，为自己买了杯冷饮。曹翠芬喘成了心肺病人，久久都不能把一口冷饮咽下肚去。她坐到已经摆起来的一把椅子上，老板几次提醒她要收摊了，她都无动于衷。她是这样的人，对什么都安然若素。警车“呜哇呜哇”叫着开来时，曹翠芬甚至跟别人一起去看热闹。她一点儿也没想到警车钻进胡同是因为曹小梨，曹小梨瘦丁丁的身子，被那把西瓜刀捅没了。

二

三天以后，是领工资的日子。会计小齐挨门通知领工资。她从楼道的东头走到西头，在每一个门口都住脚，都趴到门框上说，领工资了。所有的话都不如这句受人欢迎，大家都朝小齐笑。性急的跟在小齐的屁股后头往财务室走，刚走一半，曹翠芬突然从楼道的拐角处冒了出来。所有的人都像遭遇了鬼子一样迅速隐匿，小齐无路可逃，居然躲进了我的办公室。小齐是个女孩，还没结婚。没结婚的女孩胆子都小，小齐也不例外。小齐受了惊吓，脸红通通的，她指着门外，战战兢兢地对我说，曹翠芬……

曹翠芬已经站在了门口。

她穿的是一件崭新的苹果绿衬衣，没穿乳罩，两个口袋一样的大乳房把胸撑得满满登登，乳头清晰可见。她的两只手臂撑到门框上，人就像要飞起来一样。眼睛平视，有点盛气凌人。不知道为什么我想对她客气。我从来也没对她客气过，我总是绕着她走。此时我看她的眼光有了悲悯的成分，或许还有别的说不出的东西。我喊了一声曹老师，说您进来坐。曹老师没有理我，她看也没有看我一眼，她看小齐。她看人时眼神总是折叠的，挑一

6

下，剜一眼。再挑一下，再剜一眼。她用女高音特有的嗓音说，小齐，我来领工资。工资发了吗？

小齐嘴里答应着"哦哦哦，好好好"，脚步却没有动，身子也没有动。她从身后悄悄抓住了我，用力往外扯我，我明白她是让我和她一起走。我若无其事地挣脱了她的手，先她往外边走，曹翠芬却一直堵在门口，没有给我让路的意思。我只得在门边停了下来，曹翠芬撇着嘴说，是我的女儿让别人杀了，不是我杀了人。你们别搞错了！

说完这话，她在我的门口消失了。

我有些难堪。是曹翠芬的话让我难堪了。她说得没错，是她的女儿被人杀了，她不是杀人犯，用看杀人犯的眼光看她是不对的。我看小齐，小齐显然什么都没意识到，她的脸更红了，眼睛扑闪扑闪，满是惊惧和恐慌。我拽着小齐跟在曹翠芬的屁股后头去了财务室，小齐战战兢兢，薄薄的一叠纸币，翻来覆去数了三遍。她数一张偷看一眼曹翠芬，再数一张再偷看一眼，仿佛曹翠芬随时可能扑过来。我在一旁都有些紧张，害怕曹翠芬真的与小齐过不去。过去曹翠芬每天都有借口跟人吵架，只是单位不再有人理她。有一天她跟警卫的老婆抓在了一起，她让警卫给她的车胎打气，警卫的老婆说，你没长手吗？

曹翠芬便猛熊一样扑了上去，把警卫老婆的脸挠得花瓜一样。

好在曹翠芬的注意力都在小齐的手上，这让我的心一点一点松弛了。接过工资，她一张一张地对着窗户照真假，连一块的也不放过。

我说，都是从银行取来的……

曹翠芬严厉地说，你以为银行就没有假的？

我赶忙说，对对对，有假的。

曹翠芬又仔细对照了工资表，拿了笔一项一项地计算。计算清楚了，人都扭身离开了桌子，目光还在工资表上停着。她还是发现了问题，陡然转过身来，点着工资表说，咋没有防暑费？

小齐说，馆长没让发防暑费。

曹翠芬二话不说，扭着屁股去找周易馆长，曹翠芬在楼道里大声嚷，周易，该发防暑费了，你为什么不发！

周易是个火上房都不着急的主儿，此刻忙不迭地拉开了办公室的门，说着废话："天气热了吗？"

办公室的人都在自己的屋里笑，周易顾不得笑。他大步走进了财务室，吩咐小齐造表，发防暑费。他用抱怨的口吻说小齐，天气都热了，怎么不知道发防暑费！小齐梗着脖子想说话，到底没有说出来。做会计的，谁不得替领导背个黑锅呢。她气嚷嚷地问按什么标准，周易说按去年的标准。小齐问去年的标准是多少，周易翻着眼皮看屋顶，曹翠芬响亮地说："去年的标准就是国家标准！"

周易赶紧说："对对对，就是国家标准。"

签了名，把防暑费领到手，曹翠芬也不多话，扭着鸭子屁股朝外走。走到门口她又转过身来，上下打量我，说："李红，你肚子里的孩子是谁的？"

把我问愣了，我险些回答不出这个问题，因为这个问题从没在我脑海里出现过。

到底没有做贼心虚。我从上摸到下，我儿子一下一下地在踢腿，像是不满意我此刻的状态。我认真地对曹翠芬说："我爱人叫肖天左。"

曹翠芬"喊"了一声表示不屑，她说："还金兀尤呢。"

我知道她爱听评书，像一些老人家一样。所以我懂她这话的出处。我含蓄地笑了一下。

曹翠芬逍遥而去。各科室的人都拥到了财务室，吵嚷声差点把房盖顶了去。周易馆长一遍一遍过来斥责，也没人敛声。大家都很关心曹翠芬说了些什么，与过去有没有什么不同。小齐想了半天，总算冒出来一句话："她染指甲油了。"大家对这个回答不满意，指甲油不能说明任何问题，因为指甲油有可能十天半月之前就染了。她有没有说什么？这是所有的人都关心的。小齐直着眼睛看、认真地想，总算想起来一句话。她指着我，爽快地说，"她问李红肚子里的孩子是谁的"。

什么！她居然这样问！

大家都把目光转向我，七嘴八舌说这话有些侮辱人。刘金刚在别人的肩膀中间把头伸了过来，看起来他是个不记仇的人。刘金刚问我是怎么回答的，我轻描淡写地说，她不过是想知道谁是我儿子的父亲，我告诉了她。

气氛一下子就冷了，仿佛我的话把所有别的话都给腰斩了。我是这样想的，曹翠芬问我肚子里的孩子是谁的，我就是觉得她是在问谁是我儿子的父亲，我没有想别的。我看着周围的人，周围的人也看着我，他们大概觉得我像曹翠芬一样怪异，他们看我的眼神跟看曹翠芬差不多。这让我多少有点受不了，我以前并不是怪异的人，自从怀了儿子，我自己都觉得变了许多。

"可惜死的是曹小梨。"谢天谢地。总算有人重新抻起这个话头，所有的人都被这个重新抻起来的老话题吸引了。女儿刚死一周，她居然想得起来领工资，她还是个人吗？她真应该替女儿死了，我们群艺馆也少一害。

跳舞的人说。

下面说话的是个画画的，她的办公室对着财务室，我注意到了她的门一直虚掩着，她一定清楚地看见了曹翠芬的脸，以及曹翠芬的步态。她说曹翠芬的脸上一点悲伤的样子也没有，仿佛死的是个小猫小狗。小猫小狗还有人掉眼泪呢，女儿替她死得这样惨，曹翠芬竟然一点都不在乎。她肯定不是人了，是人就不会像她那样。

还有张三李四王五各自发表看法，但观点都惊人地一致。最后还是刘金刚做口头总结，说曹小梨不该死，死的应该是曹翠芬。曹翠芬若是被杀死了，我们大家都可以出一口恶气。

"是你要出一口恶气吧？"我还是憋不住，就想挑衅一下刘金刚。

可许多人都说，他们也有一口恶气，在心里憋了许多年。

我说我没有恶气，虽然有一回她挑剔我穿上那双鞋子像个女流氓。

那是一双大红的皮拖，上面只有一个襻儿，挂着大拇指。走起路来呱嗒呱嗒像打竹板。那天我的指甲又染了大红的丹蔻，自己都觉得过分，曹翠芬一说，我赶紧跑回家去换鞋。

我还说姚小桃也没有恶气，虽然言语之间有过不愉快，但曹翠芬没有伤害过我们，是我们经常辜负她，比如，刚才。我看了一眼会计小齐，小齐还是惊魂未定的样子。我又说，要是没有曹翠芬，今天就不会领到防暑费，你们信不信？周易馆长这个时候正好走进来，大声说，李红你在乱讲什么！我很不以为然，重复说，如果没有曹翠芬，我们今天根本领不到防暑费。周易有些恼，冷笑说，你这话是什么意思？我哪里有什么意思，我只不过在陈述一个事实，而这个事实许多人都亲眼得见。显而易见，人们并不像我这样想，不管领了工资和没领工资的，都若无其事地溜了。没有人支持我一下，偌大的房间转瞬就空了，连小齐都从人缝里挤出去了。若在过去，这样的场面会让我惶恐。可我摸了摸肚子，发现自己若无其事。姚小桃本来已经走到了门口，大概想起了什么，她又回来了。姚小桃大概见不得我如此尴尬，缩着脖子挑了周易馆长一眼，把我从这间屋子里推了出去。

我们两个一晃一晃走出了单位的大门，我说我心里热，想吃个冰淇淋。姚小桃出其不意地摸了下我的肚子。我逮着她的手扣到了肚子上，我说儿子，这是你小桃阿姨。小桃阿姨很漂亮，不可思议的那种漂亮，知道不？姚小桃抿着嘴笑，说你儿子不知道什么叫不可思议。我赶忙说，我儿子知道，我儿子什么都知道。姚小桃点着我说，李红，我觉得你现在好过分啊。我说我什么地方过分了？姚小桃说，你什么地方都过分。谁都敢得罪，跟谁都敢叫板。孩子一下子就成了你的倚仗，你的胆子比倭瓜都大。你还一口一个儿子，你就敢保证肚皮里的孩子就一定是男的？我说是男的，一定是男的，我的事我自己清楚。姚小桃哼了一声，说你真是越来越离谱。我问什么地方离谱，姚小桃反而不说了。我儿子在肚子里练了一下拳脚，恰好被姚小桃摸到，姚小桃高兴地说，我摸到了，真像儿子嗳！

前边是这座城市有名的家具城，我们需要从楼下穿过去，才能到达那边的冷饮厅。楼下停着几辆汽车，有人在往车上搬家具。皮沙发是那种作作实实的大，一只能装三个人。我们家那间小的客厅，大概连一只都装不下。我围着那辆车转了半圈，说小桃你将来一定要买这种大沙发，看着就舒服。姚小桃说，那要有能装下沙发的房子才行。我想了想，觉得有道理。能装下这样的沙发的房子总要几百万，哪里是我们能住得起的。

住不起那么好的房，就不要买这样的沙发，那就看也不要看了。我拉着姚小桃往前走，姚小桃的目光却被沙发勾着，一时半会回不来。在家具城的拐角处，曹翠芬正在往自行车上绑一张小圆桌。她刚领了工资，就跑到这里买圆桌来了。车支子是歪的，所以车身倾斜着，圆桌在后车座上不老实，总是企图往下滚。曹翠芬躬着腰背，撅着硕大无朋的屁股，干得很吃力。苹果绿的上衣下摆窜了上去，露出月牙形的一片后背，雪白。我紧走几步帮忙把车给她扶正，还想给她抻抻衣服，手伸了出去。没敢。旁边一个流浪汉看出了我的心思，迅速转身走掉了。曹翠芬很快就把圆桌稳定住了。她缠绳子的样子很笨，本来三下两下就能解决的事，被她干得稀里哗啦。

我说："曹老师，买新家具啊。"

曹翠芬看了我一眼，话都懒得说。

我说："圆桌像实木的，看着不错。"

曹翠芬挑着声音说："就是实木的，什么叫像啊！"

我赶紧虚心地说，我没看出来。

曹翠芬剜了我一眼，那意思是，你能看出什么来。

曹翠芬骑着车走了，起初晃得厉害，后来逐渐掌稳了把。我想她的家现在会是什么样子——那个铁二秀的家，他平时就是开三码车载客的——添一张漂亮的新圆桌，该是什么气象呢。

我在一本什么书中看到过，女人被压抑得厉害时，会有花钱消费的欲望，因为那是一种变相发泄——此刻曹翠芬买一张新圆桌，是买一张圆桌本身这样简单吗？

我回头再找姚小桃，才发现她不见了。她在冷饮厅的窗子后向我招手，嘴里含着麦管，一大杯冰可乐被她擎在手上，脸上笑得很是魔幻。

三

各种途径的消息汇总在一起，我大致知道了曹小梨死的那个晚上发生了什么事。

要想说清楚那个晚上发生的事，有必要先说说曹翠芬。曹翠芬是北部深山区的人，家里兄妹九个，她是老小。她小时候嗓子就好，成绩也好，初中毕业后考上了县一中，高考时考上了音乐学院。按理，这是一条通途，是人生越走越宽的路。可她怪异的性格和难以理喻的行为方式，让许多人都很难接受她。她读大学时甚至没有室友，别人都穷尽办法也要搬走。毕业时，市歌舞剧院原本想接收她，可到学校一调查，没有一个人说她好话，就放弃了。

十几年前，我们这座小城市还没有过音乐学院毕业的人。曹翠芬被分到了群众艺术馆，那是羊群出了骆驼。群众艺术馆成立于20世纪50年代，一开始只有三个人，一个人管图书，一个人管放电影，一个人管文物保护。到了60年代，管图书的人做了图书馆馆长，管文物保护的人做了文物保管所所长，管放电影的肖农就做了群众艺术馆馆长。肖农那个时候爱搞创作，写的都是表演唱、快板书之类，在不同的场合、不同的层面演出，他是出了名地爱惜人才。

曹翠芬分到群艺馆，把肖农乐癫了。群艺馆一共分三个组，美术、音乐、创作。其中音乐组最重要，是门面，可以承揽各种演出，可就是缺个女高音。听说曹翠芬的演唱是郭兰英的路子，肖农逢人就说，咱馆分来个小郭兰英，把别人气得不行。虽然有关曹翠芬的负面传闻很多，但肖农根本就不当回事。他说搞艺术的人有几个没毛病的？没毛病的人根本搞不了艺术，或者搞不好艺术。肖农平时是个很自负的人，最听不得不同意见。

曹翠芬来报到那天，却给了肖农一个下马威。肖农正在给班子成员开会，房门"砰"地被推开了。很难看出来人的确切身份，曹翠芬的穿着打扮不入流，一点儿也不像刚毕业的大学生。她在学校一直靠勤工俭学维持学业，从没买过一件像样的衣服。肖农当即面沉似水，呵斥说，出去！懂不懂规矩？

肖农的意思是，你别不敲门就进来，看不到这里正在开会吗？肖农在群众艺术馆经营了大半辈子，很有些霸王作风。换作别人，脸一红，道个歉，再报出自己的名字也就过去了。可曹翠芬是个受不得委屈的人，她当即翻脸道，你是不是肖农？是不是你让我来的？我是来报到的，你怎么能让我出去？

肖农这才意识到来人是曹翠芬。他不恼，反而换了一张笑脸，伸出手去要和曹翠芬握手，曹翠芬却根本不买他的账，扭头走了。

当天晚上，肖农请曹翠芬吃饭，这也是破天荒的事。酒席宴间，肖农称曹翠芬是歌唱家，并当场让曹翠芬献歌一曲。曹翠芬唱的是郭兰英的《一条大河》，肖农的眼睛都听直了，只觉得那音色，那韵味，一点儿也不比郭兰英差。肖农感动得眼睛都潮湿了，他想，群艺馆有这样一副金嗓子，所有的生计就有着落了。

可事情往往不像想象的那样。曹翠芬上班不久，正赶上有位局领导给母亲祝寿，那位老寿星特别喜欢郭兰英的歌，领导便点名让曹翠芬去唱《一条大河》。可曹翠芬是个死猪心，任凭肖农把嘴皮子磨破，她就是不去。她说她的歌只在舞台上唱，唱给广大的人民群众听。至于那些溜须拍马领导他妈的事，谁爱去谁去。把肖农气得骂娘，说她油盐不进，好歹不知。曹翠芬则说肖农一点领导干部的素质也没有，一个领导他妈就能把肖农指使得五迷三道。那天最终的结果是，肖农自己带着部分演员去祝寿，结果被领导他妈赶了回来。寿星说，我就是想听《一条大河》，既然"一条大河"没来，那么你们就全都回去吧。

这件事，憋气窝火的只有肖农一个人，其他人则都是幸灾乐祸。谁初来单位报到都不会有领导请吃饭这样的礼遇。肖农那样款待曹翠芬，已经伤了许多人。

曹翠芬被分到音乐组，却许久没安排工作。她该上班时来，该下班时走，别人去做辅导或出去讲课，她却什么事也没有。那些辅导和讲课都是有偿的，别人都比她的收入好。她也跟肖农馆长要工作，肖农馆长根本就不理她。肖农自己不理，也暗示馆里的其他人不理，肖农一直无法原谅曹翠芬，因为那位领导一直不肯原谅肖农，这让肖农无比痛苦。外面也有人指名道姓来请音乐学院毕业的人去授课，别人合伙总能把事情搅黄。这期间，曹翠芬也不断地与人发生纠纷，有点故意讨嫌的意思。比如，几个人一间办公室，她擅自就把自己的办公桌搬到朝阳的地方。她还用办公室的脸盆泡脚，还大张旗鼓地在办公室里用电炉子烧菜，弄得满屋都是油烟。大家找肖农馆长反映情况，肖农馆长说，我管不了，你们自己想办法吧。于是那些办法五花八门，曹翠芬的办公桌隔三岔五就出现在楼下，连同她的饭盆、拖鞋、卫生巾和其他一些生活物品，散落得满院子都是。曹翠芬尖着嗓子骂人，声音像唱歌一样。馆里的人像听歌一样无动于衷，大家都趴在窗子上看曹翠芬，曹翠芬吃力地搬着桌子上楼，一只抽屉滑了下来，顺着楼梯跌出去很远。

曹翠芬坐在楼梯上哭，哭够了，她跑回办公室，看谁的桌子好，当着人家面就把锁拧下来，把自己的东西塞进去。办公室的几个人群殴她，却被她打得落花流水。

曹翠芬上班几个月，就暴露了性格中有缺陷的那一面。她从不与人沟通和交流，平时像鹅一样把脖子拔得老高，眼里谁都没有。她还经常自以为是，动不动就用五线谱唬人，音乐组的几个人最高学历是中专，没有一个人识得五线谱。她显摆学问时，人家不理她，她就说难听的话。因为有前车之鉴，谁都不敢再动手与她过招，但大家合起伙来变本加厉对付她，她的日子就越来越难过了。

这一年的春节，群艺馆组织了一场军民联欢会。曹翠芬强烈要求自己上个节目。她大概也是知道这种演出的重要性，早早就着手写歌词，写曲子，在办公室里旁若无人地唱，唱得别人心乱如麻。自从分到群艺馆，总有大大小小的演出，不管多缺节目，从没人找过她。曹翠芬终于不甘心了，她拿着创作好的歌去找肖农，肖农却看也没看，抖落着那几张纸说，这叫歌吗？这样的东西拿出去不让人笑话死？曹翠芬说，那我就唱《一条大河》，这是我毕业演唱的作品，曾经在音乐学院引起了轰动。肖农说，你说的话我不懂，你找个懂你话的人去说吧！

演出在县大礼堂里举行，观众以军人居多。一段舞蹈过后，没等报幕员上台，曹翠芬就穿着一套玫瑰紫的礼服上了台。那是她在音乐学院时做的唯一一套演出服，她说她是编外演员，要给大家演唱《一条大河》，前排的人在稀稀拉拉鼓掌，后边的人却什么也没听见。这个时候整个后台却慌了，一男一女两个报幕员同时冲上来撕扯她，要把她拉到后台去。曹翠芬用蛮力一推，就把女报幕员推了个跟头。女报幕员的一只脚高高扬了起来，高跟鞋甩到乐队席上去了。四下里笑闹声一片，掌声噼里啪啦。县领导和部队领导都在台下坐着，县领导觉得很没面子，当即就把公安局的人叫了来，说你们是怎么维持秩序的？怎么让个精神病跑台上去了？公安局的两个小伙子当即跑到了台上，把曹翠芬扭了下去，曹翠芬极力反抗，被人"咔嚓"铐上了手铐。

那次曹翠芬吃了很多苦头，因为口不择言，三天以后才被放出来。她大概挨了打，胳膊上有淤血印子。再到单位来，人变得郁郁寡欢。她很长时间不再与人吵架，脖子也短了很长一截，用他们音乐组的话说，鹅脖子变成了鸡脖子。她在那段时间里却有了爱情，眼神经常迷茫地望着远处，还写诗，那些诗句都跟普希金的诗句差不多。

她爱的人就是美术组的刘玉。人长得很精神，也有才，曾用泥塑作品表现水浒中的一百单八将，参加全国泥塑作品展。曹翠芬能爱上刘玉，是因为刘玉在没人的时候对她表现出了好感。谁都知道这是刘玉在恶作剧，但曹翠芬看不出来。她一旦爱起来就乾坤颠倒，一首一首地给刘玉写诗。曹翠芬的每一首情诗，刘玉都拿出来与组里人共享。那时的美术组有七八个人，整天也没什么事，就拿曹翠芬的诗找乐。刘玉写给曹翠芬的诗都是组里人这个一句那个一句凑的。曹翠芬丝毫不知情，爱情像火焰一样越烧越旺。她总给刘玉买礼物，今天是一双鞋，明天是一件衬衫。曹翠芬还想去刘玉家里拜见公婆，刘玉终于吃不住劲儿了，把自己的一个同学领了来，说给曹翠芬介绍对象。

曹翠芬多有韧劲啊，刘玉无论想什么法子，都无法摆脱她。曹翠芬离老远就朝刘玉笑，走到近前就想摸他一把。下班就跟在他的屁股后头，刘玉无论怎样翻脸都没用，后来居然预备了公安局用的一只小电棒，只要曹翠芬一近身，他就让小电棒发挥威力。

再后来刘玉就从馆里失踪了。其实谁都知道他是去南方的一座寺庙塑金刚去了，但没人告诉曹翠芬。曹翠芬中了魔一样找了刘玉很长时间。两年以后，曹翠芬与一个小饭馆的老板结了婚，老板是外地人，对曹翠芬不错。有了女儿后，老板却卷了家里的钱财不知去向。有人说小老板是通缉犯，也有人说他老家有妻儿，还有人说他无法忍受曹翠芬。曹翠芬又馋又懒，百无一用。

许多人都还记得，刘玉又来馆里上班时，曹翠芬乍一见到他的样子，身子像触电一样抖，目光像猫眼一样亮。她"啊啊"叫着张开双臂朝刘玉扑来，刘玉却"嗵"的一拳，把她杵出去老远。刘玉比几年前显得瘦而精壮，也结了婚，老婆是南方一个小镇的代课老师，跟他不远千里来到北方。刘玉用拳头与曹翠芬说话，出乎所有人的意料。但谁都不觉得刘玉用拳头说话不合适，大家都觉得他去了南方几年，不但挣了钱，也挣了胆量。倒退几年，他不敢这样对待曹翠芬。有一天，刘玉不知因为什么去了音乐组，音乐组里又只有曹翠芬一个人。按刘玉的话说，是曹翠芬欲对他强行不轨，他不从，两个人因此扭打起来。到底是什么情况，谁又能说得清楚呢。他扯掉了曹翠芬的两粒纽扣，曹翠芬便告他强奸。那时周易馆长刚走马上任，怕曹翠芬把状一直告到北京去，便让刘玉顶下黑锅。刘玉还为此写了检讨，在全馆大会上念，把大家笑得前仰后合。但私下里大家都说，刘玉是想吃豆腐，他看上了曹翠芬的两只大乳房。没想到曹翠芬像捍卫什么似的捍卫自己的乳房，这让刘玉的如意算盘落空了。人们见了面都拿这件事情打趣刘玉，刘玉脸都不红，他说起曹翠芬就像说起一件最最不堪的东西。

她与女儿曹小梨过了几年颠沛流离的日子。一年要搬几次家，今天下班看见她往东走，明天也许就往南走了，她在哪里也住不长。她成为铁二秀的房客让我感到惊奇，那时我刚上班，单位的人都还认不全，但曹翠芬是认得的，她名声在外。那天我去一个同学家，同学家是这座城市的老住户，在一条巷子里。巧的是，她家与铁二秀家是邻居。我在同学家门口看见曹翠芬正从毛驴车上往下搬蜂窝煤。曹翠芬已经没有女高音的样子了，腰很粗，衣服很破旧，头发像鸡窝一样连个形儿都没有。因为没打算帮她的忙，我在墙角隐匿了很长时间。曹翠芬不断呵斥女儿曹小梨，说她动作慢，说她把煤放歪了。那时曹小梨不到六岁吧，每次只能搬两块煤。曹翠芬搬煤进院的空隙，我溜进了同学家，在同学的母亲崔妈妈的嘴里，我知道了曹翠芬的房东叫铁二秀。

崔妈妈惊讶地说，你的同事没有男人啊，只带着女儿啊，怎么能租铁二秀的房子呢？崔妈妈告诉我，铁二秀是光棍，四十大几了，每天开个破三码，有一搭没一搭地混日子。挣了钱就喝酒吃肉，不挣钱就连粥也喝不起。我问铁二秀为啥没娶媳妇，崔妈妈小声告诉我，不是没娶过，跑了。我问为啥跑了。崔妈妈说，有一年，铁二秀夜里拦劫小姑娘，他说是找俩钱花，谁知道呢……他进去的那两年里，媳妇就跑了。崔妈妈还问我同事是啥样人，咋能租这种人的房子。我有点说不出。记得我当时上班不久，耳朵里灌满了有关曹翠芬的事，但具体她是啥样人，我还是说不出。崔妈妈戴着老花镜在缝被套，忽然停了手里的针线问我，你的同事不会有毛病吧？我简单说了几样曹翠芬的事，崔妈妈肯定地说，她有毛病。有个有毛病的人做邻居，这日子想一想就闹心。

我理解崔妈妈所说的毛病，是指神经系统方面。我们这边的人都管"神经病"叫"有毛病"。

我不知道曹翠芬算不算"有毛病"，没人对我说她"有毛病"。我说她大学毕业，歌唱得很好。崔妈妈说，越是这样的人越容易有毛病。我说曹翠芬正在外面搬蜂窝煤。崔妈妈立时跑去看，她很关心这位新邻居。崔妈妈搭话说，新搬来的？曹翠芬连个笑脸也没给，眼睛只盯着煤，说是新搬来的。崔妈妈赞叹说，这么小的孩子也会干活，真乖。崔妈妈的本意是赞赏一下曹小梨，不料，却惹出了曹翠芬的怒火。曹翠芬"啪"地打了曹小梨一巴掌，斥责说，你半天才搬两块煤，饭都吃狗肚子里去了！把崔妈妈吓得够呛。崔妈妈回来对我说，这个人肯定有毛病，还不是小毛病。

　　崔妈妈问我她为啥非要住铁二秀的房子，我哪里说得出。又问那孩子是不是她亲生的，我想了想才告诉她，好像是亲生的。

四

　　那条胡同的两边都是街。我特意绕了些路，从东边穿进那条胡同，去了同学的家。这样就可以不从铁二秀的门前过，那两扇棺材板一样的小木门让我有点毛骨悚然。再说，我也怕遇见曹翠芬，虽然我无法断定曹翠芬还在不在那两扇门里。倘若真的遇到她，我不知道该说些什么。我的同学叫崔凯英，在塘沽的一家韩资企业做白领。她嘱托我有空多去看看崔妈妈，我自从结婚就去得不多了。怀了儿子，我就去得更少了。

崔妈妈与铁二秀家只隔了一道墙，那道墙是老的青砖墙，很矮，上面开着乳白色的瓠子花，有一种怪诞的味道，像甲壳虫的屁味。我登着院子里的石头朝那边望了一眼，看见了院子里停着一辆三码车。车是豆绿色的，敞篷，坐垫是毛巾缝上去的，有白有粉。车把上还搭了一件蓝布衣服，我重点看了看，没有发现衣服上有血迹。三码车别扭地拧着身子，像一个人被强行错开了筋骨。

我还是闻到了院子里有一股铁锈味。那种味道像雨后的青草散发出来的，像树底下腐烂的蘑菇散发出来的。我知道那种味道的根子就在曹小梨，那样瘦小的一副小骨架，被那把西瓜刀捅没了。可曹小梨的气味留了下来，曹小梨的气味，就是雨后的青草味和树底下腐烂的蘑菇的气味。曹小梨也会变成青草和蘑菇，在下雨的日子里疯长。

曹小梨送掉一条命是因为《一条大河》。这是一首大家都耳熟能详的歌，许多年前它属于郭兰英，许多年后的一个晚上它属于曹翠芬。曹翠芬这个晚上心情不好，晚饭以后，她走出了胡同口，去公共厕所回来的路上她买了一个西瓜。好的西瓜一块五一斤，她买的那个一斤五毛。卖西瓜的是个车轴汉子，开着一辆手扶拖拉机。曹翠芬扭着屁股从厕所出来，对卖西瓜的人说，麦子都黄了，你的西瓜怎么还卖一块五？卖西瓜的是个精明人，一眼就看出曹翠芬不识货。因为眼下麦粒都上场了，早就不是麦子黄的季节了。卖西瓜的说，今年是天年，收成不好，满地的瓜蔓，却看不到几个西瓜。庄稼人就是命苦啊。曹翠芬说，你种重茬了吧？卖西瓜的说，大姐有学问，知道种西瓜不能重茬。就冲大姐的见识，我赔本赚吆喝，五毛一斤卖给大姐。卖西瓜的说着，就从车斗的角落里扒拉过来一个西瓜。曹翠芬想上去拍一下，卖西瓜的伸手一挡，把曹翠芬的手架住了。卖西瓜的说，我佩服大姐，大姐也佩服我一回行不？我保证这是一个熟透了的西瓜，沙口甜。不甜大姐给我抱回来，我一分钱不要。曹翠芬抱起西瓜回家了，切开后里面是娄的，还不是一般的娄，流着红汤绿沫。曹翠芬风车一样往外跑，还是晚了一步，手扶拖拉机放着响屁跑远了，曹翠芬连个影子都没看到。

曹翠芬一路骂着回了家。她很心疼花掉的那几块钱。她咒那个卖西瓜的不得好死。西瓜还是不能白买，她用刀剔除了烂肉，把好一点的刮下来，放到碗里。她吃了两口，味道已经难闻了。可她还是不舍得扔，她是一个会过日子的人。她喊曹小梨也来吃西瓜，曹小梨过来看了看，说我不吃。曹翠芬说，不吃也得吃！曹小梨于是象征性地吃了一点，曹翠芬很不满意。她让曹小梨把这一碗都吃掉，曹小梨端着碗骑到门槛子上，吃得眼泪汪汪。

曹翠芬也气愤难平，每次她吃亏上当以后都气愤难平。她发泄的方法是唱歌，唱《一条大河》，嗓子削尖了唱，因为有一团怒火在胸中，曹翠芬的歌声就是一种变相发泄，要多难听有多难听。唱"波浪宽"时，尾音一个劲地往高拖，直拖得无路可走，才像泥巴一样摔在地上。崔妈妈不止一次对我说，不怕曹翠芬骂，就怕曹翠芬唱。她一唱起歌来，崔妈妈就浑身发冷起鸡皮疙瘩，恨不得找个地缝钻进去。

　　这是一所大宅院，南北向有三十多米长。房子却很小，是铁二秀出狱以后将就盖起来的，房栿只有拳头粗。两间居室一大一小，小的屋里有张床，比单人床稍宽。过去住曹翠芬母女两人，现在只住曹小梨一个人。曹翠芬搬过来不多日子就与铁二秀住在了一起。据铁二秀说，曹翠芬不想付房租，房租一个月五百八十块钱，铁二秀催了几次，曹翠芬也不交。某一个晚上，曹翠芬把自己洗得香喷喷的推开了铁二秀的门。曹翠芬说，我跟你睡一宿觉，就抵房租了，行不？铁二秀原本躺着，"噌"地坐了起来。在地下转了一圈磨，说不行。铁二秀心想，自己若在外面找个女人，五十块就够了，哪里花得了这么多。他的三码车载一次人才十块钱，他得跑多远的路才能挣五百八十块钱啊！铁二秀的脑袋摇得像拨浪鼓，曹翠芬却开始脱自己的衣服。曹翠芬生了孩子以后，人变了形。但她还是白，乳房大，再加上底子好，诱惑一个铁二秀根本不在话下。这以后铁二秀开始想腥，曹翠芬却不轻易给他。曹翠芬说，你是一个人，我们是两个人，你把每天挣的钱给我，我给你做饭吃。铁二秀想了想，同意了。他们每天在一张饭桌上吃饭，俨然一家人。可争争吵吵、打打闹闹从来也不间断。

铁二秀还不止一次地拿刀子要杀人，曹翠芬根本不怕他。后来曹翠芬就不怎么做饭了，她做事就是三天的热度，能保证三天就不错了。她有时候去单位打一晃，路上买个馒头包子之类，自己吃一口，给曹小梨留一口，根本想不起铁二秀。铁二秀一开始对她们母子还不错，总用油纸包了猪头肉回家，捣许多大蒜，淋上醋和香油，左邻右舍都能闻着香味。时间一长，就有问题了。铁二秀有老妈，还有一个哥哥一个姐姐，还有左邻右舍，还有和他一样做"狗骑兔子"（三码车的别称）营生的人，他们总往铁二秀的脑子里灌输这样一个道理：曹翠芬不是你媳妇，人家没有嫁给你。你挣下钱都交到她手里，她的工资呢？给你一分花吗？你这样养着人家母子两个人，不是拉帮套吗？将来你老了怎么办，她管你吗？铁二秀脑子不是很灵光，慢慢也把道理想清楚了。他让曹翠芬嫁给她，曹翠芬哪里肯嫁。她说自己是大学毕业，怎么也不可能嫁给一个无业游民。曹翠芬总说铁二秀是无业游民，有的时候铁二秀一天挣两百块钱，曹翠芬仍说他是无业游民。

铁二秀几次想赶曹翠芬母子走，可曹翠芬跟他要房子，不给房子就不走。曹翠芬理直气壮说，自己没处可去，总不能睡大街上吧？铁二秀听得火冒三丈，拉着曹翠芬去找人评理，人家都笑话他。这个理怎么评，没法评。他把曹翠芬的东西扔到大街上，曹翠芬就拣回来。家里换上新锁，把曹翠芬母子锁到门外，曹翠芬就跳墙跳窗地钻进来。这天晚上，铁二秀在外面喝了些酒，从老远就听到了曹翠芬母猫一样的歌声。铁二秀觉得自己被歌声搅得酒意更浓了，他让曹翠芬别唱了，曹翠芬不听。曹翠芬心里的怒火正在熊熊燃烧，不唱出来会把她憋死。她坐在床边的一把椅子上，屋里没有点灯，曲曲弯弯的歌声从她的胸腔冲出喉管，被黑暗呛了一下。曹翠芬的歌声零碎了，像是木头被刨出刨花。但冲击波还有，甚至与夜空擦出了火花，震得人的耳朵生疼。铁二秀灯笼一样的红眼睛冒出火来了，他大喝一声，别唱了！睡在对屋的曹小梨吓得一哆嗦，曹翠芬却没有动，她正好唱到"在这片辽阔的土地上"这一句。她唱得很投入，脖子扯了起来，声音高到极致，一口丹田气提了起来，整个人就像被悬空了。灯忽然亮了，铁二秀举着西瓜刀扑了过来。铁二秀来势凶猛，关键时刻却有些迟疑，这给曹翠芬留下了一线生机。曹翠芬连愣都没打，从铁二秀的腋下比猫还快地钻了出去。曹翠芬跑到了院子里，大呼小叫说杀人啦！杀人啦！铁二秀提着刀追了出来，大声喊，老子就是要杀你！

　　崔妈妈是一个胆子奇大的人，她赶在警察到来之前去看了曹小梨。崔妈妈说，她根本也没想到去试探曹小梨有没有鼻息。曹小梨横挑在门槛上，连头脚都不怎么分得出来了。看得出曹小梨也是想逃的，可她没能逃得了。奇怪的是曹小梨没流多少血，她像小鸡子一样瘦，血管像头发丝一样细，看上去就不像个有血的人。崔妈妈对铁二秀没能杀了曹翠芬也感到惋惜，她这两年受了折磨，也对曹翠芬恨之入骨。那个孩子还有让人疼的地方，她有时候出去买早点，装豆腐脑的碗满得没边没沿，把她的小手烫得鲜红鲜红，放下碗，要在身上抹半天。她不怎么爱跟人说话，有一次崔妈妈推着车从外面回来，上台阶时觉出很轻松，一回头，才发现曹小梨在后面使劲抬着。崔妈妈一看她，她就害羞地跑走了。

五

我不是第一次怀孕。

唯其不是第一次怀孕，肖天左才如临大敌。我第一次怀孕是一年前，自己悄悄去了医院，把孩子做掉了。虽然医生警告我，第一次怀孕就做人流，有导致以后永远也不能怀孕的可能，但这有什么要紧呢。我不喜欢小孩子，觉得他们都是小怪物，会把生活搞得乱七八糟。可好日子没过几个月，我又怀孕了。这次我可不敢一个人再去医院，那些冰冷的器械在肚子里拧来拧去，也是生不如死的感觉。与其那样生不如死，还不如这样死个痛快。

自从有了妊娠反应，我就只吃四样东西：螃蟹、螺蛳、羊肉串、水萝卜。肖天左每天除了上班就是给我琢磨吃的，今天跑这个市场，明天跑那个市场，所有的工资都送给了水产贩子，把我伺候得像女王一样。他怕我像第一次那样使性子，他下班回来，我在床上躺着，告诉他孩子没了，肚子像刮风一样是凉的，差点没把他气晕过去。他比我大，想当爹了。

自从想要这孩子，我就觉得孩子是我的命。我总是用手托住他，让他离我的心近些。总想往嘴里多填些东西，怕他的营养不够。我还想当然地觉得他是男孩子，我喜欢男孩子，觉得他们都能战天斗地，在母亲的肚子里就会少林拳，不像女孩只会撅屁股，哭鼻子。孩子还让我变得没头没脑，不会脑筋急转弯，我怀疑是河鲜吃得太多了，螃蟹就不会拐弯，只会横着走。如果不是怀了孩子，我可能像别人一样觉得铁二秀应该杀了曹翠芬。我也不喜欢她，甚至讨厌她。她活在这个世界上，实在是一点意义也没有。可这个孩子让我的心里有了隐秘的变化。我忽然发现我热爱天底下所有的孩子，也热爱曹小梨。不管曹小梨颈窝多黑，衣服有多邋遢，我还是爱她。如果她现在出现在我的面前，我甚至可以拥抱她。想起曹小梨，我就觉得受不了，也为曹翠芬受不了，毕竟曹小梨是她唯一的女儿。曹小梨如果是我的女儿，我就不会让她死。我宁可自己去死也要让她活下来。我这样说没有责怪曹翠芬的意思。曹翠芬保护不了曹小梨，责任不在她。她连自己都保护不了，怎么能保护女儿呢？那天崔妈妈对我历数曹翠芬的种种罪恶，说她应该千刀万剐，让我很不耐烦。我潦草地说，如果曹翠芬该死，天底下所有的人就都该死。

我这话有赌气的成分，噎得崔妈妈半天没有缓过劲来。

我对曹翠芬的同情始于某一个阳光明媚的上午。我去音乐组找姚小桃，恰巧碰到曹翠芬从办公室里出来，屁股后头跟着曹小梨。她们是去上厕所。娘俩一起上厕所，曹小梨的手里还拿着一团纸。曹翠芬的办公桌上摆放着大号的罐头瓶，晾凉的白开水都起皮了。这间办公室是全馆最大的一间屋子，共有七八个人在这里办公。跳舞的张蔓丽把儿子放到了办公桌上，自己在一张高靠背的椅子上压腿。她的儿子晃晃悠悠站起身，说妈妈我要尿尿。张蔓丽拿起一个小搪瓷缸子放到了儿子的两腿间，儿子的鸡鸡窝在了裤子里，她还用手指挑了一下。只有几滴水响，儿子尿得不多。张蔓丽骂了一声"小坏蛋"，端了搪瓷缸朝外走。我猜，她起初是想去洗手间的，她已经走过了曹翠芬的桌子，却又转了回来，出人意料地，她把尿倒进了曹翠芬的罐头瓶里。张蔓丽说，你从来不打水，尝尝童子尿的滋味吧。

　　这件事所有的人都看见了，但谁都无动于衷。我注意到有人牵动了一下嘴角，其余的人都像姚小桃一样，连嘴角都没牵。他们都见怪不怪，看起来平时都没少捉弄曹翠芬。不一会儿，曹翠芬先回来了，她拉开抽屉拿出来一盒磁带，放到小录音机里，录音机便像劈了嗓子一样吱吱哑哑唱了起来。别人都MP4了，她的录音机好像还是20世纪七八十年代的。一屋子的人都留意着她，希望她能端起罐头瓶喝水，可她一直不喝。她趴在桌子上写着什么。然后便是曹小梨溜了进来。曹小梨的神态总有些鬼祟，眼神像松鼠一样跳跃。她进屋来先捧起罐头瓶，咕咚咕咚喝了两大口，然后用麻杆一样的胳膊抹了下嘴，咂摸着自言自语：啥味？一屋子的人哄笑。曹翠芬觉出了诡异，端着罐头瓶出去了。有人趁机问曹小梨水是什么味，曹小梨满不在乎地说，尿味。

这件事让我很长时间都不舒服，什么时候想起，胃里总是一汪一汪的。那天曹翠芬把水倒掉了，回来用开水冲刷罐头瓶，倒得满地都是水。很显然，她意识到了有人对她的水杯做了手脚。我以为她会大闹一场，可她一声没吭。她只是折腾暖瓶里的水以示抗议。

她心底也有柔弱的一面，也知道隐忍。

我对姚小桃说，你们不能这么欺负人。

姚小桃说，你当时为什么没有告诉曹翠芬？你如果告诉她杯子里有尿，曹小梨就不会喝水了。

我语塞，难受得半天缓不过劲来。我那个时候是有一种冲动，想告诉曹翠芬，想把水杯从曹小梨的手里夺下来。可我什么也没做。我怕什么。

你都有儿子了，还有什么可怕的。

那天我狠狠地对自己说，恨不得抽自己一巴掌。

厢房一直是杂货间，窗子是木头棱子的，糊着塑料布。自打我搬进这所院子，厢房的门就没有打开过。说是厢房，其实远不够厢房的尺寸，它躲在正房的屋檐底下，其实就是一间棚户的模样。这天我看见房东老张在厢房里一样一样归拢东西。尘土从门窗里腾云驾雾一样往外飞，把满院子折腾得乌烟瘴气。我问老张怎么想起收拾房子，老张说，有人看上这间房了，想租。我说，这样的房子也有人租啊。老张说，租金便宜。我在城北贷款买了房，虽然厅只有十多平方米大，可那是我自己的房子，我再不要交租金了（还贷是另一种感觉）。老张也知道我要搬家了，讲起话来透明了许多。老张说，如果不是有人要租这间房，他都不知道这房子也能换钱。虽然换得不多，但总比这样闲着养耗子好。当初我想用它做厨房，老张不同意，他说里面有什么重要的东西，非留着不可。我的厨房就安在了堂屋里，虽说隔着门板，卧室总有一股炒菜味。老张把东西乒乒乓乓往外扔，我的窗子还开着，尘土打着卷儿往我的纱窗上飞。我不高兴了，紧着回去关窗子。老张大概还说了些别的话，我没给他耳朵。

　　肖天左下班回来提了一条鱼。我说我不想吃鱼，你又不是不知道。肖天左说，为了儿子也不吃吗？这可是一条正宗的水库鲤鱼，你看这鱼鳞，金黄。怀孕五个多月后，我不那样偏食了。再偏食也偏不起了。饭量一日比一日大，正经是两个人在吃饭了。肖天左不失时机地开始改变我的饮食习惯，动不动就以儿子要挟我。我懒得与他争，看着他在盆里加了水，把鱼放了进去。剖鱼时，鱼"吱"地发出了一声尖叫，吓了我一跳。我说鱼敢情也会说话啊。肖天左说，不会说话的那是哑巴鱼。鱼不单会说话，还会唱歌呢。

我问鱼会唱什么歌。

肖天左说，会唱《一条大河》，那正经是鱼的歌，鱼都是热爱大河的，比人更热爱大河。可惜大河里的鱼越来越少了，有我们也吃不到。他开口唱了第一句，忽然愣住了。他说，曹翠芬不是爱唱《一条大河》吗？她的女儿送命不就是因为她唱这首歌吗？

我说你不要提，你提了我心里不舒服。

肖天左说，可她搬过来了呀。以后你每天都要面对她，面对她就要想起曹小梨，你整天不舒服？

我不相信来租房子的是曹翠芬，我说你也许认错了人。肖天左不以为然，说刚才下班回来正好遇见她，我都与她说话了。她知道你住在这儿，还说以后要给我们添麻烦。看上去她彬彬有礼，一点也不像传说的那样。

我马上套了鞋子出去看，见曹翠芬正登在椅子上，往天窗上安烟囱。看样子她想生炉子。我们都知道她会过，能省下一分钱也是好的。她家乡的那片深山区，是清代乾隆皇帝御封的旱店子，意思是永远都不会有水。20世纪80年代，县里才在那里打了眼机井。他们家兄弟姐妹九个，小时候光喝水就是一个大难题，遑论其他。她一定觉得生炉子比用煤气省钱，她很会算计。可现在天气还热，炉子安上也没法用，她就是这样一根筋。她还是穿着那件苹果绿的衣服，裤子是灰的，红裤带在有了赘肉的肚子上结了扣，手臂扬起的时候，裤带和赘肉都一览无余。她做起事来笨手笨脚，烟囱从高处落下来，像炮筒一样砸在了她的肩上，她脚下的椅子一歪，险些从上面掉下来。我虚着声音喊来了肖天左，我说你过去帮帮她。肖天左探出头来看了一眼，小声说，我做饭呢，你别没事找事。我赌气地想自己过去帮忙，肖天左把我拉住了，他说鱼刚下锅，你看着火，我过去帮她，行了吧？

　　肖天左这一帮，就整个晚上都没有回来。我自己吃了饭，看电视，隔几分钟出去看看。曹翠芬的屋子里灯光很暗，肖天左的身影却很清晰，他一会儿在墙上楔钉子，一会儿与曹翠芬联手搬东西，干得热火朝天。我咬牙切齿骂他蠢，帮人也不是这个帮法，就三步远的距离，吃口饭能耽误什么事。我倒是想过把曹翠芬叫来一起吃，那条鱼足有一斤半重，三个人也够吃。但到底心有余悸，换了别人我是会请过来吃饭的，我是个好客的人。可这是曹翠芬。虽然满心眼里都是对她的同情，但潜意识里还是觉得与她交往类似与虎谋皮。我想起我穿皮拖的时候曹翠芬说我像女流氓，气得我险些闭过气去。那双皮拖现在还在，只是我再也不好意思穿了。

　　这一个晚上我里外折腾自己，甚至黑掉灯威胁肖天左，肖天左一直没有回来。我把自己折腾累了，歪在被子上睡着了。不知过了多久，曹翠芬在院子里喊我。她说李红，你出来坐会儿。我哪里想去，可一想到是曹翠芬招呼，多不想去也得去。我跟随曹翠芬来到了她的屋门前，一盏灯吊在了门框上，照得院子里很亮。我一眼就看见了那张小圆桌，是她从家具城新买的，安放在灯光底下，油漆亮得耀眼。肖天左坐在圆桌旁，在自斟自饮喝茶水。另两边放着两只马扎，很显然其中一只是恭候我的。看见肖天左我的气就不打一处来，可又不好发作，我忍着。我说，活都干完了？肖天左看出了我的心思，哧哧地笑。曹翠芬说，肖天左真是手巧，把什么事都做得非常好，我没见过这么会做活的男人。我心说，你都见过什么。我去她的屋里看了看，居然比我的家还干净整洁，玻璃是新安上去的，通透得像是把天空糊上去了。

曹翠芬给我倒了一杯茶，我没喝。我疑心这个杯子曹小梨使过。曹翠芬仿佛看出了我的心思，她说这些都是新买的。圆桌，盘碗，衣服，鞋子，都是新的。她说我的孩子死了，别人不定怎么称愿，怎么幸灾乐祸。我偏要好好地活，让那些咒我的人不得好死。她是这样想的，我愣怔地看她，不知该怎样接她的话。肖天左说，曹老师你不要这样想问题，不会有人对你幸灾乐祸。曹翠芬激烈地说，怎么没有？他们都巴不得我让人杀死，他们才解恨。你问问李红，是不是这样？我更无法回答了，虽然我清楚曹翠芬说的是事实，可这样的事实委实太残酷。我用手摸着我的儿子，一句话也说不出来。曹翠芬缓了一下语气，叹息地说，曹小梨替我死了，这没什么不好。我好歹还有份工资，还能活命。如果剩她一个人，李红你说，她怎么活？曹翠芬目不转睛盯着我，仿佛非要从我嘴里掏出答案来。我目瞪口呆。我不知道曹翠芬会这样想问题，与正常人的思维出入那么大。可谁是正常人？我？她？还是群众艺术馆的其他人？我不敢顺着曹翠芬的思路往下想，我也不愿意想。这时候肖天左站起了身，说时候不早了，曹老师你也早些休息吧。曹翠芬严厉地说，你坐下！李红还没吃瓜，把瓜吃完了再走！我这才留意到桌上摆着一盘哈密瓜，眼下哈密瓜很贵，她还真舍得买。她把瓜往我的手里塞，往我的嘴边送，我怎样拒绝都不行，她急赤白脸地强迫我吃，瓜瓤甚至蹭了我的脸。还是肖天左打了圆场，他说瓜特别甜，我们多拿一块，回去吃。曹翠芬便把所有的瓜条用手一抄，都给了肖天左。肖天左连声道谢，掐着瓜条急急回了我们自己的家。

肖天左把瓜扔进了垃圾桶。

肖天左对我说，瓜皮都软了，瓜瓤是馊的。她强迫我吃了一块，她好像吃不出来。

我说她对人还真热情。

肖天左说，也很会说话，我干活的时候，她一个劲儿地提醒我小心。

我问肖天左怎么不回来吃饭。肖天左说，哪里回得来，她把活排成队等着我，干了这个干那个。我说我饿了，她说干完再吃，就像我是她们家的长工一样。你也不过去喊我一声，你若招呼一下，我也就顺坡下驴跑回来了。

我说，笨。她不让你回来你就不回来？

肖天左说，我不想去，是你非让我去。

我说，她夸你手巧。她可是轻易不夸人。

肖天左说，她怎么混成这样，她不该混成这样啊。她有强迫症，可她不是一个坏人。

"是个可怜人，我们能帮就帮她一把。"我对肖天左说。

六

曹翠芬一连许多天都没来上班。单位的同事都跟我打听她的去向，我明明不知道，还是做出了秘而不宣的样子。我这种心理自己也奇怪，好像不自觉中就与曹翠芬成了同盟一样。周易馆长还特意把我找了去，嘱咐我跟她做邻居小心点，那个人什么事都做得出来。你这里要生孩子，她的孩子刚刚被人杀死，她能不嫉妒？我的冷痱子一下就冒了出来。可我说曹翠芬一点也不嫉妒，她还请我吃哈密瓜呢。周易吃惊地说，你还敢吃她的东西？我说这有什么不敢的，她的东西又不会下毒。周易不好意思地说，我不是那个意思，我是说她能有什么好东西，她买袋奶粉也要买过期的，不过期的她不要。

　　曹翠芬告诉我，她在办大事呢。她每天都跑公检法司，一是要求判铁二秀死刑，他要杀人偿命。二是要求把铁二秀的房子判给自己。曹翠芬说，曹小梨之所以被杀，就是因为没有自己的房子。铁二秀既然当了杀人犯，那他的房子也就没用了。她的话说得很简约，我理解的她的意思是，为了自己以后的安全，她需要有一套房子。而这套房子的出处，就是铁二秀的宅院，因为他用不着了。曹翠芬的一只手支着门框，一脚门里一脚门外地与我攀谈。与她做了几年同事，我从没见她这么心平气和地说过话。她的胸腔里总是揣着枪弹，见了谁都想给谁一梭子。也许就是因为从没有人好好地与她说过话，就像肖天左说的，她也是会说话的人，只是没有人给她机会。

　　我认真地说了我对这个问题的看法。铁二秀判死刑是没有问题的，他那样残忍，不判死刑天理难容。至于那所宅院，我就不知道法律在这方面有什么规定了。铁二秀肯定是回不来了，可他还有别的亲属，现在城市的土地寸土寸金，那样大的一所宅院，谁不眼红？曹翠芬的心情我理解，甚至，我也希望曹翠芬心想事成。可愿望终归是愿望，与实现愿望之间有着很长的路要走，或者，它们之间根本没路。

　　我的意思是，曹翠芬可以往最好的方向努力，可也要做最坏的打算。而且我的语气也尽可能亲和，我很想曹翠芬能把我当朋友。她在这个世界上没有朋友，她是个凄惶的人。曹翠芬却没能理解我的苦心，她把我的话想歪了。她凌厉地说，照你这么说，我不该要那套房？他杀了我女儿，我怎么就不该要那套房？

我们不欢而散。曹翠芬根本不容我说什么，扭着屁股走了。她的身影有些萧索，敦实的身材原本与萧索无缘，可我留意到她收紧了肩。她的台阶上蹲着一只猫。她狠狠踢了那猫一脚。猫嘶鸣着起身一跃逃走了，曹翠芬走进了自己的家门，白脸在门缝间一闪，房门"咣当"关上了。

因为久不与人沟通，她听懂别人的话已经困难了。我这样对自己解释。

连续两个早晨，我都看见一个又瘦又高的黑皮肤老人在门口转。见我注意他，他便佯装看街景，举着花白的脑袋这里观观那里瞧瞧。我断定他瞧不出名堂。我们的院门外就是两堵墙，都是砖头垒砌的，彼此之间宽不过四尺，有一棵臭椿树从前边的院子里探出了头，姑且就算风景吧。老人就站在椿树下，穿着黑西服，更把人衬得条儿一样。我从他身边走过时，他往前迈了半步，明显想和我打招呼。我放缓了脚步，给了他足够的时间说话，可他没有说。

我想他应该是来找曹翠芬的。曹翠芬这些日子总是早出晚归，一天要跑好几家单位。公安局长、法院院长、检察院检察长、司法局局长的门槛都被她踢破了。她去了就找一把手，提条件，坐在人家屋里不走。她还用人家的杯子喝水，在人家的办公套房的卫生间里解小便。周易馆长被公检法司各部门挤兑得快上吊了。他派人去接曹翠芬，接不回来。他亲自去，曹翠芬指着他的鼻子说，除非你给我一套房。我如果有房就不会去租房。我如果不去租房女儿就不会被杀死。你赔我女儿！这样的理由和条件，周易哪里能担当。后来他连电话都不敢接，他对馆里的人说，得罪就得罪吧，单位穷，反正这辈子也不会犯事儿，大概也不用和他们打交道。

转天我一开门，那个黑皮肤老人进到院子里来了。他有些惶恐地对我说，同志。我说，您找谁？他说，曹翠芬同志是住在这儿吗？这样规整的说话方式简直是上辈子的事。但我很高兴，终于有人来找曹翠芬了。老人说的是普通话，但听上去很生硬，拿腔拿调。我说曹翠芬一早就出去了，通常晚上才回来。老人朝曹翠芬住的地方望，显然他知道她住在那里。我说你有什么事情需要我转告吗？老人慌忙摆了摆手，说了声谢谢就往外走。走了两步他又转过身来，说麻烦你。我说什么事？老人从兜里摸出个蓝色塑料皮的本子，然后又摸出一支黑色的钢笔。翻开本子的某页，在上面写了三个字。然后小心地撕下来，双手举着递到了我面前。那上面是三个繁体字：孙庆东。多亏我还认得。我说是您的名字？他哈了哈腰，说麻烦您转给她并代我问候她。我问他还有没有别的事，他说您忙，您忙。走得很慌张。

这个类似名片的纸条我给她放在了窗台上，上面压了一个小石子。我想不管方式如何，我把纸条转给曹翠芬就是了。两个小时以后，我又把纸条收了回来。我还是想当面交给她，受人之托忠人之事。曹翠芬很晚才回来，脸色很不好，她给自己煮了一包面，摔摔打打地弄出了很大的声响。我在她的窗外站了会儿，她没有发现我。我喊了声曹老师。她把门拉开，门神一样堵在门口，说你有事吗？我把纸条给了她。她嘴唇动了动，没有念出来。她问，人呢？我说，还是早晨来的呢。她又去看纸条，忽然说，你连个电话也不让他留，我怎么与他联系？

我说，是他没留电话，不是我不让他留。

曹翠芬说，也许他根本就没有电话。

这话说得够气人。我转身就走，她又问，他变成什么样了？

说得我有点愣，我想了想才弄明白她指的是那个人。我说他穿了黑西服，人又高又瘦。迟疑了一下，我说，又黑。曹翠芬马上说，他过去一点也不黑。曹翠芬的眼神有些痴，目光打到远处，不知想起了什么。我托着肚子往回走，曹翠芬说，李红，你怀的也是女儿。

我没理她。她的话让我想起了曹小梨，因为她用了"也"字。

就是这个"也"字，让我很生气。

曹翠芬忽然有了好心情，她买来了毛线，要织毛衣。毛线是铁灰色的，羊羊羊牌。她买来后，先提到了我的屋里，看上去心情舒畅得不得了。我意识到她可能在谈恋爱了，如果是那样，真就谢天谢地，虽然我知道哪个男士跟她也混不长，不过只要有恋爱谈，总是好的。她把毛线摆开了让我看，看成色，看质地，脸上激动得冒红光。我忽然意识到她是会过的人，买袋奶粉也买处理的。买这样好的毛线，在她可能是第一次。我终于没有忍住好奇心，问她给谁织毛衣。她说，你不用管。对我笑了一下，又说，告诉你你也不认识。她问我有没有织毛衣的书，我给她找了三本。她又让我帮她选图案，其实是她自己在选，她看哪个图案都好看，翻来翻去都爱不释手。我说，你总得定下一个吧？她选了一个菱形块上凸出个葫芦花，问我好不好看。我心说好没眼力，嘴里却紧着说好看好看。她说你把书借我用用，我忙说，送给你吧，反正我也用不着。

她说，你是不是想让我快一点走。

我脸一红，说你误会我了。

曹翠芬说，是误会就好，没有事我根本不会上你的门。

曹翠芬每天还是一大早出门儿，晚上回来就织毛衣，有时候甚至连晚饭都顾不得做。曹翠芬的家早没了整齐干净的样子，到处盆碗朝天，垃圾就堆在院子的南墙根下，招来了数不清的绿头苍蝇。她织毛衣的时候嘴里总是唱着歌，是那曲《一条大河》。说真的，她的嗓子不错，可我不想听，我都要烦死了。我央求肖天左去让她闭嘴好不好，或者，让她小一点声。肖天左凡事都听我的，这件事他却一点也不通融。肖天左说，难得她有几天好心情，你就忍一忍吧。再说我们还能和她一起住多久呢？我嚷，你说还要住多久？两个月？三个月？肖天左说，你小点声。三个月，顶多三个月。我说我连三天都难忍了，我要疯了！肖天左和风细雨地说，能帮就帮她一把，这话不是你说的？况且她还没需要你帮什么，这就忍不了了？

我哑口无言。

曹翠芬这样勤谨地织毛线，可我从没看到她有进度。某个晚上她拿着毛活来找我，我发现她刚织了底边。毛线卷曲得厉害，底边织得像泡泡纱一样。我清楚这是她织了拆、拆了织的结果，我说毛线应该洗洗了，这样很难织平整。曹翠芬说，毛线是新的，为什么要洗？她看不懂书上花的针法，来向我讨教。我尽可能说得通俗易懂，可她就是不明白。我只得一针一针地教她。我发现她织毛活的手法一点都不对，线在食指上缠了好几圈，每绕一下，右手都要离了竹签跑出去，样子别提多可笑。我说你这样织毛衣还不得织到驴年马月。曹翠芬说，我这辈子织不完还有下辈子，要你操的什么心。我说，不要我操心你为什么来找我。曹翠芬理直气壮地说，我不是不会吗。我硬着头皮教了她两种针法，其实都很简单，可因为她连平针都织不好，最简单的花对于她来说也很困难。

我就不明白她为什么要织毛衣，她的毛衣织给谁。

一连几个晚上，曹翠芬都来我家坐到很晚。她织得很用心，额上经常冒出豆大的汗珠，害得我忍不住想给她打扇子。我听肖天左的话，再不耐烦也忍着。可这种忍耐是煎熬，她织错了就把责任推到我身上，说是我让她那样织的。我已经没脾气了，唯一能做的就是催促肖天左快快把房子弄好，快快搬家。这天曹翠芬刚在我家床沿上坐下，崔凯英忽然来了。抛开我们俩的情谊不说，此刻就是来个狐狸精我都欢欣不已，狐狸精都比曹翠芬可爱。我故意没给她们介绍彼此，我想，曹翠芬没有理由再留在这里了。或者，我就跟崔凯英出去说话，正好可以甩掉肖天左。我们俩的某些话，没必要让男人听见。可我忽略了她们见过面。曹翠芬在铁二秀家住了两年，与崔家只隔着矮矮的墙头，崔凯英节假日经常回家来，她们怎么可能不见面呢。曹翠芬和崔凯英，一个屋里一个屋外，刚对上眼，就开始交火。曹翠芬首先发难，她叫着我的名字说，李红，这个人怎么来了，她是杀人犯！我赶忙说她是我的同学。曹翠芬尖着嗓子说，什么同学，她就是杀人犯！他们全家都是杀人犯！她妈总挑唆铁二秀往外轰我们，我全知道！否则铁二秀就不会杀人！

　　想起崔妈妈历数曹翠芬的种种罪恶，我恍然明白她们曾经闹僵过。只是崔妈妈没有对我说起过，可能她还是顾忌我与曹翠芬是同事。她说起曹翠芬永远是第三人称，就像写文章一样，与自己全无关系。

崔凯英很冷静，完全是一副见怪不怪的样子。那种冷静让我非常佩服。她微微皱着眉头，上下打量曹翠芬，每一眼都是不屑，都是轻蔑。她问我这是怎么回事，我做了个手势，含蓄地说，没办法，住一起了。崔凯英说，早知道她在这儿，我就不来了。崔凯英一字一顿，吐字很清晰，说得旁若无人。曹翠芬猛熊一样往前扑去，中间隔着我，我把她的大半个身子挡住了，曹翠芬便用手去推崔凯英，嘴里嚷，你走，你走，我不想看见杀人犯！

崔凯英嘲讽地说，疯子！

曹翠芬说，你妈才是疯子，你们一家都是疯子！

我把崔凯英拉到了一边，把门口让了出来。我实在忍无可忍。我说，曹老师，这是我的家，你走。

曹翠芬好像不明白我在说什么，愣怔地看着我。

我气呼呼地说，你走！

曹翠芬抱起自己的毛活往外撞，线团儿像小兔子一样蹦到了地上。她明明看见了肖天左正低着头朝这边走来，还是木桩一样撞在了他身上。

那个线团儿一直在她身后跟着她。

七

转眼就到了伏天儿。创作组的办公室在顶楼，只有薄薄的一层水泥板，屋里闷热得像烤箱一样。顶棚上的电扇有一搭没一搭地转，转出的风也是热的。我从没感觉到夏天那么难熬过，吸进去的空气都像火苗一样。周易馆长给创作组布置了任务，为了迎接市里的小品年会，让我们每人写一个小品。我们创作组一共三个人，三个人写三个，然后取其中的一个去市里参加比赛，如果弄好了，说不定能上中央电视台。我当即表示不写，我七个月的身孕，看上去比别人九个月的都大，人家都说我河鲜吃多了，吃出了一个超大婴儿。我待着都难受，怎么干活呢？甲是位先生，他也说写不了，犯脚气呢，奇痒无比，百爪挠心，不可能集中精力。乙是位老大姐，快要退休了，她说自己正在更年期，总盗汗，心脏还有杂音，坐不住。乙大姐后来对我说，写小品可不像写文章，写完拉倒。小品还要找演员，馆里根本没有经费排。周易馆长经常干这种"三秃子"事，开始操持得热闹，过后不了了之。

我的态度明显伤了周易，他不看甲也不看乙，眯着眼睛对我说，我看你越来越像曹翠芬了！这话就像奇耻大辱，一棍子就把我打闷了。我感到眼前发黑，从头发根往外飕飕冒凉气。我当即站了起来，质问周易我哪里像曹翠芬。周易说，你现在就像。你小小年纪说话就这么冲，将来单位还搁得下你！我气得不知怎么好，我想此时如果我是曹翠芬，周易哪里敢这样说话，曹翠芬早就上去抓他了。我想了想我该怎么办，我没办法。我不是曹翠芬，不能上去抓他，不能把手里的水杯摔在地上，我什么也不能做。我忽然觉出一阵眩晕，头顶上的吊扇像是在朝下骤旋，仿佛下一刻就能落到我头上。我的身体忽然像被抽掉了所有的筋骨，一下子瘫软了。

我能感觉到办公室里拥进了很多人，他们吵吵嚷嚷地说要拨打120，要给肖天左打电话。可没有谁知道肖天左的电话号码。还有人在我的身下垫椅子，椅子铺成了床的模样。我的意识很清楚，就是身体绵软，没有力气，想用手摸摸我的儿子，居然举不上去。有人问我这是怎么啦，旁边有人说，跟馆长吵架了。就听周易无辜地说，我没说什么呀，我就说她像曹翠芬，她跟曹翠芬不是挺好吗？我终于哭了出来，像是在梦魇里，哭得抽抽搭搭。我确实不想像曹翠芬，我怎么可以像曹翠芬呢？我特别委屈。办公室里忽然很安静，只有吊扇在呱嗒呱嗒响。我意识到了我眼下像是躺在案板上，不单我，还有我的儿子。没有比这更丢人的。我挣扎着想坐起身，不知怎样一翻动，就从椅子上掉了下来。

整个下午的时间很漫长。太阳像灯笼一样挂在天上，许久都不动一动。我躲在办公室的角落里，那颗张扬的心一下子蜷缩了。我不愿意见人，连姚小桃也不愿意见。她让我跟她出去办点事，我拒绝了。她走了以后，很多人都到了我们办公室，探讨锅炉的事。煤烧没了，因为财力紧张，锅炉准备停掉了，也就是说，以后大家就没热水喝了。大家七嘴八舌，说对这件事的看法，当然都不愿意停掉锅炉，上班也没什么事，如果连个热水都喝不上，还算个单位吗？也有人问我对这个问题的看法，我什么也不想说，忽然觉得心很灰，忽然觉得单位的人和事都和我没什么关系。我在桌子上趴着，昏昏欲睡。

这个时候刘金刚进来了，他一进来就宣布了一个重要消息。他满脸严肃地说，我宣布一个重要消息。这个时候大家的注意力都还在锅炉上，还没在他的消息上。他提了"曹翠芬"这三个字，马上就把所有的人吸引了。我也不禁抬起了头，见刘金刚像从澡堂子里刚出来一样，整个人都热气蒸腾，脸红得像熨斗熨过似的，胳膊像煮熟的蟹钳。他说你们谁都不知道曹翠芬办成了什么事。大家说你别卖关子了，快说。刘金刚说，两句话，你们都靠着墙点，别吓倒了。接下来刘金刚的话果然让大家吃了一惊，原来法院把铁二秀的那所宅院判给了曹翠芬。曹翠芬用多半天的时间办齐了所有的手续，转手又把那所宅院卖掉了。短短的几天时间，曹翠芬净得六十八万！她居然办得了这么漂亮的事！这太让人吃惊了！所有的人都像鱼一样把嘴张大了，都有些不敢相信。刘金刚说，不信你们就问李红，李红准知道！

我赶紧把头埋了起来。我知道不知道都不想多说话，我没心情。人们继续听刘金刚发布消息。他说那所宅院如果不是凶宅，最少也值一百万，买宅子的那个人其实捡了个大便宜。乙大姐终于缓出了一口气，说这么多钱啊，她怎么花？甲先生说，她不花，曹翠芬的钱都在肋骨上串着，下小崽儿。接着他们就开起了刘金刚的玩笑，说曹翠芬现在是富婆了，你没想法？刘金刚说，咋没想法，乍一听这个消息，我都迈不动腿了。六十八万，我得塑多少金刚啊。大家哈哈哈地笑，刘金刚却不笑，他一本正经地问大家现在他该怎么办，有人说，娶曹翠芬做二奶，让她给你养一个小金刚。乙大姐说，曹翠芬过日子抠搜，可对你好，那时候总给你买这买那，她对父母都没这么好。看上去刘金刚真有点走心，仰脸望着屋顶，半天没有说话。后来他沉痛地说，早知道她卖六十八万，我就该把宅子买到手，就是不知道曹翠芬会不会卖给我。

大家哗地笑了，都说刘金刚你认真了。

接下来，大家又探讨曹翠芬是如何把铁二秀的房子弄到手的。现在办点事多难啊，曹翠芬怎么就一路绿灯。这件事如果换成别人，两年也不见得要来说法，还别说见到白花花的银子。电影上的秋菊，不就是这样？大家的一致意见是，曹翠芬是个可怕的人，别人都怕她。鬼都怕恶人，公检法司更怕。这年头想办事，没有曹翠芬的精神是不行的。倘若有了她的精神，再难的事也不在话下。话说完了，人们都跟着刘金刚走了。办公室的赵玉芳着急了，说正经事还没说，你们咋都走了？原来他们有约，来商量锅炉的事，还有医药费，还有劳保，还有加班、误餐、年终奖金等等，都想向馆领导要个说法。馆里总推说没钱，一年比一年发得少。可馆里养了两部车，周易一年去两次欧洲，眼下却连个烧锅炉的钱都没有。说来讲去，就是越来越不把人当人了。今年要不是曹翠芬，防暑费也拿不到手。赵玉芳追到楼道里喊人，可谁都装听不见，一个人也没喊回来。会计小齐本来要到楼上办事，看见赵玉芳，人就拐弯溜了。赵玉芳气得骂，说群艺馆的人各个都是屄奸坏，越来越没素质。乙大姐说，反正我快要退休了，没什么可怕的。事业单位总闹着要减员，谁肚子里都敲小鼓。赵玉芳说，那个姚小桃，人小却比猴都精，我让她到楼上来，人没站住脚就走了吧？我说，她出去办事了。赵玉芳说，糊弄鬼。她早不办，晚不办，非得这个时候办。乙大姐说，那是个阴人，不像我们李红，什么事都放到面上，这个时候就想起曹翠芬的好儿了。赵玉芳说，咱们馆里要多几个曹翠芬，周易就不敢那么胡作非为了。

甲先生呵呵地笑，说你们不都希望铁二秀杀了她吗？

我和曹翠芬好多天不说话了。每天都碰头打脸，可我们谁都不看谁一眼。有时候我还偷着溜她一眼，她的脸总是嘟噜着，见了我则连眼皮都不抬。可她对肖天左总是有话说，害得肖天左见了她都动不了脚——她的话总是拉不断扯不断。有一次她竟然谈到了女儿的出国事宜，说曹小梨准备去新加坡，那里可以讲母语。曹翠芬解释说，华人适宜到讲母语的地方生存，但不能留在国内，国内的环境太差，人太坏。曹翠芬无论说什么，肖天左从不插话，只是点头。这次肖天左却顾不得点头了，他疑心曹翠芬在说疯话。曹小梨明明死了，怎么又要出国呢。

肖天左回来对我说，我一下子就恍然大悟。曹翠芬一直那样克己，原来是在攒钱，将来好送女儿出国。她改变不了自己的命运，但她想改变女儿的命运。曹小梨那样小，她就想到了这步棋，而且在一步一步地努力实施，可谓用心良苦。传说她又馋又懒，凡事都让曹小梨做，焉知她不是在锤炼女儿，从小磨炼女儿的意志？我的心里忽然有了柔软，觉得曹翠芬应该是这样的人，她只是不对别人表达，所以谁都不知道她心里想些什么。就像铁二秀的房子，这样大的事曹翠芬连一点儿口风也没有，在脸上也读不出半点儿表情。那天肖天左主动问起，曹翠芬证实了刘金刚的话，她说，她不愿意再住那里，她伤心，所以把房子卖了。

她不忌讳提那六十八万块钱，说铁二秀罪该万死。

我心里的柔软在看见曹翠芬的同时会消失。我逐渐怕看她，看见她我心里就不舒服，会堵得慌，会上气不接下气。我心里的那种难受说不清楚，而且不好说清楚。看见肖天左跟曹翠芬在一起瞎聊，我也长火，我总嘲讽他，曹翠芬是不是看上你了？她的大眼睛是不是暗送秋波了？肖天左不理我。我说你有话还给曹翠芬留着呢，当然不理我。肖天左气得恨不得给我一拳，他真生气了。我也知道自己在无事生非，可我控制不住。每天下班走进院子就像走进雷区一样，惶恐不安。我怕看见曹翠芬，如果恰好曹翠芬在院子里，我甚至会在门外候几分钟。

这天夜里，我被一阵呻吟声吵醒了。起初我还以为是肖天左，用手摸了摸他，他在磨牙醋睡。呻吟声是从门逢钻进来的，已经被挤压得变了形。我意识到这是曹翠芬的呻吟声，一声长一声短，一声紧一声慢。我像听咏叹调一样听得全无感觉。我就那样听着，仿佛只是在听蝉鸣或蛙声。我这样说一点儿也不夸张。窗外的星星很亮，月牙像一弯木梳，轻柔地梳理着我的思绪，我许久没这种安宁的心境了，这种心境很幸福，很享受。我还想到了这种心境对肚子里的儿子有好处。我这一段烦躁肯定让他受了苦，我时常能感受到他在练少林拳表示抗议。

我在这种幸福和享受的心境中似乎要入睡，突然，肖天左坐起了身。

他穿衣下床，拉开门扇往外跑。他与曹翠芬有几句对话，声音很大。他说曹老师你怎么啦？曹翠芬说自己疼得要死。肖天左的声音很慌，说你能忍吗？我去叫大夫。曹翠芬哭着说120，120！120很快就来了，一阵杂乱的脚步声像是踩在了我的胸上，我的心这个时候才开始怦怦乱跳。我听到曹翠芬是被抬走的，因为不断有人说，担架放平，担架放平！院子里又重归寂静，我等着肖天左，肖天左却没回来，他跟着去医院了。

肖天左天大亮了才回来，这个时候我还没有起床。肖天左说，你睡得真死，曹翠芬夜里折腾得去医院了你都不知道。我说我是不知道。肖天左说，她心梗了，多亏痛得知道叫，医生说，再晚送几分钟人就没命了。我说她命好，遇到了你。肖天左不耐烦地说，你什么时候变成这样了。我说什么样？肖天左说，我不过是送她去医院了，值得你这么尖酸刻薄？

我说肖天左，我是你儿子的妈，你听不懂我的话了。

八

曹翠芬却没有再回来。第三天，医生说她已经基本脱离危险了，心梗却引发了并发症，曹翠芬死了。

曹翠芬真的死了。那样一个鲜活的人，说没就没了。

我狠狠哭了一场，对着镜子哭，廉价的眼泪流进嘴里，比水还淡，连一点味道也没有。我在镜子里不认识我自己，不知道我是谁。我是一个陌生人。不叫李红，也不认识曹翠芬。可这只是我的一厢情愿，我什么都改变不了。

我哭得整张脸都是麻木的，肌肉突突乱跳。肖天左很担心，他问我，你真的那样伤心？

我不会告诉他，曹翠芬本来可以早些去医院，只要我把肖天左叫醒，其余什么都不用做。可我把曹翠芬的呻吟听成了蝉鸣或蛙声，我在蛙声和蝉鸣中很幸福，很享受。我不知那一夜怎么了，我对曹翠芬的痛苦半点感觉也没有。我拼命说服自己，曹翠芬即便早去医院也是这个结局，这是命。

可万一呢？

这笔账就这样在我心里写下了。我不告诉肖天左，我谁也不会告诉。这样的事，怎么可能说与别人呢？它就藏在我心房的一个隐秘的角落，平时是睡着的，只要我想起曹翠芬，它就蠢蠢欲动。

我很后悔。肠子都快悔青了。

曹翠芬的哥哥来给她收拾东西，我过去帮了帮忙。她哥哥是一个闷嘴葫芦，什么也不说，什么也不问。他是来接受结局的，结局什么样，他都会装在口袋里。曹翠芬一直与家里人没什么来往，单位的人说她这点也可恶，她妈去世她都不回去奔丧。

她哥哥在床角与墙壁的夹缝间发现了那件织了半截的毛衣。一共没有三寸长，除了底边，那个菱形块里的葫芦刚织了一半，很多针法都是错的。毛衣很显然是给男人织的。她哥哥问我知道不知道曹翠芬给谁织的毛衣，我说不知道。

她哥哥乞求地看着我，让我使劲想想。

我忽然想起了那几个繁体字，我问，你认识孙庆东吗？

他哥哥吃惊地说，他出来了？

我不知道他的话是什么意思，未置可否。

她哥哥的脸上逐渐有了愤怒，说，毛衣是给那个人织的？

我想了想，坚决摇了摇头。

毛衣被那双粗糙的手搓揉了一下，签子掉了出来。她哥哥机械地在那里抻扯毛线，曹翠芬的千辛万苦，瞬间就付诸东流。她哥哥红着脸说，人都死了，也没啥怕羞的了。那个孙庆东，是翠芬的老师，因为欺负翠芬和别的孩子被判了二十年，翠芬那年才十七岁。

哦哦。我赶紧说，我知道。

其实我不知道，我是见不得他连耳根都红了的窘相。

曹翠芬的哥哥又说，怪只怪家里穷，也怪翠芬太想上学了。要是知道她念书出来成了这个样子，哪如在山里种庄稼。

我说，她和家里来往不多。

她哥哥说，从小家里就不想让她上学，我们兄妹九个，谁都没上过学。她主意正，自己跑到学校去缠老师。从小到大家里没为她上学花过钱，都是她自己想辙。家里实在是穷，因为这个她恨家里人，恨父母。到了初中，孙庆东供了她几年，她吃得好，穿得好，我们只当遇到了好心人，没承想他们之间有丑事，孙庆东把翠芬糟蹋了。那年孙庆东都五十多了，他不是人。

他不是人。我说。

曹翠芬的哥哥又说，怪也怪翠芬自己，如果她不是那样想上学，就不会有那样的事。她是把自己送上门去让人糟蹋的，要说也怨不得别人。孙庆东的家也散了，他老婆吃了药，他妈上吊了。翠芬读了初中不够，还要读高中，读大学。她读那样多的书也没多明事理，又没带来啥好处。我们都是一家人，就她连个男人都找不着。她要是有个男人，孩子就不会被人杀死。

我不说话了，无话可说。我在想那天曹翠芬看纸条的样子，她分明不恨他，她还想联系他。也许，她已经联系上了他，毛衣就是为他织的。我试着想了想曹翠芬的十七岁，她遭蹂躏的那几年，也许是她生命中仅有的温馨日子。我知道这样想很罪恶，但是没办法，这就是我的真实想法。我记得很清楚，她是在看到纸条之后突然买回毛线的，她笨拙织毛衣的样子，她一心想把毛衣织好的样子，就是对生活充满希望的样子。那么，这希望是谁给的？

只是这种推测我不能对曹翠芬的哥哥说。我对他说了另一种推测，另一种推测有些言不由衷。我说，毛衣也许是给你织的。

她哥哥立时跌坐在地上，牛哞一样哭了。哭了三声，他只掉了一颗大大的泪珠，然后站起了身，把那些毛线团起来塞进了塑料袋，那些曲曲弯弯的毛线让塑料袋蓬了起来。她哥哥说，我知道你这是在说好听的话，大妹子。我说句不中听的，你都可能给我织件毛衣，曹翠芬不能。

我问为什么不能。

曹翠芬的哥哥马上变得怒气冲冲，他说，她把那么多的钱都送给了别人，她会给我织件毛衣？

曹翠芬在弥留之际留下了遗嘱，这一点，让许多人始料未及。曹翠芬是个特殊的人，她的遗嘱也很特殊。曹翠芬说，她死以后所有的器官都无偿捐献，给谁都行，她的所有存款就作为那些人的手术费用。这份特殊的遗嘱被媒体广泛宣传，因为曹翠芬是我们这座城市的器官捐献第一人，她的大幅照片以最快的速度被制作成了灯箱广告，在城市的最高建筑上闪烁。她遗骨未寒，门外等着她捐献的人就已经排成了队。我们单位的同事也对这件事做了广泛的讨论，他们知道曹翠芬为什么要捐器官，他们的看法与媒体不一样。他们觉得曹翠芬是想继续活下去，她刚得了那么多钱，她不甘心死。她想延续自己的生命，除了捐献器官，她暂时没有找到更好的路。那些存款用于手术移植，其实也是用于她自己。我们单位的人都持这个看法，都对曹翠芬的遗嘱不屑一顾，都用那种口气说，还不知道她？他们都自信很了解曹翠芬，曹翠芬一撅屁股，他们就知道她要拉啥屎。曹翠芬从来就没做过利他的事，如果不是为自己打算，曹翠芬连一滴血都不会给别人，更别提在她身上剜块肉，她活着死了都是这样。他们想听我对曹翠芬遗嘱的看法，我说没看法。我有看法也不会说，涉及曹翠芬，我变得谨小慎微。刘金刚追在我的后面打听情况，问我有没有去医院，有没有见曹翠芬最后一面，我赌气地说，没有。我说我为什么要去医院？为什么要见她最后一面呢？她又不是我的亲人。刘金刚说，你小小年纪就能跟她做邻居，你是个有涵养的人。我说她又不是老虎。刘金刚说，她要是老虎就好了，老虎还有国家管，谁管她？死了也让人一刀一刀割，她还不如她女儿。

我说，刘老师，你不懂什么叫境界。

刘金刚吃惊地说，你的意思是——曹翠芬有境界？

我说，假如我哪天死了，我就不会捐献器官，因为我怕疼。

刘金刚说，我也不捐。我都死了，为什么还要让别人好过？

曹翠芬的葬礼由红十字会和几家电视台联合筹办，也挂了群艺馆的名。周易在会上通知了大家吊唁的时间，说谁愿意去谁去，单位就不组织了。殡仪馆离城市有十公里，周易其实也是变相告诉大家，甭去，去还得租车花钱。我想去。我想去看看曹翠芬。我的那种心理很矛盾，我挺怕见到她。所以我不能一个人去，我想找个伴。我如果找肖天左，他是会陪我去的。可我不愿意与他一起去。这又是一层心理。我不愿意与肖天左共同出现在曹翠芬面前，那样曹翠芬可能理都不理我。

我还当她活着。

我让姚小桃陪我去。我知道她不会想去，所以我不问她去不去。我说我想去看看曹翠芬，你陪陪我。姚小桃说，看她干吗？我说我就是想看看她。姚小桃摸了摸我的肚子，说你都要生儿子了，不能再到处乱跑了。我说你陪陪我。姚小桃说，我不是不陪你，全馆的人都不去，我们去算怎么回事？

我最终还是一个人去的，自己租了辆车。我原想曹翠芬的葬礼会很豪华，会很热闹。因为有媒体介入，因为曹翠芬贡献了自己所有的器官，葬礼应该还像个样子。到了那里才知道，世界上最凄凉的葬礼也不过如此。只有一条挽幛，上面写着"曹翠芬女士千古"，在空荡的灵棚里显得很寒酸，而且我注意到，那条挽幛是旧的，不定用过多少次了。零落的几个花圈，零落的几个人，破录音机里放着断断续续的哀乐，看不到秩序和程序。我见到了曹翠芬的哥哥，来给她收拾东西的那一个，在门边立着，显得手足无措。看见我，他就像看见了老熟人，离老远就笑。他说老家也没来人，地里正忙着。今年雨水多，庄稼要被草吃了。曹翠芬还有一个哥哥也在城里工作，可眼下人在外地，回不来。他有些抱歉的样子，脸上都是忠厚和谦和。他与曹翠芬不一样，长得不一样，神态语气没有一处一样。

我在门边跟他说话，眼睛一直也没有朝曹翠芬看。我不看，就像那里没有曹翠芬。那里没有曹翠芬就好了。可我总归要过去的，看她。曹翠芬躺在黄绸子铺的纸棺内，人显得很小，很瘦，像画一样单薄。她的衣服颜色艳丽，脸上涂着厚厚的脂粉，打扮得像个戏里的死人。我想问她一句话，只一句。如果能够早一些去医院，你还会死吗？我问了，只是不知道她有没有听见。在我不经意间，录音机里的哀乐忽然变了，变成了《一条大河》的前奏曲。紧接着，郭兰英柔婉的声音在偌大的灵棚里铺天盖地响了起来：一条大河波浪宽，风吹稻花香两岸……

我看见了那个人，那个叫孙庆东的人，又瘦又高又黑，穿着黑西服，捧着一大束红玫瑰出现在曹翠芬的遗体前。这一大束红玫瑰，一下子就把灵棚点亮了。录音机里的磁带无疑是他调换的。曹翠芬的哥哥跑了过来，质问他跟死人捣什么乱。曹翠芬的哥哥很生气，他觉得人死了只能放哀乐，他生气时的神态与曹翠芬很相像。我用力把他扯住了，我说你等等。他信服我，变得安静了，只是眼睛里有疑虑。他说，这歌像我妹唱的，当年她就是唱着这首歌考上大学的。我也静下心来听，居然也听出了曹翠芬的声音，我有点疑惑，莫非这首歌是曹翠芬录的？我听了差不多一段，到底还是听出了这不是曹翠芬的歌声。我感觉很奇怪，曹翠芬的声音与郭兰英的声音居然这么像，可惜她没有登过台。我问曹翠芬的哥哥认不认识这个人，他居然说不认识。他问我认识不认识，我说我见过这个人，但不知道是谁。

我没有对他说实话。

孙庆东把玫瑰放到了曹翠芬的头前，就迅速走了。他走得很匆忙，像那天一样，甚至有些慌张。我追了出去，我不能让他就这样走掉。追的过程中，我一直在想怎么称呼他，我觉得应该叫他一声孙老师，因为曹翠芬哥哥在，我没有叫出口。我说，喂！他一回头，我赶紧说，你的纸片我转给曹翠芬了。他迟疑的工夫，我又说，你没留电话，她联系不上你。他说，我没有电话。他已经走到了大门外，那里是一个上坡，他已经到了坡顶。他在坡顶若有所思地看着我，又说，我没有电话。我就住在你们前面那个院子，门口朝东，我们不走一条街。我想了想他说的位置，离我们住的院子不过二十米，只是出了门口以后，我们朝西走他朝东走。我问，曹翠芬有没有找到你？他落寞地说，没有。我一直在等她找我。我说你应该再找她一次，找到她。这时我已经走到了他面前，我这才发现他长了张愁苦的脸，很老，皱纹很深。曹翠芬没有见到他。曹翠芬如果见到他，不知会作何感想。他带着明显的情绪说，我怕她不愿意见我。她生活得很好，有什么必要见我呢？

他又说，曹翠芬从小就爱听《一条大河》这首歌，也爱唱，没想到她会死在这条河里。

我问什么叫"死在这条河"里。

孙庆东说，要不是"这条河"，她的女儿就不会被人杀死。女儿不被杀死，她就不会得心梗。你说，是不是"这条河"害了她？

我连连摇头，表示不同意他的看法。看得出，为了曹翠芬他没少花心思，连这首歌的磁带都买了。可有些事情他知道，有些事情，他永远也不会知道。

我没有说她织毛衣的事。

九

我生了一个女儿。

我一直在琢磨我的女儿是怎么回事，她是一直在我的肚子里潜伏着，还是在降生的一刹那，她让自己变了。我一直觉得她是男孩子，这种感觉根深蒂固。而且我在例行检查时做了三次 B 超，因为找了熟人，她们都告诉我是男孩子。还有，所有见过我怀孕的人，都说我怀的是男孩子。我的儿子，他是什么时候变的呢？

肖天左表现得兴高采烈，他说女儿好，女儿长得像他。他每天忙得像一只停不下来的陀螺，该转的时候转，不该转的时候乱转，转得我头都是晕的。我说，你能不能坐在哪里歇歇脚？肖天左说，我转习惯了，停不下来。我女儿生下三天就会笑，她是听了肖天左的那句话，突然会笑的。

有一天我翻日历，发现那天是曹翠芬的"百日"——她死一百天了。我给她写了封信，告诉她我生了女儿，我还告诉她，她是所有人中唯一一说我怀了女儿的，她的原话是这样说的：李红，你怀的也是女儿。

因为这个"也"字，我还生了很大的气。

她有的时候说得也是对的——这是我信中最重要的一句话，我想告诉她。

我在夜深人静的时候走出家门，来到了一个十字路口。看看左右没人，我在马路中间画了一个大大的圆圈，把写给曹翠芬的信在圆圈里烧了。信装在了一个大信袋里，信袋上写了曹翠芬的名字，为了保险起见，我还贴了一大堆花花绿绿的邮票。

这件事，我没有告诉肖天左。

生死结

一

又是清明节。

一年所有的节气中，李伟平最看重清明节。所以每年上坟的季节她都要把日历放到枕头边，每晚都要翻上一翻。她觉得前三天后三天是好日子。其余的日子都离清明这天远，有些借不上劲儿。而这前三天后三天，李伟平又觉得前三天的日子好。没什么理由，只是心里的一种感觉。李伟平无法想象已经到清明节了自己还没有去上坟，那边的人会等得着急的——尤其是妹妹。

所以，李伟平上坟与别人不一样。很多人上坟是上给活人看的。即便不是上给活人看，也很有一些人把这项活动只当作一种仪式来完成，在他们的心里，一点虔诚或庄严的感觉也没有，这能从他们的神态和脚步看出来。他们走向坟地的时候还在说笑或打闹，悠悠地晃着手里的烧纸或点心匣子，眼神像桃花一样不知羞耻。每年，在家乡的田埂上，李伟平都要碰到这种人，他们穿得花花绿绿，看上去像是在春游。他们响声大气地说一些与上坟无关的话，一点儿也不怕惊动地下的死者。李伟平经常用很复杂的眼神看那些人，希望他们能收敛一下自己的行为和举止。可那些人都像木头做的，根本无动于衷。

罕村的人都知道，李伟平上坟与别人不一样。李伟平家住县城，每次回来上坟都先去坟地，把坟上好了才去哥哥家。因为李伟平与别人不一样，罕村的人凡是没事儿而又知道李伟平回来的，都会跑过来看热闹。李伟平在堤里上了坟，还要去堤外。堤里埋的是父母，堤外埋的是妹妹。无论在堤里还是堤外，李伟平总要哭一通，嘴里叨咕着一些谁也听不懂的话，这也是李伟平吸引人的主要原因。李伟平曾经是罕村最俊的闺女，那年月被招工到县上的化肥厂上班。前些年化肥的价格"嗖嗖"往上涨，县上的化肥厂却倒闭了。李伟平给人当过保姆，干过传销，又到家政服务公司上过一段时间的班，都没找到感觉。李伟平决定自己干，从投资小、见效快的角度出发，李伟平在菜市场租到了一个摊位，卖新鲜蔬菜。

这与上班就不一样了。李伟平像上紧了发条的机器，想让自己停下来都不可能。每天天不亮就要到批发市场批发蔬菜，她喜欢头水的蔬菜，鲜嫩，水灵。没被那么多手扒拉过，叶子的棱儿没打边儿没去。把那么漂亮的蔬菜摆到自己的摊位上，李伟平不吃饭也心满意足。她也没工夫吃饭，早上就不用说了，三轮车上吊两根油条，一边走一边吃。午饭原本是可以回家吃的，可李伟平是整个菜市场收摊最晚的人，一般都要一两点钟以后才能答对完最后一个顾客。这时候别说回家吃家常便饭，就是吃山珍海味也没心情。一个发面饼，两只肉火烧，外加一碗香菜汤，一顿饭就吃舒服了。然后有两个小时的空闲，够手儿的时候打打牌，不够手时睡睡觉，然后就该忙晚半晌了。星星出齐了，李伟平回家了。装钱的帆布包斜挎在肩上，一阵风似的往家赶。好歹洗洗手脸，就坐床铺上数钱。一天里只有这一瞬间最惬意，可散碎银两还没数完，上下眼皮就开始打架了。如果不装心事，李伟平头挨枕头就着。如果装了心事，三翻两翻地要折几个饼，但也就是折几个饼而已。有时老侯需要麻烦她，把手伸到她的痒痒处，可李伟平的鼾声像打雷一样，气得老侯拍她一掌，骂："这××也叫女人！"李伟平翻个身，把后背对准男人，一点儿动静也没有。日子就像卫生纸，一突噜就是一卷子。一年的光阴三突噜两突噜地就给突噜没了。再回头看，除了一地烂菜叶子什么也没留下。

　　一年三百六十五天只有清明节前的某一天是李伟平的假日。所以，李伟平生怕这一天的假日也给突噜没了，从天气转暖开始，李伟平就把日历放到了枕头边，每天晚上都亲手翻一页，都要看看清明节气的那页纸。那页纸是绿色的，像被雨水打湿了的菜叶子。其实菜叶子样的纸在这本日历中不知还有多少页，可这一页让李伟平觉得与众不同。李伟平粗糙的手掌抚在那张菜叶子上，像抚着父母或妹妹的脸。

"就要回去看你们了。"李伟平梦呓似的说。

二

罕村离县城有二十几里路。早些年李伟平骑着自行车回娘家，一路春风拂面。那时李伟平还没有下岗，还是县化肥厂的工人。丈夫老侯也还没病退，他是水泥厂的优秀班组长，照片总上厂里的光荣榜。儿子小光也不赖，连年是学校的三好生。一家三口的日子平和、幸福、美满，就像年轻时常听的一首歌唱的那样，"我们的生活比蜜甜"。比蜜甜的日子就那么几年，就由父亲的意外事故闭上了帷幕。父亲给村里人帮忙盖房子，从房顶上摔了下来。主家把全体造房子的人都拉来做证，说父亲只是和泥的，根本没有必要上房顶。父亲是趁别人休息时自作主张上去的，出了事怨不得任何人。事情也的确是这样，他有恐高症。上两米高的墙头就打摆子，登上四米高的房顶，父亲到底想干什么！父亲就像天空中掉下来的一块泥巴，落在地上就不成形了。相隔二十几里地，李伟平都听到了父亲砸到地上的声音。骨骼碎裂，鲜血喷溅，混合着父亲仓皇而恐怖的声音，李伟平确实听到了。她当时正在上厕所，那一片混合音响确实非常恐怖。她提着裤子跳了起来，她抖着牙齿问别人，你们听到什么没有？谁都没有听到，可那一片声音让她毛骨悚然，她意识到是父亲出事了，而且肯定是父亲出事了。

　　果然是父亲出了事，而且是出了大事。父亲摔下来时只来得及叫半声，另半声就随着他的魂魄飘走了。自从笃定父亲出事，李伟平就做了最坏的打算。所以她走进罕村时，别人一脸惊慌，她却一脸镇定。她只能一脸镇定，因为她最先知道结局。是父亲告诉了她。李伟平固执地认为她听到那一片声响是父亲传导给她的。父亲怕她张皇，因为父亲的后事还要她料理。哥哥不是好哥哥，凡事都听媳妇的，自打结婚就和父母断了来往，那样他可以名正言顺地不养老人。母亲是个懦弱的人，遇到不好的事就只会慌得打战。妹妹还小，除了哭都不会想到应该干什么。李伟平该扮演什么角色由不得她自己，她不能趴在父亲的身上哭个昏天黑地。她的泪都往眼睛深处流。李伟平掏出了兜里所有的钱，请厨子买肉买菜，请木匠赶制棺材。买白布缝孝衣孝帽，请知事糊纸车纸马。墓道打在向阳的高坡上，头朝东脚朝西。五道庙子搭在十字路口，连着要送三遍纸。父亲头前点着长明灯，阴间的路黑。手里揣着狼牙棒，奈何桥上打狗用。要用香油点眼官，否则到了阴界是瞎子。嘴里塞上茶叶，不能空着口走。脚上拴着拌马索，脚心一边点一粒朱砂……凡事都打点齐全了，暗里抱着孝衣孝帽请哥嫂，让他们看在自己有儿有女的分上过去磕个头，否则将来不好做人的是他们。嫂子亮开嗓门一路号着去了，又一路号着将父亲送到了墓地。有嫂子这一路号，父亲走得不凄凉。

　　李伟平在父亲的丧礼上忽视了母亲。她甚至从始至终都没看见过母亲的身影。她不指望母亲做什么，母亲除了美丽一无所长。母亲曾经是大户人家的女儿，年轻时的一些变故让她的神经受了刺激，否则她不会嫁给父亲。那是绵长的没有尽头的故事，似乎是母亲的前世。母亲美丽的眼睛从不正视任何人，哪怕那个人是丈夫是儿女。所以在李伟平的心里，母亲只是一个需要自己牵挂的孩子。母亲的变化从父亲的丧礼上已经开始了，只是李伟平没意识到。安葬父亲回来，李伟平远远就看见母亲立在家门口朝远处望，李伟平疾步走过去，母亲却倏忽不见了。后来，李伟平找遍全村的角角落落，才在造房子那户人家的炕头上找到了母亲，母亲头发梳得很光，脸上是盈盈笑意，手里端着一小碗茶水，"啧啧"地喝得有滋有味儿。李伟平喊了一声："妈。"母亲笑着摇了摇手。那户人家的人偷偷告诉李伟平，你妈说自己是马英子，马英子是我们的女儿，都死了十几年了，怎么在你妈身上附体了呢。李伟平仔细端详了母亲，果然看出了母亲以外的一些形象。那眼风轻飘飘的，看上去就是个十八九岁的姑娘。那种笑容也不属于她，过去的母亲笑起来也不是那个样子。李伟平小心地喊了一声"马英子"，母亲清脆地应了。李伟平说："马英子我找你有点事，你跟我去趟我们家。"母亲放下茶碗就出溜下了炕，箭步如飞地走到李伟平的前边。那户人家的人脸上讪讪的，虽然他们撇清了责任，但还是难以面对李伟平。那户人家的女人送李伟平出门，顺便把一卷人民币塞到了李伟平的口袋里。

李伟平说："我不要你们的钱，我爸的事怨他自己。一个村里住着方便，还望你们多照应我妈和我妹妹。"

女人忙不迭地应了。

李伟平流着眼泪又说："我妹小，我妈又是这个样子，我哪放得下心。可我又没法子，工作上也忙，孩子又小。"

女人赶紧表态："大侄女你就放心吧，有我吃的不让她们饿着，有我穿的不让她们冻着。"

李伟平说："倒也不用这么费心，我就担心她们被人欺负。"

女人说："看谁敢！以后她们娘俩都是我们的亲人，欺负她们就是欺负我们！"

李伟平知道这个女人水嘴子，但还是真诚道了谢，拉着母亲走出了那户人家的院子。

母亲走出院子仿佛就再不是马英子了，眉梢眼角都掉了下来，脚步也恢复了常态，步子迈得又碎又小。李伟平想好好看看母亲，可母亲低着头，花白的头发耷拉下来，把一张苍白的脸遮得若隐若现。李伟平挽住母亲的一只胳膊，合着她的脚步走。李伟平说："妈，以后家里就剩你和会平两个人了，你们要学会自己照顾自己。地里的活儿干不了就别干，地让哥哥种去。他给些粮食咱就要，他不给粮食咱就买。现在的粮食便宜，我少吃两顿肉，就什么钱都有了。"

母亲说："你要常来看我们。"

李伟平说："我一个月有四天假，放了假我就带小光回家来。"

母亲说："会平又要交学费了。"

李伟平说："妈你什么事都不用管，只要每天给会平做熟三顿饭，我就放心了。"

母亲说："会平将来要上大学。"

李伟平说："我砸锅卖铁也供。"

母亲说："她总嚷着要穿高跟鞋。"

李伟平说："我把脚上的鞋脱给她。"

母亲长舒了一口气，把所有的话都说完了。

李伟平搂住母亲的肩头停住了脚步，把她脸上的白发朝两边一分，母亲美丽的面庞在太阳底下倏忽一闪，就又不见了。那一闪让李伟平觉得恍惚，母亲哪里像五十几岁的女人，眼角连皱纹都没有。黑漆漆的眉毛又细又弯，像画上的女人一般。如果不是那样一个特殊的年代摧毁了母亲的意志，母亲绝不可能嫁给父亲那样的人。父亲身材矮小不说，五官还极不匀称。没有什么本事，还像年轻人一样爱做超越自己能力的事，否则他也不会从房顶上摔下来。李伟平完全能够想象当时的情景，别人都休息了，父亲逞能一样地攀上木梯，爬上房顶。不会有人怂恿父亲这样做，父亲纯粹是心血来潮。父亲一定是想证明自己不只会在地上和泥，也能上房顶做别的事。父亲在房顶上心猿意马，结果忽视了脚底下。上了一遍泥的房顶很滑，稍不留神就会打出溜。换作别人，这样的出溜什么事都不会有，却要了父亲一条命。父亲的这条命不值钱，没有人肯为他负一丁点儿的责任。父亲就这样远离了人间烟火，活着的时候他常计划身后事，说要走在母亲后面，或与母亲一起走。"我死了剩下你妈一个人，她一天也活不下去。"父亲经常这样说。

李伟平轻轻地叫了声："马英子。"母亲惶惑地看了她一眼，又迅疾垂下头去。李伟平说："我们从哪来，妈你记得吗？"母亲回头瞅瞅刚才走过的路，抬起胳膊指了指。母亲说："不是去你爸的坟地了吗？"李伟平说："是，是去我爸的坟地了。我爸的坟地在堤弯里，旁边有一棵大杨树。"母亲说："我认得。"李伟平说："你还记得马英子吗？"母亲说："一个吊死鬼，提她干啥。"李伟平重又挽住母亲的胳膊，拖着母亲走。李伟平说："我们不提她，我们回家。"

李伟平临走之前去了哥嫂家，把身上最后的几块钱送给了侄儿侄女。嫂子一直盯着李伟平的脚看，追问她的皮鞋哪去了。李伟平说，穿着挤脚，与妹妹换了。嫂子说，会平的脚横宽，你穿着挤她穿着更挤。李伟平说，小孩子家好美，挤不挤就不用管她了。嫂子听不得这话，一扭身出去了。

嫂子也是罕村人，与哥哥自己搞的对象。搞对象的时候嫂子就嫌弃公婆，说婆婆疯傻，说公公癫憨，鼓动哥哥自己过。结果哥哥还没结婚就与父母分了家，哥哥占据了正房，让父母妹妹住进厢房的杂货间里。一年以后，嫂子觉得一个院子里进进出出的不方便，就把父母彻底赶了出去。父母用仅有的三千块钱积蓄买了别人家的三间旧房，与唯一的儿子连血脉都断了。

父亲出事以后，哥嫂一直也没照面，他们没法去照面，不知以什么面目出现。乡间没有比死人更重大的事，他们可以说服自己不去照面，但心里必定是不安的。所以李伟平给的台阶恰到好处，嫂子连奔儿也没打，穿上孝衣一路号着就去了。

屋里只剩下了李伟平和哥哥两个人，哥哥长得也随母亲，一张脸甚至称得上英俊。但哥哥也继承了母亲懦弱的性格，哥哥甚至都不愿与李伟平对视。李伟平没有多少话好说，她是来感谢哥嫂的，尤其是嫂子。李伟平知道嫂子不会走远，她一定在堂屋里听着自己与哥哥的谈话。李伟平说："咱们一家人都要感谢嫂子。妈妈，我，妹妹，还有你，都要感谢嫂子。嫂子在爸爸的丧礼上出了大力，全村的人都在夸她。哥哥你要好好待嫂子，我们谁都帮不上你的忙。"话说到这里嫂子进来了，给李伟平端来一碗水。李伟平一鼓作气全喝了，亲昵地搂了下嫂子的肩膀，李伟平装作随意的样子说："嫂子有空就去那边看一眼，要不好像咱家没人似的。我就担心有人使坏，欺负咱妈和妹妹。要是真出了什么事，脸上最不好看的是你们。"

嫂子慷慨地说："伟平你放心，一切都有你嫂子我呢！"

李伟平吃惊地说："嫂子当真肯过去？"

嫂子拍着胸脯说："说假话让我出门让车撞死！"

李伟平用手堵住了嫂子的嘴，"哇"的一声哭了。

三

李伟平连续几天都睡不好觉，脑袋和身子都很沉，眼睛却彻夜不关窗子。每年清明节的前几天她都会失眠，今年好像更严重了些。还没进入清明的前十天，她就有些六神无主。白天卖菜总算错账，晚上回来背着装钱的书包居然走错了家门。彻夜无眠的日子之前有个序曲，李伟平总做噩梦。那些梦里的神神鬼鬼纠缠得她痛苦不堪。她居然梦见妹妹会平穿一身宽松的白衣在树上吊着。会平明明已经死了，可还能发出一种怪声："姐姐救我。"李伟平身上所有的毛发都竖了起来，她是要救妹妹的，不管妹妹是活是死，她都要救妹妹。李伟平纵身一跃就飞了起来，飞到妹妹近前，李伟平才发现妹妹是无法救的，她与那棵树长在了一起，她也是那棵树的一部分。那是一棵百年柳树，胡子都有几层楼房高，妹妹像是被画上去的，摸过去连一点手感也没有。梦中的李伟平哇哇地哭，哭得左邻右舍鸡犬不宁。一开始老侯还能有几句好言语，可看着李伟平一副天亮之前哭不够的样子就烦了，卷了铺盖去了儿子小光的房里。老侯走了，李伟平生出几许歉疚。她想她不该惹老侯生气。应该在老侯好言好语的时候就把哭声停下来。李伟平不是不想停下来，是根本停不下来。那个时候李伟平还被梦魇笼罩着，她如果不哭出来就会被憋死。眼前的烟雾终于消散了，李伟平看见了日光灯，看见了墙上挂着的美人挂历，看见了窗帘上大朵大朵的红牡丹，人才像从潮水中探出头来，尽管身上湿淋淋的，却能够从容地喘一口气。这时候的老侯早就气哼哼地走了，他把门帘子掀到了天上，门帘子也是一副生气的样子，不肯垂下来。儿子的屋里只有一张单人床，虽然里面加了块木板，比纯粹的单人床稍宽，但睡父子两个人还是窄巴。李伟平的歉疚就是由此产生的，由床想开去，越想越多，这一夜的睡眠就到此为止了。

自打从厂里病退，老侯的心情一直不好。他从十六岁进厂，把好岁月都贡献给了矿山。四十岁那年，他查出了矽肺病，厂里给办了病退手续，他领着为数不多的生活费。后来病情好转了，想回厂里却回不去了。厂子与外国人合资了，又下来了一大半的工人。老侯也尝试着做过许多事，择业观念由高到低逐步转变，最终买了人称狗骑兔子的三轮车，载二等。生意一直不好不坏，但能赚出工资。想着就这样不咸不淡地维持下去，可城市改造拓宽道路整治交通美化环境不允许机动三轮车上道，这还只是第一步。第一步就已经闹得人心惶惶了。那些干得年头久的人已经有人转行了。舍不下这个行当的人都是老侯那样刚赚出本钱或连本钱都还没赚出来的人。两年前一辆车子五千多块钱，现在则连两千块钱也不值。这个世界总是变化快，快得让人稍不留意就落个人仰马翻。

老侯的性子总是让人拿不准。绵软起来扎一锥子都不出血，但有时候也像花炮一样点火就着。都是这个世道闹的，李伟平想，什么都没有个准星。要是从一开始就不许人们开三轮车，也不会有那么多人东摘西借地想做这个买卖。

老侯的心里不好受。自从出了章程，坐三轮车的人明显少了。从不失眠的老侯也开始在床上折饼了。所以李伟平不计较老侯的态度，失眠的人睡着了不容易。

都只怪自己做那些污七八糟的梦。李伟平望着黑洞洞的屋顶想，明明上吊死的是母亲，怎么变成了妹妹会平呢？母亲是父亲去世八个月以后吊死的，让人不可思议的是，她也选择了当年马英子吊死的那棵树。三年以后，妹妹以优异的成绩考取了师范学院，与李伟平生活在一座城市。妹妹是一个有着自己人生设计的人，上小学时就知道只有好好学习，将来才能找个好婆家。会平除了好美没别的缺点。如果再苛刻一点说，就是男朋友换得勤了点。会平每次换了男朋友都会领来让姐姐相看，姐姐没有一个不满意。会平选中的人身高都要在一米七五以上，父母要在城里当干部，就凭这两点，做姐姐的就把妹妹佩服得五体投地。李伟平回想自己那个时候，傻气冒得比人都高。师傅说给她介绍个对象，下了班衣服也没换就跑去相看了。俩人待了不到五分钟，人多丑多俊不清楚，多黑多白不清楚，多高多矮不清楚，只知道对方是工人，就把事情应下了。老侯请她下馆子她去，请她看电影她也去，请她去见公婆，她二话没说就跟着去了。五个月以后他们结了婚，结婚那天她告诉老侯，她有过别的男人。

李伟平一直以为妹妹将来的日子会过到天上去。妹妹换的男朋友一个比一个帅气，家境一个比一个好。可会平总是不满足，想法出奇多。毕业以后想直接留在城市，想改行不当老师，想进党政机关，想有一套自己的房子。这些想法都对，可都不是李伟平能够帮忙解决的，妹妹不是几年前的妹妹，看着姐姐的一双皮鞋眼馋。李伟平只能看着妹妹换来换去跳来跳去。毕业那年寒冬腊月的一个深夜，会平在学校门口横穿马路，被一辆奔驰的汽车撞出去二十多米远，大红的羽绒服飞到了树上，在上面挂了小半年的时间。

要是睡得着就好了，就不会做那些稀奇古怪的梦了，就不会在梦中把自己和老侯哭醒了。李伟平念念叨叨，果然开始失眠了，两只眼睛像被支上了火柴棍儿，想放下眼皮都难。一个一个的长夜李伟平翻来覆去地想这是怎么回事，难道是她的生活又有磨折了？因为睡不着，李伟平就比任何时候起得都早，她到蔬菜批发市场时，偌大的场地黑黝黝的，连卖家都还没有来。只有昨天遗落的烂菜叶子散发着古怪的味道。借着星光看了看表，李伟平断定自己在家把时间看错了，把两点二十看成了四点十分，否则批发市场不会如此安静。

李伟平想在车上眈一下，车上有盖青菜用的棉褥子，正好可以铺一半盖一半。因为几天不合眼的缘故，她的眼皮沉得放不下来。后来好不容易合上了，"咣当"一声，人就闷住了。然后就是一串一串的梦，还是神神鬼鬼似的东西，在烟雾里穿行。然后就听见妹妹尖声辣气地叫："姐姐救我！"

李伟平猛然惊醒了。

李伟平昨晚看过日历，这是清明节的前十天，与李伟平心目中的日子还差一周的时间。可那种感觉是怎么回事呢，李伟平感到紧迫得有些透不过气来。那种紧迫过去从来没有过，仿佛一块千斤重的石头压在了心上，如果不想法子，连一分钟的活路也没有。李伟平飞身上了三轮车，耳边挂着呼呼的风声往家赶。回家的响动又把老侯惊醒了，老侯这回没有不耐烦，赤着脚跑到门厅问李伟平是不是遇到打劫的。李伟平喘着粗气说，是，遇到了一群鬼。老侯"咣当"一声关上了房门，紧张地问，鬼什么样？李伟平说，鬼没有样子，但我知道那是一群鬼，闭上眼睛他们就到我的梦里来。老侯一下子泄了气，看了看表，重又爬回床上去了。老侯说，深更半夜的，不碰上鬼才怪呢。

李伟平说，你说怪不怪，会平也是鬼。

老侯闭着眼睛说，快别说了，多瘆得慌。

李伟平说，会平给我托梦了。

老侯睁开了眼睛。

李伟平说，今天我要去上坟，会平让我救救她。

老侯叹了一口气，会平的事也是老侯心上的一道伤口。有着那么美好的前程、又年轻又漂亮的会平被那辆车撞得连脸都没了，那种惨烈搁谁身上谁都得记一辈子。

反正早晚也得去，早去早踏实。老侯说。

四

李伟平在买东西的路上租了一辆红色的夏利。她坐车向来只坐红色的车，红色的车吉利。李伟平备好那些东西，装进车里，一遍一遍清点样数。酒和酒壶从家里带，火柴从家里带，就在兜里装着。然后要紧的是各种纸钱，市面上卖几种李伟平就买几种。这两年流行洋钱票，李伟平特意多买了些。父母一份，会平一份。然后就是供品，点心水果都是拣父母和妹妹爱吃的买，每样都是两份。饺子是李伟平自己包的，包饺子之前她曾经犹豫了一下，想到超市去买。可想起超市饺子淡不流水的味道，李伟平还是决定自己动手。煮的两块方肉也是新鲜的。本来冰箱里早就把肉准备下了，可李伟平越想越觉得冻肉煮不出那种香味，就噔噔噔地跑了趟菜市场。李伟平从自己的摊位前路过，都没意识到。左邻右舍姐姐妹妹地喊她，李伟平才停住了脚步，匆忙解释说今天不卖菜了，今天要去上坟。一些认识年头久了的人知道些李伟平的事情，问她今年怎么这么早，李伟平头也不回地说了句什么，别人都没听到。

这个人，一提上坟就魔怔。提溜秤盘的老李冲着李伟平的背影说。

红色的夏利呼呼地向罕村驶去，李伟平坐在了副驾驶的位置上，不时回头清点一下东西。上坟的东西她心里有谱了，她是在琢磨带给哥嫂和孩子的礼物，都买得匆忙，不知价钱和东西是否合适。每年都给嫂子买一双皮鞋，这已成了习惯。单鞋棉鞋方口紧口调换着买，免得嫂子穿不过来。哥哥的一件毛衣是处理的，摸着厚实却扎手，李伟平就担心天气会突然变暖，让哥哥一天也来不及穿。给侄儿买的是一双旅游鞋，给侄女买的是一套运动衣。四个人中，只有买给哥哥的东西是可以将就的，哥哥就是不喜欢，也不会说出来。想起哥哥，李伟平心中隐隐有些感动，虽然那些年他让父母受尽了委屈，李伟平还是能够原谅他。他娶了村里最厉害的姑娘做媳妇，谁都觉得是李家的不幸，李伟平却不这么看。厉害的姑娘大多嘴一份手一份，能说也能干，这是其一。其二，父母都是那个样子，哥哥要是再娶个窝囊媳妇，李家在这个村就永远也抬不起头了。李伟平对这个家没有别的指望，只要别受人欺负就行。有了这个想法做基础，无论嫂子做下什么事，李伟平都能原谅她。

李伟平指挥司机把车开下马路，上了田间的土道。早春的田野很荒凉，眼前是一片乌蒙蒙的景象。性急的凳儿菜早早钻出了地皮，给土地打了补丁。可凳儿菜也是土黄色的，若不仔细分辨，还以为是柴禾叶子。李伟平在望见父母坟头的一刹那眼泪就涌了出来。把供品摆上去，把纸钱燃起来，燃着的纸钱扔到远处几张，答对过路的野鬼。纸钱在风的作用下"呼"的一声窜出了火苗，李伟平一屁股坐在地上，长一声短一声地哭起来。除了第一句"我那亲爹亲妈你们咋不惦着我呀"可以听得清楚，余下的话都像小孩子在牙牙学语。李伟平的悲痛是真正的悲痛，那种痛苦的感觉在她的脸上密不透风。一切不幸都是从父亲那里开始的。如果父亲不从房顶上掉下来，母亲就不会上吊，妹妹就不会撞死，小光就不会早恋，自己和老侯就不会下岗。李伟平嘴里叨叨的其实就是这些，只是别人听不懂。李伟平的身体前仰后合，脸颊上的肌肉偶尔抽动一下，哭声就哽咽一下，声音从喉咙口处往下压，压，直压到胸里，停顿。好长一段时间的停顿。然后再从胸里反弹出来，冲破喉咙口，气势磅礴的哭声像天上滚过的雷一样。司机是一个见多识广的中年人，也被眼前的情景弄得不知所措。他围着车转了一圈，又转了一圈，然后靠在车身上，点着一支烟。坟是老坟，这一眼就能看得出。坟里埋着的是父母，墓碑上写着的。墓碑上没写故事，但司机猜到了可能不是善终。事情倒过来想，也可能是女人在哭自己。按照眼下的流行趋势，女人哭自己多半是因为男人，嫁了个男人是陈世美。司机的嘴角漾出了一丝嘲笑，他想到了自己。司机也是有女人的人，做他们这一行，没有谁没有女人。他们不叫女人叫相好，没事闲坐在一起，几个电话把所有的相好都招来，和几家子坐在一起没什么两样。相好也是人，女人。不是狐狸精，但像狐狸精一样狡猾和娇媚。玩牌她们总赢钱，上摸一把下摸一把，不赢牌也赢钱。男人哪里经得住她们摸，一把纸牌塞进屁兜就把人拽进车里。关好车门摇上玻璃天地都变了。司机们都爱唱解放区的天是晴朗的天。天一晴朗诸事顺利，就有人顺利过了头，回家和老婆闹离婚，离婚最少闹两年，那边烦了，这边厌了。人脸都跟白菜一个色，撞个车丢条命都是保不齐的事。眼前这个女人让司机心生怜悯，他丢了烟头，用一根树枝去拨旺火，他看出女人已经顾不上了。

李伟平的哭声里充满了故事。她哭爸哭妈哭妹哭自己。自己其实没有什么好哭的，日子虽然不富裕，但还过得去。虽然不是正式工作，但日日也有进项。一个老百姓，还图什么呢? 李伟平卖菜时什么心事也没有。左边的小青是乡下妹子，右边的老李曾经是泥瓦工，被包工头骗了一回就发誓再也不重操旧业。对面的文兰倒是长得漂亮，却带着一个没爹的孩子，孩子每天都问妈妈什么时候也能住楼房。他们四个经常一起打牌，摸到一副好牌就会发牢骚：活着要像这副牌多好。他们都羡慕李伟平是城里女人，有楼房住，还有集体供暖。集体供暖的概念就是楼房还不是很旧，面积也不是很小，很小很旧的楼房都没集体供暖。李伟平每天都被人羡慕着，连儿子小光早恋这类让她头痛不已的事也让人羡慕。老李给她出主意，趁着有人看上你儿子，赶紧把人娶过来，一分钱彩礼也不用出，多合算。老李说这要是他自己的儿子，今儿晚上就把事儿办了，防止明天早上夜长梦多，让李伟平哭笑不得。老李不理解城里人，不知道城里人的想法是一条高速公路，不但想儿子的事，还要想孙子的事。高速路上行驶的是欲望号街车，大家想的都是肚儿圆以外的事。所以老李的建议李伟平不会采纳，她和老侯还将继续头疼下去。不过这都不算事，不是李伟平哭自己的理由。真的不是。李伟平自己没有什么好哭的，她之所以哭自己就是因为她想哭了，没有什么特别的理由。

　　这时已经有人陆陆续续在往这边走，不大的工夫，就围上来十几个人。司机拍了拍手上的灰走到了人群里，有人主动跟他搭话，问他与李伟平啥关系。司机听到了却假装没听到，他问一个背着孩子的女人："这人为啥哭得这么伤心？"女人颠了一下背上的孩子，从头开始说。父亲从房顶上掉下来摔死了，母亲被女鬼迷住吊死了。正上大学的妹妹长得花儿一样，却被汽车撞死了。司机只对女鬼感兴趣，详细询问了，女鬼原来有名字，叫马英子，被一个男人甩了以后就上了吊。被迷了的女人经常去他们家，到了他们家就变成了马英子。人家吃她也吃，人家喝她也喝，管人家的父母叫爸妈，其实她还比人家父母大几岁。一日两日三日，一月两月三月，那家人吃不住劲儿了，请人来家里捉妖，方法都用尽了，妖气也没除。后来那家人自己想办法，女人再上门时得钻火圈，过铡刀，他们还把铡成两截的公鸡挂在堂屋门口，滴答滴答地往下淌血，终于把女人吓蒙了。一天早晨，她在马英子上吊的那棵树上吊死了。

司机问："那女鬼迷人……什么样？"

女人又颠了颠背上的孩子，看看左右没人，小声说："那女人原来神经就不好，加上男人给那家人盖房时摔死了，一分钱也没赔，搁谁谁也不会放过他们。"

司机说："你的意思……她装神弄鬼？"

女人慌忙摇头说："那倒不是，如果不是自己有毛病，谁装也装不像。"

司机说："她在那棵树上吊死是什么意思？"

女人斜了司机一眼，嫌他的话太多了。她背着孩子退出了人圈，又选择离司机稍远的地方走进了人群。

司机打听闲事的时候，李伟平已经不哭了。她用酒壶给还在冒着烟的灰烬画了一个圆，父母坟前的祭祀就算完成了。她站起身，用纸巾擦了把脸，就过来与村里人打招呼。这时的李伟平眉目舒展举止安详，一点也不像刚才还在恸哭的人。她对司机说她还要去堤外烧些纸，让他多等几分钟。司机已经知道了堤外埋的是谁，慌得摆手说："你尽管去，多长时间都行，我不多收你的钱。"司机注意到了周围的人都在丢眼色，他以为是自己说错了话。司机狐疑地看了看周围的人，解释说："我说的是真的……"

没有人理会他，人们跟着李伟平呼啦一下全走了。

五

堤外是一个完全不同的世界。堤里是罕村人公认的墓地，墓碑成群，坟头林立。从远处看，这里还有点森林的味道，杨树柳树是村里统一栽的，与河堤上的树木连成了一体。还有一些松树柏树是各家各户种下的，使这片墓地显得又肃穆又热闹。堤外则是另一番景象，一片河滩地上散落着废弃的碎沙石，妹妹又瘦又小的坟孤零零地坐落在那里，看上去像一个碱大了的馒头。什么时候想起妹妹李伟平都觉得心痛。按理说妹妹应该和父母埋在一起，可妹妹是横死的，又死在了外边，不但进不了村，连坟地也不能进。村里的人你这样说他也这样说，李伟平只得依了。父亲丧礼上的李伟平与妹妹丧礼上的李伟平判若两人。父亲丧礼上的李伟平是理智的清醒的，是有备而来的。而妹妹的惨死让李伟平所有的意识全部丧失了，她成了一个傻子，一个木头人。母亲死了她觉得妹妹可怜，妹妹死了她觉得自己可怜。她已然忘了这个世界上还有丈夫老侯和儿子小光这两个亲人，她以为这个世界上再没有亲人了。她连眼泪都没有。她形容枯槁万念俱灰。她就那样听任着哥嫂安排了会平的葬礼，说应该这样就这样，应该那样就那样。应该有的礼数全免，妹妹就这样整日面对着一大片河水，与父母隔着高高的一道河堤。妹妹多孤单多可怜啊！可妹妹活着时像极了一只喜鹊，走路跳着走，嘴里总唱着歌。妹妹还是一个有本事的人，她对姐姐说要做城里人，就一下子考上了大学。妹妹读的是乡村中学，两百多个人就她一个考中了，像中了状元一样。妹妹的名字上了大红色的横幅标语，在学校的四周悬挂着，不知有多少人从此记住了妹妹的名字。会平提前几天住到了姐姐家，每天都到这座城市的犄角旮旯去转。她说她喜欢城市，喜欢城市广场悠闲的人群，喜欢公园里遛鸟的老人，喜欢散步的夫妻手挽着手，喜欢男孩女孩站在马路牙子上接吻。短短几天时间，会平把城市的内容都看透了也研究透了。她悄悄对姐姐说，她再也回不去罕村了，回不去了。假如有一天命运强迫她离开城市，那她会活不下去的。妹妹说这话时眼睛潮乎乎的，也让姐姐的鼻子发酸，姐妹俩情不自禁地拥抱在一起，抱了很长时间。

李伟平在妹妹的坟前哭得断断续续。她不专心，是在想自己做的梦。梦中的妹妹吊在一棵树上，哭着喊"姐姐救我"。李伟平想，妹妹是不愿回罕村的。妹妹不情愿地回来了，罕村却不要她。她一个人终年睡在这块又潮湿又阴冷的地方，连个说话的人也没有。这就是妹妹的命。妹妹的命就是这个样子。妹妹当然希望姐姐救她，可问题是——姐姐哪里救得了她呢？

因为哭得不专心，李伟平就看见了围观的人在窃窃私语。她冷不丁停止了哭泣，向围观的人群张望。围观的人们好像承受不了这一"望"，纷纷转身走了。李伟平的心里忽悠一下，有些眩晕。太阳刚从云层里钻出来，白花花地照在头顶上，万丈光芒倏忽间就把天地照亮了，却照不亮李伟平的心房，李伟平的心房黑洞洞的，像一口深不见底的枯井。那种感觉冷寂，仓皇，绝望，与几年前的那个早晨非常相似。学校的一辆大巴士来接李伟平，李伟平坐在空落落的车里去看妹妹。她已经知道发生了什么事，学校提前打电话通知了她。对方是一个姓李的主任，声音纤细得有些像女人。李主任说你妹妹违反校规夜不归宿让车撞死了，肇事司机跑了。就是这样一句话，把是非分得明明白白。李伟平是不在乎是非的，她已然不会在乎。心中的那种黑洞洞的感觉就是一眼深不见底的枯井，她不由自主地往下沉，沉。李伟平收拾东西的时候人们都已经走远了，那些人的脚步有些匆忙，尤其那几个背着孩子的妇女，恨不得一步跨到所有人的前头去。李伟平呆了片刻，开始往堤上走。她走得有些力不从心，那种眩晕的感觉加剧了她内心的紧张，她紧张得手脚冰凉。司机在堤上站着，那个中年人，指缝里夹着香烟，居高临下地看着她。李伟平喘着粗气站在了司机的对面，朝人们走的方向扬了扬手。李伟平的嘴巴蠕动着，她是在说话，可她说的话司机听不到。李伟平被司机拽着走下了河堤，司机不想多收她的钱，可李伟平耽搁得太久了，司机不想多收钱可也不想误自己的事。司机几乎是把李伟平和李伟平的东西扔上了车，然后快速掉转车头离开了这里。

哥嫂都用最亲切的笑脸迎接了李伟平，可李伟平有些魂不守舍。她在屋里打了一个旋风脚，就又逃到了院子里。李伟平有些憋气，那种憋气让心脏剧烈地起伏，却不能让鼻孔顺畅地呼出一口气。哥嫂尾巴似的跟着李伟平，问她午饭吃什么。嫂子讨好地说今年李伟平来得早，家里连肉都没来得及准备。李伟平说不吃肉。墙根底下竖着几棵白菜，去年的，蔫得就像霜打的黄瓜。李伟平说就吃白菜馅儿饺子，嫂子你做，我出去转转。李伟平说完这话就逃也似的离开了。她先顺着一条街往东走，然后又往北拐。拐过去才发现刚才追随自己到坟地的那些人刚走进村口，她们看见李伟平，便迅速隐身不见了。李伟平去了婶子家，不是亲婶子，却是村里为数不多的善待自己母亲的人。善待母亲，也善待妹妹。做下好吃的，总不忘给妹妹留一口。李伟平走到院子里，一声接一声地叫。婶子迎了出来，蜡黄的一张脸，瘦得影人儿一般。李伟平吃惊地说："婶子你病了？"婶子慌忙拉住李伟平的手，说："大姑娘，大姑娘。"婶子激动得只会喊"大姑娘"。李伟平被婶子拉进了屋，是两间小土屋，被前边的一座大房子挡着，连天日都不见。那座大房子，是婶子的儿子的。农村就是这样，都是这样。李伟平被婶子拉着坐到了炕沿上。屋里什么也没有，只有一个小躺柜，是用木板拼成的。柜子上连一把锁头也没有。记忆中的婶子是最爱用锁头的人，吃的用的都爱用锁头锁着。婶子开锁头的那个动作，神气极了。婶子盘腿坐在了炕沿上，不说话，伸着脖子打量她。李伟平想先说点别的，好长时间不见婶子了，有许多话想说。可就像鬼使神差，李伟平张嘴就说了"会平"两个字。"会平"后边是省略号，李伟平根本就没预备好说什么。婶子却一下子哭出了声，那张又老又皱的脸，瞬间就让泪水填平了。婶子抓住了李伟平的手，号啕着说："大姑娘啊……"李伟平的那颗心忽然缩成了鸟蛋大，她惊惧地看着婶子，不知婶子下一句会说出什么。婶子擂着自己的胸口说，他们不让我说，可我的那颗心，堵得难受啊！眼下我都是要死的人了，我要是再不说，就没机会了！李伟平把自己的手翻到了上边，握住了婶子的手。婶子的手冰凉。婶子说，傻孩子，明年别给你妹妹上坟了，会平的坟，是空的……

是空的。

妹妹没死？

是不可能的。

李伟平拼命抑制着自己，可还是觉得地震了。自己和婶子在抖，房屋和柜子也在抖。她在抖动中还在拼命抑制着自己，干点什么，需要干点什么。她从炕沿上跳了下来，从身后搂住了婶子。这个动作小时候常做，婶子没有女儿，是把自己当闺女的。可那时候的婶子是个女人，腰背很宽，胸脯很厚。现在的婶子却只是一把干透了的柴禾，给一根火柴就能种出一堆火。

婶子却很快平静了，说出这个天大的秘密让她如释重负。她扭着头对李伟平说，会平下葬的第三天就被人起走了，是去蒋家庄，给人家结阴亲去了。虽是三更天动的土，可纸包不住火，事情还是很快传开了。本来结阴亲也是好事，省得二丫头一个人冷清。可他们偏偏瞒着你，让你一年一年上空坟，别人都是瞧热闹，可婶子我这心里……难受啊！

李伟平一直悬着的心忽然沉到了底，她问："我哥嫂也知道这件事？"

婶子不言语了。

李伟平知道自己该怎么做了，她说："婶子你要保重，我走了。"

重又见到哥嫂，李伟平想起了许多往事。许多许多，许许多多。这所宅院已经老旧了，如同李家过去所有的事情，痛苦的，悲伤的，让人心碎的许多往事，都像房屋一样老旧了。李伟平能够有意或无意地忽略它们，心底里留下的除了温情，还有得意。李伟平得意自己能在父亲的丧礼上跟哥嫂讲和，让一个家变得完整。没有比这更重要的了，一个完整的家，在李伟平的心里，真的比什么都重要。那时哥嫂都还年轻，眉目清朗，现在他们却已经像房屋一样老旧了。他们老旧的证据，就是脸上的笑容。他们的笑容不是对妹妹的，而是对陌生人的，对高高在上的、有求于人的陌生人，才会这么笑。李伟平不忍心打碎这老旧的笑，什么也没有说，就从哥嫂的面前消失了。

六

李伟平没有说自己去蒋家庄。她走出村庄两三里地以外，才搭上了一辆顺路的车。李伟平的心情忽然很平静。她想，假如妹妹没有考上大学，说不定真的会嫁到蒋家庄，那么自己到蒋家庄来走亲戚就是再自然不过的事。李伟平恨死那所大学了，不但要了妹妹的命，还罗织了一大堆罪名，李伟平始终认定妹妹没有错，无论妹妹做了怎样违背常理的事，李伟平都不会认定错在妹妹。假如妹妹可以重活一回，李伟平情愿她嫁到蒋家庄而不是上什么大学。李伟平在蒋家庄的村头下了车，向几个围在一起闲聊的女人打听几年前结阴亲的那户人家，几个女人都连想也没想，几乎异口同声地说，是蒋少先！是李会平！李伟平吃惊地说不出话来。女人七嘴八舌地告诉李伟平，李会平长得就像画上的女子，还在城里读大学。若不是给汽车撞死了，嫁一百次也不会到蒋家庄来。有人问李伟平是谁，打听这个想干啥，李伟平想了想，还是说出了自己的身份。女人们一个一个都欢欣鼓舞，连拉带扯地争先给李伟平带路。路上她们告诉李伟平，蒋家没有别的人，只有一个老妈。结阴亲的事都是一门儿里的兄弟操办的。人家的弟兄齐心，一点儿也不小瞧蒋少先。结的虽说是阴亲，却与阳亲没区别。蒋家的人该叫什么叫什么，就是蒋少先的妈，会平的婆婆，说起话来也是会平长会平短的，跟别人家的婆婆说起儿媳妇没什么两样。李伟平的心中有点乱，不由自主地脚步就慢了下来。早有腿脚快的女人抢到前边去了，站到一个矮墙头前，扯开嗓子喊："会平的姐姐来了！"李伟平在稍远的地方停住了脚步，她忽然有些不敢往前走了。那些女人把她推进了蒋家的院子，一个年老的女人颤颤巍巍地从屋里迎了出来，和李伟平的目光一碰，就把嘴角抿紧了。老太太充满敌意地挡在门口，冷冷地说："你来干啥？"

李伟平抿紧了嘴唇。

老太太的样子让其他女人有些不知所措，刚才还是热气腾腾的场面忽然就冷清了。那些女人开始往外走，窄小的院落里只剩下了她们两个人。李伟平没有看老太太，她的目光从老太太的头上越过，停在了屋脊上。灰扑扑的瓦楞子上长着草，是两间房，俗称"半截子"，村里这样的房子不多。只有绝户人家才这样盖房子，过去是指没有男丁，现在则是指没有能力娶妻生子的人。院子里倒还干净，有一个水缸，周围围着茅草。木头缸盖上面，顶着一只水瓢。是一只老水瓢，看那颜色比老太太的年岁也不会少。李伟平注意到了这些，而且只注意到了这些。李伟平开始往屋里走，虽然有一只又老又细的胳膊挡在了前边，一点儿也没给李伟平造成障碍，她轻而易举就把那道防线突破了。老太太显然对这一切缺少准备，她愣了一下，便无奈地接受了这个现实。她跟在李伟平的身后说："我们花了三万块钱，三万块钱能买半拉活人！"这话让李伟平感到意外，她停了一下，回头看了眼老太太。老太太继续说："她到我们家没受半点委屈，不信你就自己看！"

老太太说末一句话时李伟平已经走到了屋里，已经看到了妹妹的一幅照片就在墙上挂着，李伟平与妹妹的眼神一对，李伟平哭了，妹妹也哭了。妹妹的照片是准考证上的那张，被放大了。李伟平见过，照相的那天妹妹不高兴，可也只是皱皱眉头而已，哪里像眼下这样凄楚哀怨。妹妹的眼泪都往眼睛深处流，李伟平看得清清楚楚。李伟平说，会平你好不好。会平说我不好，姐，我一点儿都不好，哥嫂把我卖到了这里，我哪里能好，我天天盼着你能来，只有姐能救我。李伟平说，好几年了，都好几年了，这就是命，会平你就认了吧。会平说，姐一辈子不来，我等一辈子；两辈子不来我等两辈子。姐如果这辈子不来，我就一直等到下辈子，我知道姐疼我，姐会来救我！李伟平怔怔地看着墙上的妹妹，恍惚间觉得是妹妹在与她对话。会平又说，姐你看看这个家，看看我身边的这个人，我就是再死上十次，也不甘心嫁给这样的人，姐你懂我的意思吗？

李伟平去看窗，看屋顶，看哪里能依附会平的灵魂。屋子只有一只鸽子窝大，鸽子窝大的屋子到处杂乱不堪。破棉絮，烂布片，这一团，那一堆。那种杂乱在院子里没有反映，所以她误把院子里的空旷当整洁。如今那种杂乱就像穆桂英在摆天门阵，让人心乱如麻。再让人心乱如麻，李伟平也不愿把目光投到墙上，看那个男人。那个男人让李伟平的心受不了，李伟平替妹妹受不了，李伟平自己也受不了。李伟平无法接受这样一个事实，他们盗挖了妹妹的坟墓，然后把偷来的妹妹，送进了这个人用泥土做成的洞房。这与偷一个人，一个活着的人，有区别吗？没有区别，肯定没有区别。假如活着的妹妹遇到了这样的事，她会怎么做？妹妹会杀人，毫无疑问，妹妹会杀人。妹妹是一个刚烈的人，虽然有时候未免娇气，但她不会容许别人欺辱自己，她是能够以死相拼的。李伟平的沉默让屋里的空气有些紧张，她从始至终都没说过一句话。那种紧张给那个比她老得多的女人造成了压力，老太太在她的身后说："你都看见了，我们没亏待会平。初一十五给她上香，大小节日给她烧纸，你们自己家的人，都未见得比我们做得好。我的儿子虽说年纪比她大，可也没大过三十岁，也不少鼻子不少眼，她大姐，你还有啥不放心的？"

李伟平心里一动，赶忙去瞅那个男人。是认识的，叫花痴的男人。年轻时赶集逛庙时经常碰见。两只眼睛像两只红灯笼，打在哪个女人身上，都要把人烧着一样。如果是在荒郊野地里遇见女人，他会把自己的浑身脱干净，挺着肚子让人看。经常让人揍得鼻青脸肿，却一点儿记性也不长。家里买了一只母羊，他便到处去说自己有了媳妇。有人问他媳妇长什么样，他会说一个字："红。"

女人都像他家的那只羊。他经常追在某个女人身后，小声说："红。"

意思就是俊。李伟平和伙伴们开玩笑，经常借用这个字，这个字曾经像流行歌曲一样，传得很广。

是这个人。叫蒋少先的，原来是这个人。

眼下他就和妹妹并排挂在墙上，肩膀挨着肩膀。那张脸还是李伟平记忆中的那张脸，丑陋，淫亵，还有点少不更事。李伟平起了一身冷痱子，又起了一身冷痱子。她抑制不住呕吐的愿望，"哇"的一声，李伟平吐了。

李伟平哽咽着说："我还你钱。"

李伟平又咽了口吐沫，说："我多给你一些。我妹妹不乐意这门亲事，她天天给我托梦。"

老太太的嘴里发出了"嗬嗬"两声怪声，说你说得轻巧，嫁出的女，泼出的水，你说不乐意就不乐意？她在那边跟我儿子早儿女成群了，你坏了他们的好事，我饶得了你，我儿子饶不了你！

李伟平不想再说什么，这个年老的女人，有些阴毒。李伟平不喜欢她，像她的儿子一样，一点儿都不善良。

"明天我来给你送钱。"李伟平扔下了最后一句话，头也不回地走了。

第二天，李伟平又来到了蒋家庄。刚一进村口，就遇见了许多人。其中很有几个与李伟平说过话，她们看见李伟平，就把脸扭到一边去了。有个鼻子扁扁的女人甚至给李伟平丢了个眼色，昨天她是最热情的一个。李伟平没有理会。她用手按着装钱的包，朝村里走。突然，几个手持棍棒的男人从一条胡同里冲了出来，话也不说，就劈头朝李伟平打来。他们下手不重，否则李伟平会没命的。可李伟平还是被他们打晕了，被扔到了一辆三轮车上，拉到了一个很远的地方给丢了下来。这里是一条废弃的干渠，别说通车，连行人都没有。李伟平爬起来时，连蒋家庄在哪个方向都不知道。包还在，包里的钱也在，李伟平多少有些宽心。她一瘸一拐地走了好长时间才找到一条乡村公路。一打听才知道，原来自己都出县界了。

七

蒋干是蒋家庄灵魂一样的人物。不管是在族里还是在村里，他在哪里跺脚，哪里的树都摇晃。他干瘦的身影与他巨大的声望一点儿都不成比例。他的背已经驼了，他每天背着驼背在村里的街道上走，这里瞅瞅，那里问问，什么事也没有，仍然要这里瞅瞅那里问问。村里人有时会排着队等着跟他打招呼，二爷二叔地乱叫，他只用鼻子哼一声，并不看谁一眼。可你若是有事求他，甭管大事还是小情，老爷子都会给你办周全，而且除了婚丧嫁娶的一杯水酒，他连一分钱的酬谢也不收。声望是时间和岁月堆积起来的，他沉浸在这声名里，时常忘了自己是谁。

他是蒋家庄起得最早的人。从自家门前一直往西走，是蒋姓人家聚集的地方。不管院子里如何，门楼是一家比一家排场，都是瓷砖贴面，拼上山水景物或对联，透着一团祥和与富裕。这种局面止于一条胡同口，胡同口的旁边就是蒋少先的家。蒋家的半截子房是村里独一无二的，土墙也是半截子，只齐人的胸高。门楼像是搭上去的，两扇门板上面顶着几块瓦，看上去已经摇摇欲坠了。蒋少先的爹死得早，是个痨病秧子，与人站对面说话，都能把一口鲜血喷到人身上。他娘二十八岁守寡，带着病歪歪的儿子，没想到这儿子还是个花痴。八九岁的年纪就已经痴得不行了。就爱看女人小便，女人蹲着他便蹲在人家的对面，撅着屁股看。人慢慢长大了，这个毛病不但没改，反而又多了新毛病。女人在哪里干活，他就在哪里埋伏着。人家刚褪下裤子，他的长杆秫秸就捅了过去，女人吓得蹦了个高，白光光的屁股就在花痴的眼前扭，连尿都要洒在裤子上，逗得花痴哈哈大笑。花痴不仅大笑，还说那个长杆秫秸是自己身上的东西，比比画画地形容自己占了便宜。有脸薄的女人咽不下这口气，唆使自家男人打了花痴。花痴的娘不干，蒋干也不干。那时蒋干在生产队当队长，在社员会上大发了一通脾气。他说："花痴不是个人，是个畜生。人不能跟个畜生一般见识。倘若看着你的是驴是马，你也打它们一顿？公驴公马也通人性，你在它们面前蹲着你就得让它看。你与畜生置气，你还算个人吗？再说你又不是黄花闺女，让花痴看了你就不值钱了？你就少了东西了？你的爷们儿就不待见了？花痴和花痴的娘不容易，寡妇失业半辈子，换了谁谁也守不住！换了你你更守不住！我今天把话撂在这儿，谁要是再欺负花痴，谁就是跟我过不去！跟我过不去，就是跟蒋姓人过不去！就是跟蒋家庄过不去！看我怎么办你！"

花痴的地位就这样被确定了。花痴在外边经常让人打得鼻青脸肿，在村里却活得很滋润。花痴的娘在许多年里被人家看不起，因为蒋干，成了受尊敬的人。转眼花痴就过了五十岁生日，有一天，他一人躺在墙根晒阳干儿，晒着晒着就死了。村里人都暗暗称奇，晒个阳干儿还能把人晒死。这是八年前的事，八年前这座半截子院子装满了悲伤，花痴的娘几次哭晕过去又几次哭醒过来。她说儿子命苦，想了一辈子女人却到死连女人的毛都没捞着，这让她这个做娘的没脸活着。花痴娘的哭声让许多女人落泪，同样是失去儿子，哭到花痴娘这个程度的不多。花痴的葬礼照例是蒋干操办的，虽说办得又风光又体面，族人全都穿白戴白，晚辈都去灵前行礼，但到底还是不周全，这简直成了蒋干的心病。花痴死了以后，花痴的娘就像一盏油灯熬到了尽头，也到行将就木的分儿了。她每天就在炕上躺着，不吃不喝，装老衣服都穿齐全了，一门心思等死。这天，蒋干来看花痴的娘，带来了一个出人意料的消息。"婶子，我想给少先结一门阴亲。"蒋干话音未落，花痴娘就一骨碌从炕上爬了起来，两眼直着看蒋干。蒋干说："罕村死了一个闺女，还是个大学生。我晚上带人过去一趟，跟人叙谈叙谈，兴许能成。那户人家我认识。"花痴的娘赶忙把一身装老的衣裳脱了，动手搬出了自己的钱匣子，打开了给蒋干看。匣子里多是些毛毛角角的票子，最大面值的是五块十块的。花痴的娘说："我就这些，要不我把房子卖了？"蒋干说："婶子要是信得过我，这件事就交给我去办，钱的事，回头再说。"

晚饭以后，蒋干叫齐了花痴没出五服的几个兄弟，凑了八千块钱。蒋干说，我们先礼后兵，如果这礼成了，花痴在地下谢你们。如果这礼没成，我们这就是偷，天知地知你知我知，谁要是说出去，就让谁遭天打雷劈。几个兄弟都对天发了誓，准备了锹镐用具和三截电池的手电筒，就跟随蒋干出发了。蒋干对罕村熟门熟路，周围的几个村庄，蒋干都熟门熟路。他让别人在村外候着，自己去了李朝阳的家。虽说交道打得少，可蒋干的老脸谁都认得，到哪里都不会吃闭门羹。李朝阳和媳妇凤珠热情招待了蒋干，他们家里很少有德高望重的人来串门儿，蒋干的到来让他们觉出了几分荣耀。蒋干把钱拍到了桌上，直言不讳地说："我是来结阴亲的，这是彩礼，说多不多说少不少。男家是谁你们不用知道，也不用村里人知道，知道的人多是非也多。这件事就你知我知天知地知，你得钱，我们要人。其实就是一把灰，与另一把灰并在一处，人家就是夫妻了。要说这没什么不好，有孤女坟的人家日子都过不兴旺，老辈子就是这么个说法。"蒋干说完这话就吱啦吱啦地喝水，不看那对夫妻挤眉弄眼。到底是亲兄妹，李朝阳听了这话心扑通扑通直跳，他本能地反应道："这个我可做不了主，得进城找大妹商量商量。"凤珠一把把他扯到了身后，自打看见钱她的眼睛就冒光了。凤珠小声说："又不是活人，有啥好商量的。结阴亲是好事，省得小妹在地底孤单。"李朝阳说："那咱就光明正大地结，正好多一门亲戚。"凤珠说："人都死了，结个屁亲戚。既然蒋叔把钱都带来了，说明人家诚心。事情办得人不知鬼不觉，咱家少好多麻烦。死脑筋，这点道理都想不透。"李朝阳说："我怕大妹……"凤珠朗声大气地说："娘家的事她管得太多了，这事我做主。"蒋干把一口剩水泼到地上，问："这就算商量好了？"凤珠说："不愿意自己起墓，伤心。"蒋干说："我们会照原样把坟填好。"凤珠说："眼看就到雪天了，那样容易让人看出破绽。"蒋干说："这个你放心，我们今天就动手。"凤珠又说："让大妹知道，她会不依的。"蒋干说："所以动静越小越好。"凤珠到底心里不踏实，还想说些什么，可蒋干已经起身离座。夫妻两个送蒋干出门，蒋干回头竖了竖大拇哥："女中豪杰，办事痛快。"

蒋干没想到那么快就又看到了李伟平。李伟平穿的还是昨天那身衣服，蓝布裤子，紫藕色的上衣。衣服是新的，可昨天滚的泥土印子还在，穿在身上就像一个逃难的人。包还是昨天背的那个，土黄色，襻儿很短，像是在腋下夹着。李伟平当当当地敲花痴家的门，让蒋干心里一阵阵地凉。蒋干想，昨天下手轻了。原本只想给她个下马威，让她趁早死心，可下马威不好使，那个女人又来了。蒋干没有再往前走，心情复杂地退了回去。李伟平第一次来到蒋家庄把花痴的娘惊乍了。李伟平前脚走，花痴娘后脚就跑到了蒋干的家，八十几岁的人了，跑起来居然像风车一样快。花痴娘说，有人来抢我儿媳妇了，明天就来送钱，还说要多给。没有儿媳妇我可活不下去，我干脆死了算了。说完，像孩子一样捂着脸哭。蒋干想了想，就决定那样做。那女人不来便罢，来了就让她站着进来躺着出去，让她永远不敢登蒋家庄的门。昨天那些手持木棒的人都是蒋干手里的木偶，蒋干让他们冲他们就冲，让他们怎样下手他们就怎样下手，让他们别动人家的包就果然没动。蒋干知道那包里有钱，为防止有人见财起意他特意多派了几个人，让他们同去同回。可以说昨天所做的一切都很圆满，人给教训了，又没伤到筋骨。虽说打得不轻，但没有出血。昨晚蒋干去安慰了花痴的娘，他说："婶子，你这回就过踏实日子吧。不会有人再来抢你的儿媳妇了。"花痴娘想起这事儿就哭，她用一块脏抹布去擦会平的镜框，边擦边说："都做了我家八年媳妇了，都该儿女成群了。告诉你姐，你在那边过得好，愿意跟着我家少先。"

蒋干说："不会有人来了。我断定她这辈子都不敢再来蒋家庄。"

花痴娘说："不敢再来了？"

蒋干说："不敢再来了。"

花痴娘说："再来就把她的腿打断！"

蒋干说："借她二两胆子她也不敢再来了，您老就放心吧。"

蒋干退回去才发觉自己有些心虚，他躲在一户人家的柴禾垛后踮着脚往那边看。李伟平还在敲门，当当当，声音又急又响。这个女人疯了，蒋干自言自语。昨天刚被打走，咋能这么快就杀了回马枪呢。有人喊二叔，蒋干回头一看，身后站着十几个人，大多是昨天参与行动的，都是花痴的叔伯弟兄的孩子。他们问蒋干怎么办，还打不打？蒋干看了会儿天，摇了摇头。一个后生着急地说："还是动手吧，不打她不会走。"蒋干牛眼一瞪："打死她你去偿命？"后生不言语了。后生是读过高中的，在人群中不愿意保持沉默。后生小心地说："咱们躲在这里，好像理亏似的。咱们理不亏，咱们花了钱。"一句话点醒了梦中人，蒋干点头说："这话在理，跟我走。"蒋干率众朝前走去。队伍很快就扩大了若干倍，在各家门口等着看热闹的人们呼啦围拢了来，很快就把李伟平包围了。

李伟平一点儿也没有慌。在决定今天重返蒋家庄时，她就做了最坏的打算。她对丈夫侯麦生说，老侯，我也许回不来了，天黑以后我如果不活着回来你就去报警。老侯看着李伟平，小心地说："就不能不去？"李伟平说："不能。"老侯知道李伟平会这样回答，因为李伟平早起没有去批发市场。李伟平舍不得耽误工，除了回家上坟，年三十都不歇着，发高烧都不歇着。一旦李伟平歇了，那肯定是比天都大的事。

老侯昨晚收得早，有点小感冒，还因为生意不好，就有点小病大养。他统共挣了四十八元五角，是许多天里挣得最少的。他用那几块零钱买了些肉馅儿，准备回家做顿丸子汤。天都大黑了，李伟平还没回来。老侯想到了许多种可能，却没料到李伟平会挨打。李伟平一瘸一拐浑身是土出现在老侯面前，把老侯吓坏了。李伟平把两天里发生的事一起告诉了侯麦生。李伟平抖得说不出一句完整的话，老侯也在发抖。李伟平一身的棒伤，惨不忍睹。那是什么样的人家？因为死人的事能把活人打成那样。可李伟平对自己的一身伤痛轻描淡写，她心疼会平。她说难怪会平总在梦里喊"姐姐救我"，你想不到会平过的是什么日子，会平的屈辱是任何平常的人也不能承受的，何况那个人是会平。李伟平说，知道妹妹的坟是空的，知道哥嫂偷偷与蒋家庄结了阴亲，我想忍。我不忍还能怎么样呢？我去蒋家庄是想走亲戚的，我总得看一眼妹妹。谁知道那人是花痴，比妹妹大三十岁不说还是花痴，老侯你不知道那个花痴什么样，我可是从小就认得。是个连母羊都不放过的畜生，却娶了我妹妹。我不知道也就罢了，我知道了如果再装聋作哑，我还是人吗？老侯你说，我还配做个人吗？

老侯从始至终没有说一句话，他在地上蹲着，抽烟。他当然也气愤，当然也像李伟平一样心疼会平。可是……可是以后的话老侯说不出口，虽然老侯很想说。人必定是死的，一把骨灰，看开点。若是会平活着出了这样的事，不说别人，老侯就会去拼命。人死了就是一把土，一阵风，落在哪飘到哪都不一定。何况哥哥家还得了钱，除了忍下这口气，哪还有别的路可走！老侯不说话是因为他明白李伟平不需要他说这些，李伟平在跟他要办法。可老侯又偏偏是一个没有办法的人。找人去打群架？老侯不会。把会平抢回来？又没这本事。要是认识几个黑社会的人就好了，让他们去把事情摆平。虽然免不了要破费，但可以出出心中这口恶气。可黑社会的人在哪？老侯每天都在街巷上转，连黑社会的影子也看不到。再不就自己有权有势，带一群人过去，说扒坟就扒坟，说起墓就起墓。再不就认识两个有权有势的人……老侯东想西想，想法很多，可没有哪种想法可以变成办法。他帮不了李伟平。李伟平也清楚这一点。李伟平慢慢使自己沉静了，沉静了就灰暗了。灰暗与失望相约而来，人就像被抽了筋骨，让老侯心里不好受。老侯窝窝囊囊地睡了一宿觉，一早起来，李伟平说去蒋家庄，老侯一点儿也没有吃惊。天光还暗着，儿子小光还在蒙头大睡。李伟平背上那只土黄色的包走出了家门，老侯一直是一副难堪的神情和表情。

"别死乞白赖……"老侯只能把话说到这个分上。

李伟平说："老侯，我可能回不来了。天黑之前我如果不回来，你就去报警。"

老侯赔着小心说："就不能不去？"

李伟平斩钉截铁地说："不能。"

老侯听出了李伟平斩钉截铁的口气中有怒气和怨气，就不好再说什么。李伟平已经走远了，老侯才想起自己有车，可以送她一程。老侯急忙追了去，李伟平却说什么也不上老侯的车。老侯在路上窝着，窝出了两泡泪水。

蒋家庄村中心的胡同口眨眼间就围上来几十口子人，还有人在陆续往这边走。没有人超过蒋干，虽然蒋干个儿矮，驼背，可站在人群前，还是不怒自威。蒋干威严地看着李伟平，凌厉地问："你是谁？"李伟平敲门的那只手又重重叩了两下，才回答："我是李会平的姐，我来找我妹妹。"蒋干干咳了两声，缓下语气说："我们不认识你，我们只认得李朝阳。"李伟平说："他不是亲哥哥。"蒋干疑惑地看着李伟平，李伟平又说："亲哥哥不会卖妹妹。"这话让蒋干有些措手不及，他沉了一下，才说："那样说话就不好听了。结阴亲的事自古就有，男方愿娶女方愿嫁，咋成了做买卖？"李伟平说："不是做买卖咋偷偷摸摸？不是做买卖咋不让亲姐知道？"蒋干说："这不关蒋家庄的事。会平嫁过来我们做了席面，半拉庄的人都来喝喜酒。"李伟平说："可会平不愿意结这门亲，她每天都给我托梦，梦中总是喊姐姐救我。她不愿意嫁给那个花痴，你们让我的妹妹遭难了！"蒋干提高声音说："会平还给我们托梦呢，说这门阴亲结得好！"李伟平呜咽了一声，李伟平的呜咽声让她身边的几个女人都打寒战。李伟平说："会平如果是你的女儿，你愿意结这样的阴亲吗！大三十岁不说还是个花痴，那个花痴什么样，你们知道我也知道！要是把女儿送给这样的人，父母得是什么样的父母，连猪狗都不如！"李伟平的这几句话引起了一阵喧哗，她犯了众怒。有人小声地说她这是打人脸呢，她这是骂蒋家庄呢。蒋干身边的声音更重些，很多话都是说给他听的。有个女人扯着嗓子说："她这是不拿蒋家庄的人当人！她自以为她是城里人！"人群有些乱，嗡嗡嗡的声音响作一团。读过高中的后生有些急，他小声对蒋干说："咱们动手吧！"蒋干缓缓朝空中伸出一只手，场面立刻安静了。蒋干说："我知道你是卖菜的。你是下岗工人。但你比李朝阳强，这些我都知道。"蒋干又干咳了两声，并象征性地吐了口痰。蒋干又说："可事情已经这样了，你再犟，还能犟过天去？要我说你不如回去该干啥干啥，咋也不能因为死人的事把活人的营生耽误了。"谁都听得出蒋干的话口儿有些软，虽说软中带硬，读过高中的后生还是直扯他的后衣襟。蒋干又说："我这是为你好，再不济你是会平的姐，算起来我们还是亲戚。你这样闹没啥好处，除非你以后再不来蒋家庄了!"

"我是再也不想来了。"李伟平说,"只要你们让我把会平从这里带走,我就再也不会踏上蒋家庄半步……"

蒋干故作吃惊,"带走? 你想带她走?"

李伟平咬了咬牙,说:"我加倍出钱,求求你让我带她走吧。"

蒋干笑了两声,那两声笑不是从喉咙里发出来的,所以显得味道不正。他说:"你是在讲笑话,即便你出再多的钱,你也带不走李会平。李会平是蒋家庄的人,她已经结婚了。"

李伟平说:"除非让我死在这儿,否则我就一定带她走。"

"那你就带她走吧。"蒋干挥了挥手,"只要你真有这本事,我不拦着。"

人群轰的一声笑了。

两扇木板门忽然打开了,花痴娘像一头憋了太久的头羊撞了出来。虽说瘦小干枯,可能量还是很大,她与李伟平叠在一起撞向人群,砸倒了一大片人。

"有本事你就使去吧。"蒋干轻蔑地看了眼趴在地上的李伟平,摩挲了一下嘴角,走出了人群。

八

李伟平开始了那样一段日子。那段日子什么样,李伟平事后一点儿也想不起来。她只记得每天早晨起来的第一件事除了上厕所，就是做干粮，然后就是风风火火地奔汽车站，坐第一班汽车去蒋家庄。她去蒋家庄是去上班的，她上班的主要工作就是陪妹妹。她一开始就是这样想的。妹妹已经让人抢走了八年了，这八年中妹妹不定怎样想亲人，可作为亲人的自己并不知道。李伟平不肯原谅自己的过失，不能原谅。那种疼痛像钱包一样被她揣进了口袋里，随时都能摸得到。开始那几天，李伟平照例敲不开花痴家的门，虽然花痴家的土墙只有半人高，花痴的娘不开门，李伟平就进不去。花痴的娘也只能像老鼠一样在窗子里探头探脑，却不敢出来。李伟平在花痴家门口一守就是一天的时间。渴了喝口水，饿了咬口干粮。水装在一个又粗又壮的罐头瓶里，喝一口也不显少。村里照例有人围观她，像看一只动物一样。没有人和这只动物正面交谈，他们只是说一些比风还凉的话。他们说李伟平蠢得像猪，犟得像驴，不回家好好卖菜，天天跑到蒋家庄来，还以为蒋家庄发她工资呢。还有人说快回去过自己的消停日子吧，下岗工人连块地都没有，真等着喝西北风啊！无论别人说什么，李伟平都认真地听，然后再告诉人家自己是来找妹妹的，不把妹妹带走她没脸回去。然后就滔滔不绝说妹妹小时候的事，上大学的事，交男朋友的事，还说妹妹宁肯死了也不愿回乡下的事，让别人嗤之以鼻。他们说你和妹妹倒是很像啊，当年你为了当工人做了下作事，你忘没？李伟平说我没忘。我是为了当工人做了下作事，我不做下作事就当不了工人，我们家没权没势。李伟平说这话时的脸很木，声音嘶哑，眼神空旷，让人觉得她根本不知道自己在说什么。也有人善道地劝李伟平，说你带不走你妹妹，你死了也带不走她，你没瞧见村里这阵势？李伟平说我瞧见了，我什么都瞧见了。我如果带不走我妹妹我也没脸活着了，你们也把我埋进花痴的坟里吧，让我跟妹妹做个伴。

疯了疯了。蒋家庄的人都这样说。

李伟平每天游魂样地出现在蒋家庄，蒋家庄的人也头疼。蒋干命令蒋姓人家的男人严阵以待，都别外出，他怕有人强行掘墓。每个晚上，远门近支的蒋姓男人都聚到蒋干的家里，商讨对策。商讨来商讨去的，总也没有个结果。村里已经有了各种传闻，说某日花痴的坟裂了缝，一股轻烟从坟里冒了出来。谁家孩子晚上出去解手，回来就大哭不止，说是看见了相片上的女人。村里越来越多的女人遇到了撞客，用铜钱或硬币一猜，不是花痴就是李会平。村里的传闻一多，就证明人心不齐。人不安生鬼也不安生，需要快些了断此事。蒋干急出了满嘴燎泡，活了一辈子，还从没为什么事情着过这么大的急。他有些想不通，世上怎么还有这样的女人，打也不走，骂也不走，就像一条只认死理的狗。蒋干让大家拿办法，怎么办？办法各种各样，蒋干的头摇得像拨浪鼓。终于有人小心翼翼地说，她总这样没完没了，要不把人还给她？所有人的目光齐刷刷地看向蒋干，蒋干扇了自己一嘴巴，说你这是打我的脸！蒋干又把另半边脸伸过去，说你再打一巴掌！那人便吓得嚓了声。还有人说组织一帮没上学的孩子扔石头，让她在蒋家庄站不住脚。蒋干想了想，说这也是馊主意。打人的法儿已经使过了，再用未必好使。况且孩子下手没轻没重，万一出了人命，咱还得卖一个搭一个。上过高中的后生一直没有说话，蒋干用眼睛去看他，后生才慢条斯理地说，其实都是我们想多了，她不会来掘墓抢人，她如果真想那么做，就不会天天来蒋家庄了。现在她每天都来，就是来送钱的，她还是希望能用钱摆平。既然这样，让她来就是了。她来一天两天，一月两月，一年两年，还能来十年二十年吗？要我说，咱就该干什么干什么，就当她是外乡来要饭的，愿意给就给一口，不愿意给就别理她，慢慢就把她的精神耗没了。她一个城里人，耗不过咱，不信你们就等着瞧。

　　蒋干的眼里已经露出了赞许的神色。可有人提起了花痴娘，说每天吓得连门都不敢出。八十几岁的人了，哪里经得住这么折腾。蒋干已经习惯去看上过高中的后生，眼神甚至有些依赖。后生胸有成竹地说，让二奶轮流到各家去串门，先避一避。去谁家就吃在谁家，行不？蒋干激动得眼圈都红了，他张开双臂搂了一下后生，就仓皇地走了出去。

　　李伟平的家里也乱了套。老侯的忍让终于到了极限。李伟平不挣钱每天还要花钱，这日子眼瞅就要遭饥荒了。这还是次要的。主要的是李伟平神神叨叨的样子都成笑柄了。老侯在跑车的空闲总和一群同行在花坛边上坐着，花坛里的大朵月季像妖精一样迷人。老侯和老侯的同行都看不到，他们都把屁股对准它，偶尔放个响屁。李伟平的事好像天底下没有谁不知道。人们见到老侯都打听，说你管管你老婆，这件事跑到什么时候是个头！哪是我们这种人能跑得起的！这天一早起来，老侯把李伟平做好的干粮摔到了地上。是一锅煎饼，除了一点油花，连鸡蛋也没搁。老侯哆嗦着嘴唇说，这日子没法过了！你要是再去蒋家庄，这日子就别过了！别不知道自己是谁，你真有本事整闲景儿？！李伟平什么也没说，走过去把煎饼捡了起来，用嘴吹了吹。老侯一把给打掉了，又可劲儿给了两脚。李伟平的一腔血腾地涌到了脸上。她说老侯你也欺负我了，老侯你也欺负我了！老侯说，是你欺负我！你总不让我的日子过消停！你欺负了我一辈子！李伟平蹲下身去，又去捡煎饼。煎饼装在塑料袋里，已经被老侯的大脚碾出去了许多。煎饼刚被李伟平拿到手里，老侯飞起一脚，煎饼飞了。

老侯抹了一把脸，噔噔噔地下楼了。

小光从屋里走了出来，他在职业学校读中专。眼下靠在门框上说："妈你有点魔怔了，你这样魔怔不好。小姨的事我去办好不好？"李伟平还没回过神来，她茫然地看着小光，有些听不懂小光话里的意思。小光又说："我不反对你去蒋家庄，可既然爸反对，那我也希望你能听他的。这个家别总这样乱糟糟的，行吗？"李伟平恍惚记得小光的话，她说："你刚才说你去办，是啥意思？"小光说："也没啥意思，我带几个人把小姨弄回来，我办得到。"李伟平说："你是学生！"小光一脸无辜地说："没错，可我满十八岁了，我是成年人了。"李伟平说："你的任务是……"小光说："你放心，我能读好书，也能救小姨出来。什么都不用你担心。"李伟平转身进了厨房，掂着一把菜刀走了出来，她把菜刀咣当扔到了地上，对儿子说："你杀了我吧，我不想活了。你杀了我吧，我不活了！"小光赶紧说："你不让我管我不管，弄这事干啥……"抱着脑袋一溜烟地跑了。

小光自打高一的下学期就像变了个人一样，语气和眼神都轻飘飘的，与过去判若两人。从小光与女友的关系从地下转到地上，李伟平就对儿子彻底失望了。小光的中专都读得勉强。李伟平非常怀念儿子小时候，奖状把半面墙都贴满了。那时候儿子嘴里只有两所大学，北大和清华。现在人长大了，儿子的那颗心却飞走了。儿子从不让父母指望什么，他说一个卖菜人的儿子，将来能卖菜就已经不错了。

儿子把李伟平所有的梦想都打碎了。

花痴家的门突然四敞大开了。那两扇敲了太久的门一旦洞开，就诠释了一种新的意义，最起码在李伟平看来是这样。李伟平站到了花痴家的院子里，激动无比。她想，她要管花痴娘叫大妈。她要把这些年自己对妹妹的思念一点不落地告诉她。上了八年空坟，想一想都让人受不了。她整夜地做噩梦，妹妹真的是在托梦给姐姐，让姐姐救她。妹妹不愿意嫁给花痴，她在阴间都在上吊。妹妹是一个心气很高的人，想嫁的男人要有身高，要有模样，父母要当干部，城里还要有楼房。妹妹之所以提这些条件，是因为妹妹有资本。妹妹聪明，漂亮。又聪明又漂亮。要不是遇到车祸，妹妹的日子能过到天上去。别欺负一个死人，人死就够可怜了，活着的人就别再欺负她了。这两万块钱就只当是会平孝敬的，暂时先给这么多。以后逢年过节我再来看你，我说到做到。你对我们李家是有恩德的，我们永远都不会忘记你……

李伟平其实不是在想，而是在说，冲着那座半截房子说。房顶上落着一只鸽子，是一只灰鸽子，咕咕叫。可李伟平觉得那是一只喜鹊，灰喜鹊。李伟平的话也是对喜鹊说的。喜鹊扑棱棱飞走了，是听完了李伟平所有的话飞走的，让李伟平心满意足。李伟平嘴里喊着大妈走进了屋里，屋里却没有人。墙上的两只相框也不见了。李伟平有些疑惑，反身又回到了院子里，看见了缸盖上顶着的那只水瓢，李伟平自言自语："没错，是花痴的家。"

九

接下来李伟平有了出人意料的行动。她把包和外衣挂到院子里唯一的一棵柿子树上，开始打扫院子。她把院子扫得很仔细，旮旮旯旯都归置整齐了。把墙角的一堆垃圾也清理出了院子，院子里有了一种新气象。她像欣赏杰作一般欣赏自己的劳动成果，欣赏够之后才去了屋里。屋里要复杂得多。那种杂乱让李伟平无从着手。李伟平审视了几分钟，才决定先干什么后干什么。先从卫生搞起，然后整理炕上的杂物，该叠的叠该洗的洗。那些布片和棉絮是拆开的被子，不知什么原因还在炕上堆着。其实也不难想象，那些是过冬的被褥，过冬的被褥在春天是需要拆洗的。八十几岁的花痴娘肯定很想干这些，所以她把被褥拆开了。可她肯定已经力不从心了，所以那些布片和棉絮才那样胡乱堆着。李伟平很高兴自己能把问题想得透彻。想透彻了才好动手。一上午的时间，花痴家的院子里就飘飘摇摇地挂满了晾晒的衣物。那些衣物以黑白两种色调为主，但被面是酱色的，褥面是砖红色的。李伟平特意把两种颜色放在了所有的衣物中间，就把一种氛围烘托出来了。忙完院外的，李伟平又重新回了屋里。这时她脑子里的活计已经排出了队，就像在家里忙活一样。她把棉胎在炕上摊开，该缝的地方缝，该补的地方补，疙疙瘩瘩的地方把它揭开重絮。古老的棉絮有一种浓烈的陈旧味道，稍一翻动就飞出许多棉花毛，堵塞了李伟平的鼻孔。她惊天动地地打了无数个喷嚏，才把那几床棉胎归整完。窗外有许多人站着。李伟平在院子里忙时，那些人在院外站着，李伟平在屋里忙时，他们就挤到了院子里。女人居多，也有男人、孩子和半大小子。奇怪的是，人们的脸上都很肃穆。女人脸上肃穆，男人脸上也肃穆，孩子和半大小子受了感染，行动也像猫一样轻手轻脚。等李伟平的眼前再没有活计可干了，她才感到了胸疼背疼。她的胸背一直很疼，只是许多时候想不起来。已经将近中午了，花痴娘还没有回来。李伟平的目光在一尺见方的窗玻璃上一扫，一张熟悉的面孔倏忽一闪，又不见了。李伟平追了出去，嘴里喊着大敏大敏。大敏脚不沾地，像是要飞起来，李伟平拉开架势追，一直追到人家里去了。大敏家离花痴家其实很近，只隔着几个门口。大敏曾有一个关大门的动作，关了一半，又放弃了。大敏站到门口，对几米外的李伟平说："你追我干啥？"跑几步路已经让李伟平喘不上气了。喘不上气胸背就更疼，李伟平扶着大敏家的墙慢慢蹲了下去。大敏又说："你追我也是白追。"李伟平说："我想喝口汤，大敏，你能给我做口汤么？"

大敏有了一个扭身的动作，回了屋里。

大敏与李伟平是小时候的玩伴，俩人关系一直很好。大敏家境富裕，父亲在罕村当干部，没少照顾李伟平。那年有个县里的干部来罕村蹲点，要了一个招工名额给大敏，体检政审都过了关，走的人却是李伟平。大敏哪里肯善罢甘休，什么手段都使了，也没能改变结局。李伟平去报到那天，大敏一直等在村外的一块玉米地旁，看见李伟平骑自行车过来，就扑过去把李伟平推倒了。李伟平车上挂的东西摔得到处都是，脸盆都滚到沟里去了。大敏揪着李伟平的衣服问，你说，你用什么手段勾搭了林帮子？乡下管不正经的男人叫帮子。李伟平说，你不都知道吗？大敏说，我要你亲口告诉我！李伟平说，我跟他睡觉了。大敏说，我没听见！李伟平大声说，我跟他睡觉了！我不跟他睡觉就当不了工人！大敏我跟你没法比！你这次当不上还有下一次！我这次当不上就永远不会有机会了！大敏动手扇了李伟平一个耳光，说你个臭不要脸的，还敢拿着不是当理说，那就让我看看你的那块肉长什么样，咋就那么招人待见！大敏去拽李伟平的裤腰带，俩人脑袋顶着脑袋干上了。那场架打了大半天的时间，直到村里有人路过，才把她俩拉开了。

　　大敏不止给李伟平做了汤，还端上来馒头和炒菜。大敏摔摔打打地说，你还有脸叫我，看来你是把过去的事都忘了。李伟平说，大敏，我没忘。我一辈子也不会忘。我在城里过得不好，我遭报应了。大敏说，你不用跟我装可怜，我不朝你借钱。再说，我借钱也不会找你，我们是仇人。李伟平说，我知道你是在笑话我，你过得比我好。瞧你这大房子盖的，就像皇上的金銮殿一样。大敏说，有个屁用，再好也是乡下人。乡下没公园，没电影院，没舞厅歌厅，在你们城里人眼里，我们就是傻子。李伟平说，你说的那些地方，我都没去过。城里人也不都是人，城里人也有人做牛做马。大敏的神情缓了缓，看着李伟平说，你们那位……也没本事？李伟平说，有，也下岗了，用三轮车载二等。大敏说，好不容易当了城里人，你就找了这么个人。李伟平说，我把城里人的名分糟蹋了。大敏问，他对你好不好？李伟平说，就那样过日子呗。大敏说，你还能见到老林吗？李伟平说，有时能见到，退休的人了，手里老牵着条狗。大敏说，你们说话吗？李伟平说，我们装作谁也不认识谁。大敏说，你也就是哄我。李伟平说，我自从上班就没跟他说过话。有一次他和一群人去我们厂视察，他看见了我假装没看见，我就知道不能跟他说话了。

大敏说，你傻。你应该让他把你办到好单位去。

李伟平说，我是傻。

大敏说，我敢说你没把这些告诉你男人。

李伟平说，结婚那天晚上我就告诉他了。我说我不是黄花闺女，我说我过去有过男人。

大敏吃惊地说，你真这样说了？你这不是找揍吗？

李伟平说，我当时想，我不说他也会知道，还不如坦白从宽。私心里我觉得他长得不如我，我想这样就可以扯平了。

大敏连连嗑牙花子。

李伟平又说，我还有点别的想头。我想我又不是为了别的才干那种事，我不能算坏女人。我以为他能原谅我，能把我干的那些事当受苦。

大敏说，你做梦。

李伟平说，我是做梦。

大敏说，他不打你就算好的。

李伟平说，我愿意他打我一顿，然后把过去的事一笔勾销。可他经常好长时间不碰我，熬不住了就疯了似的折腾我。我就知道我完了。

大敏说，都怨你。

李伟平说，我知道，都怨我。我不该告诉他，不该告诉他那人是谁。后来那人经常上电视，那人上一次电视他就发一次疯。后来那人退了，他才慢慢好了。

大敏说，你的命就这样。

李伟平说，就这样。

大敏说，村里人那时还说你长得就像城里女人。

李伟平说，要是会平活着，她比我命好。

大敏说，可她死了。

李伟平问，花痴的坟在哪？

大敏警觉地说，你可别问我，我可惹不起姓蒋的人。

李伟平说，我不连累你，你就告诉我花痴的坟在哪。

大敏说，我不告诉你。不是因为我跟你有仇才不告诉你。

李伟平说，那你就别告诉我了。只要在这村里，我在哪都能看见会平。

大敏说，你这是何苦。

李伟平说，大敏你不懂。会平是一个心气很高的人。她要找的人得要身高有身高，要模样有模样……

大敏叫道，一个死人！

李伟平说，死人也是人。死人也不是猪狗驴马，也不能想把她配给谁就配给谁。死人也会说话，她不止一次地出现在我的梦里，说姐姐救我。

大敏的嘴巴噘了噘，没话可说了。大敏问她吃没吃饱，李伟平说不敢吃得太饱，都多久没正经吃饭了。大敏说，这样下去你坚持不了多久，你的身体会垮的。

李伟平说，垮就垮了吧，救人要紧。

大敏说，你以为你这样就能救会平？你太小瞧蒋家庄了。

李伟平问，那我应该怎样做？

大敏说，有仇我也不会给你使坏。我要是你，就回去过自己的日子，就当从来没有会平这个妹妹。

李伟平说，这怎么可能呢？我有这个妹妹呀！

大敏说，要不你就去求求老林，他毕竟是做过官的，也许能帮你。

李伟平想了想，忽然着急地说，大敏，我的包呢？我的包还在花痴家的柿子树上挂着呢。说完就急急往外走。大敏斜着眼睛看李伟平，喊了声："没人要你的破包，你放心吧！"

包果然还在柿子树上挂着，还有包里那两万块钱。

十

　　李伟平用五天时间把花痴娘的所有活计都做完了。时间用得稍微长了些，这要是在平时，可能连三天都用不了。李伟平弯腰的时候后背就像针扎似的疼，这让她不得不停下手里的活计，长时间地舒缓背上的疼痛。她甚至拆洗了一件棉大袄。这件棉大袄显然是花痴娘故意放到炕上的，是一件男人的衣服。李伟平什么想法也没有，一早来给拆洗了，中午的太阳一晃就干，下午就给做得了。李伟平在花痴家忙活的时候，花痴娘正在读过高中的后生家斗小牌。几个老姐妹，盘腿坐在炕头上，用几粒黄豆做筹码，斗得有滋有味。家里发生的事，不断有人来汇报，花痴娘得意地说："我们少先虽说没使上媳妇，却使了媳妇的姐。他还是命好的人。"几个老太太都说亏她想得出来这办法，变相使唤人。花痴娘说："我又没让她干，是她自愿的。"后生的奶奶说："这样躲下去也不是个法子，遇到的是个牛筋子，难不成你躲她一辈子。"这几天，花痴娘其实都是在后生家度过的，主意是后生出的，他没法把人往外推。可人老了，好多地方都讨人嫌。比如，她午饭要喝几小盅酒。本来是后生随意问问的，花痴娘就得脸了。喝酒就要有下酒菜，花痴娘经常吃得筷子翻飞。后生媳妇背过脸去就说后生贱，她又不是你妈你奶，凭啥让我像伺候太后

120

一样伺候她。每天早早地来，晚晚地走，像多了一个老家儿一样。后生脸上的笑也成了苦笑，他也没想到事情变成这个样子。另几个老人也顺着后生的奶奶说话，说这样躲下去不是事儿，说你这一辈子没怕过人，老了老了倒不敢回家了。花痴娘是一个硬性人，把手里的纸牌一推就出溜下炕。花痴娘说，我来这儿是给你们凑手儿的，可不是怕人不敢回家才来的。说完头也不回地走了。

蒋姓人家的男人都走得差不多了，他们都出去务工或做买卖了。自从那个晚上后生说大家该干啥干啥，那些人就名正言顺地不来了，这样每天聚齐的就只有后生和蒋干两个人。后生本来也有一份工要做，因为顾着花痴的事，自觉留了下来，潜意识里，后生已经把自己当成了蒋家庄不可或缺的人物，就像蒋干一样。后生是一个聪明人，上高中时成绩一直挺好，没考上大学纯属意外。家里有意让他重读一年，后生聪明就聪明在这里，他不去读。他怕考不上。他愿意那个"意外"跟定他一辈子，这样他活在村里就显得与众不同。

花痴娘走了，后生也去了蒋干的家。从一开始的晚上聚集，到现在的一天要见上三遍，后生的心性正在一点一点地动摇。李伟平在花痴家晾晒衣物时，后生就在院墙外的一棵椿树后隐着，别人看不见他，他却能看见所有的人。李伟平什么变化也没有，她神情中的那种坚毅是第一次在蒋家庄出现时便有的。变的是围观她的那些人，不知从什么时候开始，那些人脸上的愤怒嘲笑或其他别的一些神情都变作了肃穆。后生想，这些蒋干看不懂，因为他没读过书。后生解读出人们脸上的肃穆其实是一种崇敬，人们已经开始同情李伟平。后生也有些同情李伟平了。他躲在椿树后面，看着李伟平把所有的衣物晾得平平展展，后生已经开始尊敬她了。后生还想起了那个叫会平的姊姊，那天有人从县城把她的大幅照片抱回来，后生第一眼看上去就惊呆了。后生与李会平毕业于同一所高中，后生读高中时，李会平的名字还能被人提起，她的成绩一直没被超越，就像一个传奇。所以，这个名字后生并不陌生。陌生的是这张脸，任你的想象力再丰富，你也想象不出这张脸是这个样子。不是漂亮，不是美丽，不是一切可以言说的感觉。就是有一种说不清的东西深深打动了后生，让他的眼窝湿润，然后一个人躲在椿树后面悄悄哭了一通。那年后生刚毕业不久，因为不想复读就订了婚，定下的女子也不是可心的，可既然没考上大学，后生就定不下可心的女子了。明明知道事情就是这样，后生还是为自己感到委屈。后生觉得自己还不如花痴，甚至设想假如自己和花痴换个个儿，他也是情愿的。花痴阴亲的婚礼也很热闹，因为蒋干带头随了份子。蒋干从不给任何人家随份子，但他仍是座上宾。可他给花痴随了大数目，让蒋家庄的人都无话可说。花痴的婚礼是创造性的，村里最俊的童男童女找了来，脸上擦了白粉，点上胭脂，抱着新郎和新娘的相框行礼。也一拜天地二拜高堂。也烟酒茶糖席宴齐备。也吃吃喝喝熙熙攘攘。只不同的是，在婚礼上烧了三遍纸。第一遍是接，恭迎新郎新娘回家。第二遍是敬，随礼的账目敬请过目。第三遍是送，参加婚礼的所有人列队两旁，送新郎新娘入洞房，洞房就是坟地。那天最忙的人是蒋干，其次就是读过高中的后生。因为许多时候都需要写字，后生便从人堆里被推了出来。忙起来之后，后生就把自己的眼泪忘了，心底的一种荣耀油然而生。回头再看相片上的人，脸上落满了纸灰尘，那种让人心动的感觉早已无影无踪。后生参加了一个奇特的婚礼，那个婚礼让后生记住了自己曾经"忙"，是超越忙的一种形式。至于照片上的女人，早已乌涂灰暗得如同一抹久远的记忆，如果不是一个名叫李伟平的女人出现，后生这一辈子都不愿意再想起她。

后生走进蒋干家的院子时，还在心猿意马。蒋干每天都龟缩在家里，所有的信息都是后生带来的。后生虽说小上两辈儿，可已经获得了平起平坐的权力。当然这不是蒋干告诉他的，不需要任何人告诉，后生自己就明白了，他可以与蒋干平起平坐了。后生若有所思地坐在炕沿上，开门见山地说："杀人不过头点地，人做到那个分上不易。"蒋干说："是你不易还是我不易？"后生并不看蒋干，而是看着蒋干家开启的后窗，后窗外边有一棵榆树，一排排地长满了榆钱屎。后生说："那个叫李伟平的女人，今天给少先叔做了件棉袄。"蒋干说："应该的，论理她也是做大姨的人。"

后生把目光收回来，打在蒋干的脸上。后生说："我们是不是欺人太甚？"蒋干黑着脸不吭声。后生继续说："按说她来要人没错，当初我们没有光明正大。"

蒋干喝了一声："你还想说什么！"

后生愣了愣，他原本没想说什么。

蒋干提高声音说："你还是不是蒋家庄的人？"

后生这才感到话口儿不太对，紧张地看蒋干。

蒋干说："明儿你去做你的工吧。只当蒋家庄没有你这一号。"

后生马上站了起来，结巴说："二，二叔……"

蒋干瞅也不瞅后生："别蹬鼻子上脸。你还把自己臭花生当个仁儿了。"

后生的脸"腾"地红了。所有的语言中，这句话也许是他最难以接受的。他不知道自己是不是个人儿，但把自己当成"人儿"的话，绝对是天底下最损的语言。

后生的眼窝子浅，眼泪像女人一样不值钱。蒋干却并没有为之所动，他狠狠剜了后生一眼。

那一眼，直剜到后生的心里去了。

李伟平终于见到了花痴娘，那声"大妈"却无论如何喊不出口。花痴娘的脸是典型的梢瓜脸，撂下脸子能有一尺多长。她一进门就说："我家又来贼了，那贼咋不让汽车撞死呢。"一脚迈了进来，人却被施了法术，站那儿动不得。李伟平把两万块百元纸币单摆竖开地放在炕上，把一铺炕摆满了。当然这是一座半截子房，炕也是半截子炕。半截子炕上摆满了百元纸币，看上去就像一片水塘。花痴娘让水塘映花了眼，她吃惊地问："这是啥?"李伟平不说这是啥，她让花痴娘自己看。花痴娘一个趔趄奔了过去，伸开双臂往前一扑，那些纸币就嘎嘎响着被花痴娘抱住了。花痴娘从没见过那么多的钱，她甚至连百元纸币都还没有摸过。她的全部生活就是这座半截子土坯房和几粒黄豆。那些钱，让这个八十几岁的女人体会到了一种辛酸和绝望。她把脸贴在那些纸币上，呜呜哭了。花痴娘哭了好久，脸上却没有多少泪痕。这让李伟平情不自禁地摸了摸自己的脸，那上面也什么都没有。没有眼泪，却并不意味着不伤心，是因为所有的眼泪都流完了。年轻的时候，年壮的时候，送别一个个亲人的时候，都要用眼泪送。女人除了眼泪还有什么，什么也没有了。到了连眼泪都没有的年龄，就真的一无所有了。李伟平走过去扶起了花痴娘，她说我知道你苦，你苦我知道。你苦不是会平造成的，会平也不能让你不苦，除了赚你的香火，会平什么都帮不了你。可会平在这里会平苦，会平在这里我也苦。死了的人如同活着，活着的人却像死了。这两万块钱不是我买会平，是我送给你养老的。你这一辈子活得不容易，我不能让会平白受你的香火……

李伟平又说，会平有什么好，病了不能给你做碗汤，渴了不能给你端碗水。你疼她也是白疼，那可是个没良心的孩子，夜夜在我那里叫屈，说在这里过得委屈。这门阴亲你们结错了，会平做鬼也是个厉鬼，她会搅得阴间不得安宁……

花痴娘长长地叹了口气。

李伟平这才叫出了那声"大妈"，你说我说得对不对？

花痴娘眼巴巴地看着她。

李伟平把钱收起来塞到了花痴娘的怀里，背起自己土黄色的包，迅速在蒋家庄消失了。

十一

李伟平从城里请了六个民工去起妹妹的灵柩。之前她已经找到了花痴的坟，也挨着那道大堤。她在怀里揣着一把刀，不是用来刺伤别人的，她想在紧急时刻刺伤自己，也好转移注意力。对，她就是这么想的。她对那六个民工说，无论发生什么事，你们也要把那个骨灰盒起出来，那上面刻着我妹妹的名字。事情居然想不到地顺利，蒋家庄虽然有许多人围观，却并没有人阻拦。突然，一个驼背老头分开人群跳进了已经挖开的墓穴。民工们立刻停了手里的活儿，成了围观者。李伟平费了许多唇舌也没让驼背老头改变主意，他就躺在墓道里，紧闭着眼，如同死了一般。情急之下，李伟平也跳了下去，与驼背老头撕掳在一起。驼背老头只有一个信念，这里是他的一张脸。他已经活过七十岁了，这张脸甚至比他的生命都重要。墓道里很窄，他与这个女人撕掳的时候被什么东西硌了一下，脑袋"轰"地响了一声，他意识到那是一把刀。女人是带着刀来的。女人是来杀人的。驼背老头的眼睛在一瞬间充了血，他疯狂地朝李伟平扑去，并试图把刀握在手里。李伟平起初还有自己的想法，她想把驼背老头拖出墓道，她想用自己的力量制服他。她相信自己有这样的能力，可交了手才发现，自己根本不是这个老头的对手，老头身上的筋骨像铁打的，他的手臂像混凝土浇铸的。几乎没怎么费力，他就把李伟平逼到了一个角落，一只手臂抵住了李伟平的喉咙，另一只手去摸那把刀。意识就在这一瞬间复苏了，李伟平拼争着把刀抓在了手里。那是一把西瓜刀，雪亮的刀刃光芒四射，看上去寒气袭人。这时，许多人围拢了来，他们惊慌地蹬落了许多泥土，泥土像流水一样顺着墓道四壁滚落下来，淌了两个人一头一脸。一片彩霞忽然映红了所有人的眼睛。彩霞跌落了，墓道里的人也跌落了。过了好久，人们才清楚眼前发生了什么事，"轰"地四散开去，同时有女人尖着嗓子叫："杀人啦——"

李伟平把妹妹的骨灰盒抱了回来。她是徒步走回来的。走到离县城还有十几里地的地方，一辆警车把她截住了。警察问："你是李伟平？"李伟平点了点头。警察又问："是你杀死了蒋干？"李伟平回神想了想，摇了摇头。警察说："你甭不承认，不承认，人也是你杀的。"说完两个人一拥而上，打翻了骨灰盒，把李伟平铐了起来。骨灰盒已经糟朽了，掉在地上就散了架。过往的车辆无一例外地碾压在它的身上，只一刻的工夫，它就已经万劫不复了。

　　警车呼啸着跑走了。跑出去很远，李伟平才发出了一声长号。

长发飘飘

一

　　暑假的最后一天，楚惟君带着蓝小妮去了一趟美发店。蓝小妮是卷毛头，头发又厚又长。整整一个暑假，蓝小妮都窝在自己的屋里，马上要开学了，楚惟君才无意中发现，蓝小妮的头发披散开来都靠腰了——那些头发曲曲弯弯地从她的颈项堆积而下，在她薄薄的后背上铺盖了厚厚一层，看了让人心乱如麻。楚惟君当时没有说什么，晚上躺在床上，她对丈夫蓝文宝说，明天我休假，带小妮去一趟理发店，把头发给剪了。蓝文宝说，要剪就给她剪短点，都要上中学了，哪有工夫弄头发。

　　蓝文宝又说："你可要好好跟她说，别让她鬼哭狼嚎。"

　　楚惟君不屑地说："她都多大了，哪能还跟小时候一样。"

　　蓝文宝哼了声，那意思显然是说，走着瞧吧。

　　楚惟君说："马上就是初中生了，哪能凡事都听她的。"

话是这样说，楚惟君到底不能把蓝小妮绑架到理发店，说服工作从早晨一直进行到中午，蓝小妮还是那两个字：不去。窗外的蝉井然有序地声嘶力竭，把楚惟君吵得晕头转向。那些蝉肯定不是在那片园子里潜伏一两天了，何以今天就让楚惟君觉得忍无可忍呢。原因当然还是蓝小妮。蓝小妮始终在床上侧卧着，头上戴着耳机，眼睛眯缝着，一条细细的眼线旁若无人地横对着楚惟君，腿一抽一抽地动，也不知听的是什么。楚惟君的好言好语都撞在了墙上，一腔好心绪早已成了落花流水。几次都想把蓝小妮的MP3夺过来扔一边去，想一想，还是忍了。

午饭做了蓝小妮最爱吃的黄花鱼。蓝小妮喜欢吃油炸食品，楚惟君就放了宽宽的油，一条黄花鱼炸得外焦里嫩。放下碗筷，楚惟君用毋庸质疑的口吻说，去换衣服，我们走。楚惟君看也没看蓝小妮，脸上的冰霜结出了铜钱厚。她就是要做出这个样子，好断了蓝小妮的想头。蓝小妮到底也有害怕的时候，这一上午的软抵抗，她也知道楚惟君的忍耐力有限度，再坚持下去，说不定能挨一顿胖揍。12岁的小姑娘，已经相当有想法了。她靠在门框上，小心翼翼地说，不去不行吗？楚惟君斩钉截铁地说，不行。蓝小妮娇柔地说，人家好不容易养这么长，不舍得。楚惟君说，头发又不是脑袋，剪了还会再长。等你上了大学，随便你把头发养什么样，我不管。蓝小妮磨蹭说，我不是不想剪，是不想这个时候剪。小孩子的花招哪里入得了大人的法眼，楚惟君扯高音量说，不想剪也得剪！本来上学就笨，营养都让头发吃了！

这话惹怒了蓝小妮。每一个像蓝小妮这样大的孩子都不会爱听这种话。学习不好不是因为笨，是因为他们不是喜欢学习的那种动物，同学之间都是这样的说法。蓝小妮回了自己的屋里，"咣"地撞上了房门。蓝小妮成绩不好，升学考试三科都是"良"，让楚惟君伤足了脑筋。中学本来想去个好学校，楚惟君和蓝文宝也使出了浑身解数，好学校还是因为蓝小妮的三个"良"而把她拒之门外。蓝小妮也是愿意上好学校的，觉得好学校能让人脱胎换骨。她经常冷不丁问妈妈：我去不了一中，是吗？别人能去，我为什么不能去？妈妈你真的一点儿办法也没有吗？楚惟君没好气，说谁让你考三个"良"。可蓝小妮说，她的同学也得了三个"良"，人家照样上一中，说得楚惟君没了脾气。有脾气就只给蓝文宝使，说他没本事，白把一顶大盖帽戴了那么多年，什么事也办不了。你就不能找找你们局长，让他帮忙说一句话？蓝文宝在执法部门工作，连科长都不是，见了局长话都说不利落，求人的话，打死他都说不出口。蓝小妮的事一直是楚惟君在跑，为了保险起见，她还特意找了两条路子。饭请了，礼送了，楚惟君一直以为大功告成了，临了才知道，钱花瞎了，两条路一条也没走通。蓝文宝被挤兑急了，也会拿这个说事儿，说楚惟君银子没少破费，却都打了水漂。早知道这样，瞎折腾个什么劲！话说到这个分上，就再没有什么伤人的话不能出口。两口子你来我往，小炸弹四处开花。现在总算尘埃落定了。蓝小妮去的学校不好也不坏，以管理严格著称。他们也觉得可以了，凭蓝小妮的成绩，去好学校也是垫底的，不舒服。还不如去一个适合自己的学校来得自在。他们已经觉得九中适合自己的孩子了，来了录取通知书，蓝小妮别无选择，便是九中的人了。

蓝小妮"咣"地撞上房门，也把楚惟君心底的火气点燃了。楚惟君相跟着冲了进去，想嚷些什么，却发现蓝小妮在柜子里一件一件地往外甩衣服。蓝小妮的行为虽然有些呛火，但态度是松动型的。楚惟君读懂了蓝小妮的肢体语言：不就是剪个头吗？我去总行了吧！衣服都甩到了床上，红红绿绿的一大堆。整个暑假，蓝小妮一直在家穿睡衣，就像温室里的豆芽菜，悄没声地抽出条来了。先前穿过的衣服，都明显瘦小了。蓝小妮两只手臂撑着柜子的两扇门，呼呼在那里喘粗气。知女莫过母。楚惟君可知道她此刻在想些什么，她是用这种方式告诉妈妈，她出去没有可穿的衣服，她在给自己找台阶下。楚惟君无言地笑了笑，从衣服堆里抻出来一条裙子，说就穿这件吧。蓝小妮看了一眼，说恶心。她指的是上面有块油斑，从而也批评了妈妈没把她的衣服洗干净。楚惟君说，先对付着穿，回来以后再给你洗。蓝小妮扭捏了一下，还是把裙子穿上了。她忽然抱住了楚惟君的一只胳膊，说我不剪短头发，妈妈你答应我，别让我剪短头发，行吗？

楚惟君这才笑出了声，她在蓝小妮的脑袋上胡撸了一下，说去去长，削削薄，你也不适宜短头发，根根朝天，我还得给你抹发胶。

蓝小妮四五岁的时候，第一次剪短头发，才发现是环头发，怎么也抹不顺，头发梢都朝天翘着。楚惟君只得买了发胶给她定发型，每天都抹得像刚生出来的小羊羔子一样。到了幼儿园，小朋友们都笑她。蓝小妮的头发后来就这样不知不觉地养了起来，只是没想到越来越环儿，就像别人烫了爆炸式。头发根数倒也不见得怎样多，可攒到一起，就像松麻一样一大把。不好梳理不说，还热，后背上总长痱子。楚惟君说，新学校多是新同学，蓝小妮也该有个新气象。把头发整得精精神神的，让谁看了都觉得爽气，那多提神啊！

花说柳说，楚惟君总算把蓝小妮哄得高兴。她们挽着手臂出了门儿，蓝小妮问去哪家理发店，楚惟君说就去门口对过儿的那家小店。蓝小妮噘嘴说，那还不如你在家给几剪子呢。楚惟君说，那你说去哪？蓝小妮说，去贵人发屋啊，那里的师傅手艺好。

贵人发屋的师傅手艺好，楚惟君也是知道的，因为那里还有一个特点，价位高。她奇怪蓝小妮怎么也知道贵人，蓝小妮不屑地说，你知道的我们都知道，我们知道的你未必知道。

楚惟君哑口无言。

贵人发屋的师傅是个很帅气的小伙子，头发染了金，只有顶上朝天的一撮长，其他地方都很短。怪是够怪的，可就是觉得怪得不难看。蓝小妮的头发洗出来，湿漉漉的很是柔顺，一点儿也没有曾经"环"的迹象。师傅说蓝小妮的发质好，剪了去有点可惜。楚惟君说，头发那样长，那样多，不剪怎么办呢。师傅说，发梢稍微撂一点，有个办法可以让头发不用削薄，又可变少。蓝小妮一听，眼睛就亮了，她说哥哥你快说，怎么办？师傅说，你头发显多，不是真的头发多，而是蓬松造成的，利用离子烫把头发拉直，就一点儿问题也没有了。蓝小妮兴奋地憧憬说，是不是长发飘飘的那种？师傅肯定地说，对，那样你也可以长发飘飘了，就像电视里的长发女生一样。蓝小妮的脸冒出光了，撒娇地喊了声妈妈，那意思不言自明。楚惟君一点儿也不为之所动，生意人的生意经，也就哄哄小孩子，她才不会上套呢。楚惟君故意问多少钱，师傅说，最便宜的一种四百八十块钱。楚惟君打量着蓝小妮，说这孩子也不值四百八十。她当然是在开玩笑，可蓝小妮不愿意了，她说如果我有四百八十块钱，第一件事就是来这里烫头发。

小师傅把盖帘往蓝小妮的脖子下面围，后面用夹子夹住，头发打出层里，小剪刀就咔哒咔哒响了起来。蓝小妮不时提醒不要剪短了，小师傅不死心，坚持说烫发的事，楚惟君说，要是不要钱，你想怎么烫就怎么烫。这话说到了要害处，小师傅一下哑了嘴。

从美发店出来，蓝小妮说，妈妈，如果我不花你的钱，是不是可以想怎么烫就怎么烫？

二

哇——

杨雄伟的一声尖叫把一屋子的瞌睡虫都赶跑了。六十几颗脑袋不约而同地四下摇晃，寻找那一声尖叫所代表的含义。没找着什么呀！教室里还是热，还是臭脚丫子味。刚才有人打呼噜磨牙了，喀叱喀叱的声音余音袅袅，还一锉一锉地在空中飞呢。你的左脸他的右脸，都是与胳膊挤压出来的印子，眼睛都惺着，困倦如同一头小怪兽，朝前一蹦就来了，朝后一蹦又走了。张元丽嘟囔了一声，杨雄伟你有病啊——话音未落，另半边脸已经睡在了桌子上，涎水顺着嘴角淌了下来，晶莹剔透像蜘蛛结的网线一样。张元丽是喜欢学习的那种动物，这从她的座位可以看出来。她的位置是中间的正数第三排，老师抬起眼皮就能把眼珠落在那儿，不像杨雄伟，位置是靠左边的头一排，再往前挪一点，就能跟讲桌并排了。老师要想瞧见他，非得把眼仁儿斜进眼角不可。杨雄伟的座位最大的好处就是可以第一眼发现老师出现在教室门口，他发出的一声"嘘"，比老师推门的时间可以提前0.01秒，让他周围的许多人都恰到好处地进入临战状态。

杨雄伟的那一声"哇"，有些恶搞。最起码，大多数同学都这样认为。各色脑袋在寻找含义未果的情况下，都懒得理他。刚要偏头再睡，杨雄伟的后半声"噻"才短促且紧急地从嘴里蹦了出来。首先是杨雄伟身边的人，意识到杨雄伟有重大发现，因为杨雄伟不单出了怪声，还有了怪样。这个重大发现就是教室门口有人，但不是老师。白裙边像云彩一样当空一飘，留下了飘过后的痕迹。那痕迹，又仿佛一团墨黑，倏忽就被空气吃掉了。杨雄伟伸着头朝外看，准确地喊：蓝小妮，看见你了，现身吧！

这才有人注意到，蓝小妮的座位一直是空的。她也坐在左边的一排，倒数第三桌，靠着窗子。窗子外是操场，打球的，跑步的，没有哪节课操场上没有人。操场那边就是山，山顶上的钻石塔镶嵌着蓝玻璃，在阳光的照射下，熠熠生辉。新生入学第一次开家长会，就有家长提出自己的孩子不坐这一排，分心。可这一排总得有人坐，座位换来换去，坐在这里的仍是那些不喜欢学习的动物。入学以后连着大考小考，虽说都是新生，但他们属于哪种动物老师一考便知。

蓝小妮扭着身子从讲台前匆匆跑向自己的座位。她刚才在外面踌躇，有些不好意思进来。被杨雄伟那样一喊，就豁出去了。蓝小妮跑得快，长发飘了起来，根根柔顺得惊心动魄，像剑锋一样晃眼。她脸色绯红，眉眼都不知道朝哪里放。讲台下面有一圈砖头棱子，因为惶急，蓝小妮险些被绊倒。所有的眼睛齐刷刷亮了，像六十多对小灯泡儿，嘴里不约而同发出了一声：哇——几个女同学扑了过来，争着摸一摸蓝小妮的头发，问哪烫的？多少钱？头发怎么变得这样长？蓝小妮红着脸一一作答。在贵人发屋烫的。师傅姓黄，手艺好得不得了。头发卷曲的时候不是怎样长，拉直就成了这个样子。蓝小妮的羞怯从这一刹那有了意识，她忽然觉得自己长大了，是"少女"了，而在这之前，她还当自己是孩子。

杨雄伟站起来说，我提议，选蓝小妮做我们班的班花！

稀稀拉拉地有些掌声。鼓掌的尽是他周围的那些人，他只是对周围的人有影响。蓝小妮已经把语文书打开了，虽说看不下去，可需要做出看书的样子，这样可以减缓些心跳。这时她也站了起来，垂着眼帘说，我不当班花！

这回掌声多了起来，其实是有男生起哄。一个男生说，蓝小妮不能做班花，要做就做校花。蓝小妮的头发都能拍"飘柔"广告了，这样好的头发，全校也不会有第二个。

张元丽不以为然，她侧着身子说，这话讲得片面。蓝小妮的头发是很漂亮，可全校几千名学生，谁能保证没有比蓝小妮的头发更漂亮的人？她看了一下手表，说自习时间马上就要结束了，大家该安静了。从现在起，谁都不许再谈蓝小妮的头发。张元丽的话很多人都会当话听，她是学习委员，是老师的左膀右臂。今天如果不是她困，谁都休想在自习课睡觉。

一直到上完下午第三节课，蓝小妮的头发才在初一年级教师办公室成为话题。教数学的周老师去五班布置作业，回来对班主任方老师说，你们班有个同学烫头了。方老师教语文，她刚结束一节语文课，并没发现全班六十几颗脑袋有哪一颗与平时不一样。她正在判学生作文，学生作文有时会写得很有意思，吸引了她的全部注意力。她头也不抬地"嗯"了一声。周老师说，那个人叫蓝小妮。话音未落，教音乐的崔祁老师大大咧咧走了进来，说那个蓝小妮，头发烫得真是漂亮哎，家长真是舍得花钱哎。崔老师的声音与众不同，说话就像唱歌一样。方老师这才抬起头，说你说谁的头发漂亮？周老师和崔祁老师都说，你们班的蓝小妮烫头了，我们说了半天，你敢情没有听到！

方老师起身站到了门口，看到张元丽正把收上来的作业抱到办公室。方老师说，张元丽，你让蓝小妮来一下。张元丽说，蓝小妮烫头了，头发直直的很漂亮。方老师说，她什么时候烫的？张元丽说，大概是中午吧，她也许没回家吃饭，她上自习课晚了。方老师挥了挥手，张元丽就赶忙把作业本放到了办公桌上。张元丽跑回教室找蓝小妮，却没看见蓝小妮在哪里。问了几个人，都说没看见她。于娜说，她也许下楼了，头发那样好看，还不得到处逛逛？另几个女同学也这样说，蓝小妮走路的样子都变了，都变得不像蓝小妮了。她从四班门前过，四班的人把门口都挤爆了，就像看电影明星一样。张元丽却只关心哪里能找到蓝小妮，孟微微的座位在蓝小妮的前面，此刻她正跪在凳子上看窗外的风景。张元丽问她蓝小妮去了哪里，孟微微说，你不用总找她，一会儿上课铃响，她自然就回来了。

蓝小妮从厕所出来正好碰见方老师。方老师的眼睛朝蓝小妮的身上一搭，蓝小妮就矮下半截。蓝小妮怯怯地说，老师，我烫头了。方老师说，烫头好。蓝小妮说，我把头发烫直，头发就显得少了。方老师认真地看了一眼，点点头。蓝小妮贴着墙壁想溜，方老师说，你不想去我的办公室吗？蓝小妮都要哭了，说，老师，我烫头不对……方老师说，我说你不对了吗？

话是这样说，方老师的心里其实已经有了别扭，谁都可以从她的语气里听出来。方老师不是很喜欢蓝小妮，凡是不喜欢学习的那种动物，想让老师喜欢也难。可方老师也不是特别不喜欢，六十几个学生，记清模样都不容易，想不喜欢谁也需要特殊的理由。方老师对蓝小妮还没多少印象，她平时很安静，不惹是生非。学习也没有多少主动性，不是跟在老师屁股后头问问题的那种孩子。可今天蓝小妮出格了。从主观上说，老师不喜欢任何出格的孩子。学生的本分是学习，你把心思放在头发上，就是不本分的表现。老师还不喜欢自作聪明的孩子，就像刚才，蓝小妮主动说自己烫头发不对，这就是自作聪明。知道不对，你为什么要烫？既然烫了，那为什么要主动说不对？还说烫头是为了头发少，话都让你说了，还让老师说什么？方老师年近五十，有三十年的教龄，什么样的学生没见过。在老师面前耍滑头，耍得出手才怪呢。

方老师坐回自己的办公桌前，继续判作文。对面是周老师，在演算一道数学题。蓝小妮站在了两张办公桌中间，身子不由自主就歪了。她这是第一次到老师办公室来，她对这里一直怀有恐惧心理，对有些同学能频繁出入觉得不可思议。方老师哗哗翻动着作文纸，找到了蓝小妮的。蓝小妮的作文题目是"家"，写得不理想，字很大，不分段。方老师草草瞅了瞅，作文中提到了爸爸在某局工作，妈妈是公司职员，他们为蓝小妮不能上一中的事总吵架，爸爸还把正在吃饭的碗摔了。"爸爸高高地把碗举起来，'砰'的一声，碗就不知去向。"方老师把这一句念了出来，问蓝小妮碗去了哪里。蓝小妮说，碗跑到了柜子底下。方老师说，看得出你的父母都是有责任心的，希望你能去好学校。可好学校也不能解决所有问题，比如，一个人的学习态度如果不端正，在哪都不会取得好成绩。

蓝小妮的腰背慢慢弓了下来，成绩是她不能启齿的一个雷区。她的长发此刻像在肩背上长了刺，她需要不时扭动后背蹭一下。

方老师又讲了很多道理，都是在课堂上常讲的。比如，一个人的美不在外表，而是在心里。外表美不重要，心灵美才重要，诸如此类。对面的周老师偶尔插一句，他说蓝小妮烫的头发一点儿都不好看，这样蓝小妮就像个大人，一点儿也不像个中学生了。什么是美? 中学生像个中学生才最美。

老师们无论说什么，蓝小妮都不吭气。这个时候，她与老师的言谈接不上茬口，这让她的小脸憋得通红。办公室明明有冷气，蓝小妮的校服还是让汗水湿透了。可她的手脚都是冰冷冰冷的感觉，再站下去，她都要虚脱了。

放学的铃声终于响了，方老师把作文本收起来，码放整齐，回头对蓝小妮说，明天是周末，你这两天好好想一想老师的话，下周一请你的家长到学校来一趟。

三

乍一看到蓝小妮，楚惟君简直有点不敢相信自己的眼睛。她把蓝小妮搂过来看了又看，嘴里喊蓝文宝蓝文宝，快看看你宝贝女儿，好漂亮啊！蓝文宝其实比楚惟君先发现蓝小妮的变化，他没当回事。楚惟君的脑袋也经常变来变去，这让他有点习以为常。他回家就在电脑上聊天，他有几个固定的女网友，他们经常在一起探讨私密话题。听到楚惟君叫，他关了聊天窗口，走出去重又打量蓝小妮。蓝文宝对楚惟君说，你没有跟她一起去？楚惟君说，跟她一起去我还会这样吃惊？蓝文宝说，烫头是很费时间的，小妮什么时间去的？

蓝小妮说中午。

蓝文宝说，花多少钱？

蓝小妮说四百八十块。

蓝文宝问，你哪来的钱？

楚惟君的眼睛一刻都不舍得离开女儿的脸。蓝小妮要不也是个漂亮小女孩，皮肤白，眉眼俊俏。让直直的长发一衬，脸型朝下走了半公分，瓜子脸的特征就很明显了。楚惟君总想在女儿的脸上亲一口，这个念头甚至有点折磨她。蓝文宝的问话让她有点回神了。是啊，蓝小妮的零用钱最多只是给五十块，她哪里来的四百八十块钱呢？

原来，自打那次去贵人发屋剪头发，蓝小妮就存了心。除了把零用钱存起来，她还跟爷爷奶奶讨了些。趁父母不在家，她还卖了些废品，一堆报纸人家说给三块钱，蓝小妮说，您称称吧，结果卖了四块。卖易拉罐时，人家说三毛钱一个。蓝小妮佯装往回拣，说不卖，结果人家给了四毛二。这些事，蓝小妮都跟父母说过，可当时他们都没在意。蓝小妮甚至把自己穿小的衣服卖了两套，只卖了十六块钱。

楚惟君私下对蓝文宝说，她哪里笨，她多会想办法弄钱啊，这一点比你都强。蓝文宝说，这样小的年纪就烫头，你别以为是好事。楚惟君说，她又不是因为臭美才烫头，你没发现她头发显得少多了？

蓝文宝说，那你就不要总夸她漂亮，这会让她走心思。

楚惟君说，漂亮就是漂亮，你不说，她就不漂亮了？

蓝小妮的假日玩得很痛快，先是参加了小学同学会，地点在一家冷饮厅。刚开学两周，彼此之间的情分还藕断丝连，蓝小妮长发飘飘的样子让许多同学直了眼睛。校服是不穿的，蓝小妮穿了阿依莲的美少女休闲装，往高高的靠背凳上一坐，真是要多淑女有多淑女。他们统共来了七个同学，四男三女，分别来自四个学校，交流的都是各自学校和老师的情况。学校讨厌，老师讨厌，校服讨厌，新生讨厌，总之，新的学校在他们嘴里一无是处。就连最令人神往的一中，在一个男生嘴里，也跟垃圾差不多。他们普遍还是关心蓝小妮，因为蓝小妮的学校以管理严著称，一个男生问，学校允许你烫头？蓝小妮说，我这不算烫发，算拉直。一个女生问，学校如果让你剪发怎么办？蓝小妮说，先赔我四百八十块钱再说。

牛！大家一起挑大拇指。

说着话，又有两个同学陆续赶了来，而一个叫陶燕燕的女生一直也没来。蓝小妮把电话打了过去，陶燕燕用哭腔说，小妮快来救我，盖克出车祸了！

盖克是一条狗，很多同学都知道。蓝小妮二话没说，带领几个同学直取陶燕燕家。陶燕燕的父母都在外地做生意，从小学三年级开始就一个人打理生活，是蓝小妮最好的朋友之一。盖克被自行车轧断了腿，还流出了一些肠子，模样惨不忍睹，男生们都不敢用手摸。陶燕燕见到蓝小妮就像见到了亲人，哭得险些闭过气去。蓝小妮一边安抚陶燕燕，一边去厨房找了塑料袋，把盖克完整地包了起来。也不管自己身上的美少女阿衣莲，抱了盖克就走。陶燕燕问她去哪里，蓝小妮说，盖克快要死了，赶紧去宠物医院吧。

宠物医院在一条胡同深处，周围一点儿风景也没有。男生和女生们在那里逛了十几分钟，都觉得无趣，便先后走了。蓝小妮却始终守在盖克的身旁，陪它打点滴，陪它做缝合手术。盖克似乎也知道蓝小妮的好，苏醒以后不停地舔蓝小妮的手。陶燕燕想请蓝小妮吃顿饭，蓝小妮说，还是省下钱给盖克增加些营养吧。

转天，蓝小妮又随父母去了北京龙庆峡。蓝文宝的几个同事带老婆孩子出去玩，邀请蓝文宝一起。他征求楚惟君的意见。楚惟君说，去，咱们一起去。蓝文宝说，小妮的作业好像还没写完。楚惟君说，让她晚点儿睡，打个夜作。谁知，蓝小妮却不愿意跟父母一同去，她更愿意睡个懒觉。楚惟君苦口婆心地劝，小妮无动于衷。蓝文宝说，孩子不愿意去就算了，强迫她干吗。不料，楚惟君大发雷霆，说出去长见识的事，怎么能说算就算了？没见过你这样当爹的，一点儿都不知道为孩子好！

楚惟君心底有些隐秘想法，只是不好意思说出来。她愿意别人看到这个时候的蓝小妮，长发飘飘的蓝小妮，一下子提升了楚惟君内心深处的需求。同事之间说起孩子，都是说成绩，说学校。蓝小妮成绩不行，又没上一流学校，楚惟君心里总不是滋味。她自己心中的感觉，还能嫁接到蓝文宝身上，觉得蓝文宝应该与自己的想法差不多，女儿漂亮也是资本，此刻的蓝小妮，应该被广而告之。

女人的歇斯底里，就这样毫无征兆地爆发了。她骂蓝文宝平时不管孩子，关键时刻又不跟自己站在一边，对孩子一点儿约束也没有。蓝文宝嘴笨，楚惟君说十句，他也说不出一句，只得听凭楚惟君在那里嚷。楚惟君其实自己也不知道自己在嚷些什么，她只是愿意爆发，而爆发的目的，就是强迫别人就范。蓝小妮躲在自己的屋子里，用耳塞堵住了外边的一切声音，她看到了楚惟君的样子，可她无动于衷。她不喜欢楚惟君动辄使用语言暴力，如果语言暴力能解决问题，会加剧这种不理智的行为。

蓝小妮是这样想的。

最后解决问题的还是蓝文宝。他把耳塞从女儿的耳朵上摘下来，小声说，赶紧去写作业，明天跟爸爸妈妈一起去。蓝小妮也很乖巧，嘴上不说什么，还是出溜下床，坐到了写字台前。楚惟君的叫骂戛然而止，她气咻咻地坐在沙发上喘气，心里释然，可脸上还是一副不依不饶的样子。

这一天，蓝小妮玩得兴高采烈。那些山水都像画一样美丽，让小姑娘生出了许多感慨。长这么大，她还是第一次出远门儿，对美的认知就是在这天的某一个瞬间开了窍。她的眼睛总是不够使，恨不得把所有的风景尽收眼底。楚惟君戴着宽大的墨镜，貌似在看风景，其实看女儿的时候居多。蓝小妮本身也是风景，同行的人都发自内心地称赞，不但人长得漂亮，还懂事，上船下船都会伸出手去帮人一把。蓝小妮的头发束成了马尾巴，果然比过去少了很多。楚惟君鼓动蓝小妮把头发散开，高山平湖上的风似有一种魔力，把蓝小妮一根一根的头发吹得风起云涌。

有几个不认识的游人悄悄把镜头对准了蓝小妮，楚惟君看见了，得意地告诉了蓝文宝。蓝文宝却有维护女儿肖像权的意识，匆忙走过去，用身体把小妮挡住了。楚惟君大为不满，撇着嘴骂了他一句傻帽。任何时候蓝文宝都难猜准楚惟君的心思，这一点经常令楚惟君觉得痛苦。她的坏脾气就是这样一日一日滋长起来的。但今天当着蓝文宝那些同事的面，她没有发作。

一家人的高兴一直维系到晚上回家。那件事再不说，也没有多少退路了。其实这一天里无论多高兴，蓝小妮的心底总是有那么一块阴影，老师什么时候请家长，在他们家都是天塌地陷的事。

蓝小妮想，要是这个时候真的天塌地陷该有多好啊！那样她就使劲往下沉，沉，绝不会跟老师降到一个层面上，她不要面对老师。

蓝小妮轻轻叹了口气，父母对待她的这个问题，已经相当脆弱了。

楚惟君进来给女儿点蚊香，蓝小妮艰难地说，妈，给你说个事。

楚惟君问什么事。

蓝小妮说，周一老师请家长去学校一趟。

老师请家长，从来也没什么好事，这一点，楚惟君的印象太深刻了。她大声嚷：又请家长！又是因为什么！难道是因为……头发？

蓝小妮嗫嚅："你去了就知道了。"

蓝小妮说完，就用小绒毯把头蒙上了，像刺猬一样把自己团了起来。楚惟君一屁股在床边坐下了，丧声丧气地说："你就没个省心的时候，你怎么就不能让我省省心！我早晚都会让你们折磨死，我上辈子造了什么孽，这辈子要遇见你们！"

绒毯下的小身体一动不动。蓝小妮对自己说，你睡着了，你这是在做梦呢！

场景从一间卧室切入另一间卧室。房间大些，床大些，床头上方是夫妻二人的半身婚纱照，女的娇艳，男的帅气。当年他们也是人人羡慕的一对，从初中开始递纸条，高中写情书，到了大学，赶赴两千里地去约会，也是死去活来、棒打不散的爱法。女的从北方寄去几片枫叶，男的从南方寄来几颗红豆，当年都视若珍宝，如今十几年过去了，那些东西早已不知滚落到哪里去了。照片也不知蒙了多少灰尘，两个人当年甜蜜的笑容，被岁月吸尽了水分，都成干儿了。

楚惟君赌气地躺在床上，她在等着蓝文宝。蓝文宝在沙发上划拉手机，不知从什么时候起，他们每天的谈话只剩下了三句：吃了。睡了。小妮还没回来？

楚惟君在另一个屋子痛斥蓝小妮的时候，故意抬高了声音，有一半原因，是给蓝文宝听的。可蓝文宝无动于衷。楚惟君这样的"痛斥"每个月都会有几次，所以蓝文宝早已见怪不怪。老师传家长自古以来就是大事，这个自古以来，就是指蓝小妮上小学一年级开始。蓝文宝没有理由不重视，没有理由不主动过来问情况。这是楚惟君的想法。在所有的"传讯"中，每次都是楚惟君去"听讯"，蓝文宝只去过一次，却因单位有事半路开溜了，他没跟老师打招呼，害得楚惟君又被传了第二次，而这些账，最后都会被算到女儿蓝小妮身上。楚惟君已经不指望蓝文宝去代她受过，而只是希望他有个态度。她觉得自己的要求已经很低了。

终于忍无可忍，楚惟君披散着头发出现在蓝文宝的面前，冷冷地说，小妮的学校传家长，明天你去。蓝文宝放下手机，抬脸看着楚惟君。女人的脸阴沉似水，眼里似乎有火苗在腾挪，又像火又像冰，这个女人让蓝文宝无所适从。蓝文宝问因为什么。楚惟君咬着后槽牙说，你关心过吗？蓝文宝说，你这是什么话，我当然关心。楚惟君说，既然关心，你就不会在网上泡这么久，都不主动过来问一问。蓝文宝一伸手，示好地想拉楚惟君一把，楚惟君"啪"地打了他一下。楚惟君说，滚远点！

楚惟君往屋里走，蓝文宝在后面跟着。蓝文宝多少有些歉疚，问："小妮没说因为什么吗?"

楚惟君说："你去了就知道了。"

蓝文宝看着楚惟君四脚着地爬上床去，抱着枕头脸朝外挨着床边躺下。蓝文宝也上了床，侧着身子面朝楚惟君。蓝文宝轻描淡写地说："肯定是因为小妮烫发的事。"

楚惟君其实也是这样想的，但她不会顺着蓝文宝的思路走。楚惟君说："你有没有常识，烫头是要把头发烫出花来。小妮的头发有花吗?"

对这个问题，蓝文宝显然没有发言权，他看着楚惟君的后背发愣。

楚惟君强调说："明天你去学校。"

蓝文宝胡撸一下自己的头发，鼓了半天勇气，最后还是说："你去吧，你知道我嘴笨……"

楚惟君马上气冲牛斗："你是哑巴?!"

四

第四节课的主题班会在张元丽的主持下召开，话题就是女生应该不应该留长发。张元丽手里有一份统计数字，全班三十二个女生，留长发的为十四人，占总数的百分之四十三。教室的一面墙是两扇大窗，早年有过窗帘，后来却不翼而飞了。现在光剩下塑料窗帘杆在窗子上方悬挂着，作为对窗帘遥远的怀念。窗帘的问题曾多次被家长提起，窗外有操场，操场外有公园，公园外面是一座海拔三百米的山峰，因为有唐代的庙宇遗址，无论酷暑还是严寒，都有人登山凭吊。坐在四楼靠窗子的位置，轻易就能把这一切尽收眼底。安窗帘看似事小，但它是校园整体规划的一部分。学校没有统一安排，初一（3）班的蓝小妮便始终逍遥地坐在那里，偶尔瞥一眼窗外。高年级的一个女生正在投篮球，拍球的动作像小孩子在学步，三步上篮时，笨得简直像只企鹅。这让蓝小妮笑出了声。蓝小妮的笑，很多同学都听到了，都回过头来看她，蓝小妮被看得有些不好意思，撂下眼皮的同时，甩了下头发，那些发梢飞扬起来，像是带起了风声。这个动作是蓝小妮的习惯动作，此时却显得夸张和故意。张元丽站在讲台上问，蓝小妮，你做梦了吧？是不是梦见了白马王子？这话引起了一阵笑声。蓝小妮回敬道，我不知道什么是白马王子。张元丽讥诮说，所以你要做梦啊。

教室的另一面墙上，除了一张大的表格，还有一张更大的表格。那张大表格，是入学考试时的成绩总排名。全班六十九个人，每个人都有一席之地。那张更大的表格，是各科得百分的人名单。名字是红色的，百分是绿色的，各科符号是黄色的，整个图表看上去一片花团紧簇，透着喜庆和祥和。这份名单日后会与经济挂钩，只要他们能把成绩这样保持下去，到了期末，学校将召开隆重的表彰大会，把一个一个红包发到那些同学的手里，这个红包叫奖学金。

此刻张元丽叫了三个同学的名字，分别是蓝小妮、于娜和孟微微。张元丽让她们报出自己的排名。于娜是四十二，孟微微是五十三。蓝小妮自己不说，而是指着墙上的表格说，上面写着呢。张元丽拿起教棍走了过去，指着表格上蓝小妮的名字说，六十一。又用教棍指着那张花园似的表格，说大家找一找有没有她们的名字。教棍的一端一行一行地往下滑，当然没有，谁都知道没有。谁都知道张元丽这样做是故意的，张元丽成心让人难堪。张元丽此刻比老师还煞有介事。她站回到讲台上，目光炯炯看着眼前的一片脑袋瓜，抑扬顿挫地说，我们继续探讨女生该不该留长发的话题。考试成绩能不能像长头发一样成正比？最起码在我们班证明，是不可能的。也就是说，长头发对学习还是有影响的。同学们说，是不是？

大家彼此看了看，然后目光逐渐集中了。这个时候同学们才意识到，蓝小妮、于娜和孟微微，是班里头发最长的。

指向就再明朗不过了。张元丽无疑是能代表方老师的，方老师的许多管理工作，都是在张元丽的协助下完成的。如果说，关于长头发的问题刚才还是单纯的，那么此刻就有了内涵和外延。中学生可不像小学生那么弱智，虽然他们刚从那个弱智的阶段走出来不久，可那是一道分水岭，过了那道分水岭，他们已经可以自命不凡了。

很多同学主动站起来发言，都说学生不该留长发，理由却五花八门。这个说消耗营养，那个说影响发育，还有的说女生脸上都是长头发，为了臭美，把眼睛都挡住了，连黑板都看不清楚，哪里会提高学习成绩呢。杨雄伟一直把手举得高高的，半个屁股欠了起来，显然他想发表不同的看法，可张元丽就是不点他的名，他终于把手臂举累了，一点一点委顿下去，还心犹不甘地朝后看，他在寻找蓝小妮，想给她一些支持，却发现蓝小妮趴在了桌子上，不知什么时候，她把头发拔开了，马尾巴松散开来，连手臂都给遮住了，杨雄伟连脸的模样都没有看到。发言还在热烈的进行中，一个叫丁小丁的男生也胆怯地举起了手，他在考试中总是垫底的一个，头脑多少有一些问题，在课堂上很少发出自己的声音，此刻刚把手举出课桌，张元丽就点了他的名字。丁小丁站起来，惶惑地看了一眼周围，同学们也瞧稀奇一样把目光都投放到他身上，丁小丁一紧张，口哨一样尖利地喊出了一句话，蓝小妮是长发美人儿……

教室顿时笑翻了。这句话若是从别人嘴里说出来，是没有这样强烈的喜剧效果的，可憨头憨脑的丁小丁让这句话变了味。杨雄伟跑到了讲台上，用板擦当当当敲响了讲桌，教室顿时安静下来。杨雄伟说："头发长短与成绩没有必然的联系，我们要相信科学。有谁能保证蓝小妮把头发剃光了就能得全班第一？现在讲究素质教育，成绩不应该是衡量一个学生的唯一标准。蓝小妮的长发让她很美丽，大家都不反对美丽的事物在我们身边出现，我们为什么要反对蓝小妮的长发呢？"

张元丽说："你这么偏向蓝小妮，是不是对她有什么想法？"

杨雄伟满不在乎地说："我们在讨论问题，你别说没用的。"

张元丽说："素质教育就是让你的成绩排四十五名？"

杨雄伟说："四十五名总得有人得，我不下地狱谁下地狱？"

课堂又是一阵哄笑，这次哄笑与刚才的笑声不同，很短暂，就像一阵风，吹过去连影子都没有留下。

张元丽说："请你回到座位上去，现在，就让我们投票表决吧。"

楚惟君傍晚的时候才走进这所中学的大门。她也是计算过时间的，这个时段大都是自习课，老师会稍稍轻闲一些。蓝小妮从小就不是一个让人省心的孩子，手工、绘画、音乐，哪样都比别人强，可就是对数字不敏感，一年级课程过半，七加八还要数手指。还马虎得要命，经常丢三落四，有一天放学，居然空着手回来了，原来她把书包放在了厕所的外墙上，自己大摇大摆回家了。那个书包被高年级的几个同学拆分了，楚惟君费了许多力气才把一些课本找回来。小学时的班主任也是个女的，每次传家长，都会让家长站在楼道里等半天，不管男家长还是女家长，她都会把人家当孙子训。其实那女老师才三十出头，据说没当老师之前在村里当过妇女主任，说话做事都很泼辣。楚惟君感觉，老师对蓝小妮的成见总是比对别人深，有一次，蓝小妮因为作业写得潦草被传，老师当着楚惟君的面，把蓝小妮的作业撕了。办公桌上堆放着一大摞作业本，楚惟君随便拿起一本，就发现那是比蓝小妮写得更潦草的。老师大概也意识到了什么，连忙解释说那是个成绩好的同学，他把作业写潦草，只是偶尔为之。有一次，蓝小妮无意中说出，班里的同学都给老师送挂历，老师都抱不过来。楚惟君这才有些警醒，她提出也给老师送些东西，蓝小妮坚决不同意，并且威胁楚惟君说，如果真的给老师送东西，她就辍学。楚惟君问因为什么，蓝小妮就是两个字，忒俗。

蓝小妮第一批没有戴上红领巾，回家哭成了泪人。楚惟君这次主动去了学校，瞒着蓝小妮给老师送去了一个保温杯。第二天，蓝小妮的红领巾戴上了。以后再被传，楚惟君每次都不空手，一支金笔，或一盒化妆品。老师对她的脸色稍稍缓和了，但说话仍不客气。楚惟君与同事探讨这件事，大家都说她把礼物拿得分散，就显得轻了。

梦魇般的小学生活结束了。楚惟君对蓝小妮说，到了初中咱好好学，千万别再让老师传家长。行不行？蓝小妮干脆地说，老师不听我的。楚惟君气得给了她一巴掌，说你就不会给父母争口气。蓝小妮说，我争的气你们现在不知道，要等将来才知道。楚惟君问，为什么要等将来才知道？蓝小妮说，我是有理想的人，我是准备为理想奋斗终身的人。楚惟君问她的理想是什么，蓝小妮说，现在不能告诉你。楚惟君说，屁理想，你将来不去扫大街我就知足了。蓝小妮说，那你就不用知足了，因为我连大街都不会扫。

穿过宽大的操场，楚惟君从南门进了教学楼。学生一般都走北门，送蓝小妮来报到时，就走的那里。南门不远处有一座人工湖，楚惟君在湖边转了半天，让自己的心绪稍微平静了些。这一天她的心里都不干净，总觉得七上八下，心乱如麻。有一阵子，她的心跳极不规则，那种慌慌的感觉，都接近病态了。她是打心眼里怕了这种被"传"，自己挨训还是次要的，主要还是怕蓝小妮得罪了老师，老师不喜欢一个孩子，那种伤害，只有做家长的才能体会到。楚惟君一边走一边打腹稿，径直上四楼，找到初一年级的老师办公室，一眼就看到方老师正伏在电脑桌前看东西。送蓝小妮入学的时候打过照面，她对方老师有印象。楚惟君站到方老师的身后，方老师没有察觉。楚惟君看到电脑屏幕上是学生名单，随着鼠标的移动，楚惟君在最下方看到了蓝小妮的名字。

楚惟君喊了一声方老师，说我是蓝小妮的母亲，蓝小妮给您添麻烦了，是吧？

楚惟君的声音有些虚，她跟老师说话心里从来都是虚的。方老师回过头看见她，赶忙站起了身，嘴里说着你好，顺手拉过椅子请楚惟君坐。方老师圆团的脸上挂着笑，楚惟君顿时觉得心里暖烘烘的。心里一暖，眼睛甚至都要湿了。她连忙堆出笑来，眼角的皱纹上下朝一起挤，就把那些湿意挤没了。楚惟君说，蓝小妮在家里总夸您，今天一见到您，我就知道小妮为什么夸您了。

方老师显然没有被楚惟君的甜言蜜语打动，甚或，来自一个差生家长的甜言蜜语根本就不值得被打动。她不接楚惟君的话茬儿。方老师手脚麻利地把电脑桌上的东西码放整齐，走到自己的办公桌前，拿起厚厚的一沓纸抖了抖，不等楚惟君看清楚，方老师就说："蓝小妮没有给我添麻烦，她好像在给自己找麻烦。"

楚惟君不明白方老师的话是什么意思，她不敢问，只是殷切地看着方老师。

方老师又把那沓纸很响地在桌上戳了戳，说："蓝小妮的家里好像很富裕。"

楚惟君连忙说："不是这样。我和她爸都是工薪阶层，父母都在乡下，我们一点儿都不富裕。"

方老师这时看了楚惟君一眼，说："班里有很多乡下的孩子，他们的父母都不会舍得花四百八十块钱给孩子烫头发。所以，怎么说呢，蓝小妮的行为在班里很震撼。"

楚惟君暗自揣摩震撼这两个字，意识到这不是好词。如果是好词，老师也就不会传她了。她的心里有点不好受。她不愿意把蓝小妮自己找钱的事说出来，如果这件事让老师知道，老师不定有多难听的话。

方老师简单介绍了蓝小妮两周以来的表现，若不是这次烫头，各科老师都叫不上她的名字。她学习一点主动性也没有，上课从来不举手。每天都安安静静的，可就是成绩上不去，也不知她一天到晚都在想些什么。这两周涉猎的知识还不是很深，这个时候赶上来是容易的。若是再落下去，赶上来就困难了。

楚惟君连连点头。

方老师和颜悦色地问："家长为什么让她烫头发？"

楚惟君看着方老师的眼睛，小心地说起蓝小妮的小时候，环儿头，剪短了朝天，留长了太多太厚，到了夏天，后脖颈经常长痱子。有一次痱毒感染，打了好几天吊瓶。

方老师起身接了一个电话，又在日历上写下了一行什么字。楚惟君留意到，方老师并没有注意听她的话。楚惟君说完后，方老师反而笑眯眯地问："还有什么特别的理由吗？"

楚惟君赶忙解释："我是说一点情况，不是在为蓝小妮找理由。"

方老师把桌子上的那一沓纸铺开，一张一张地自己在那里看。方老师头也不抬地说："那么，您有什么看法吗？"

楚惟君当然有看法，可她不能说。她只能揣度老师的看法和想法。自己昨天对蓝小妮长发的态度，连一点儿口风都不能露。不但不能露，最好还能就烫发的事把蓝小妮痛骂一顿。楚惟君想了想，自己却难以开口。

方老师把自己看过的一些巴掌大的纸拿给楚惟君看，说这是她们班的民意测验，在女生是否应该留长发这个问题上，很多同学都持否定意见。留长头发的同学爱照镜子，爱顾影自怜，说白了，还是为了引起异性的注意。青春期的孩子您也知道，她们到了吸引异性注意的年龄。方老师把其中的两张纸片挑出来，说对待女生留长发的问题，只有两个男生支持，一个叫丁小丁，脑子多少有些问题，一个叫杨雄伟，是个捣蛋鬼。

楚惟君当时想，方老师的意思是，蓝小妮只能吸引这样两个人。这话让楚惟君特别受打击。

方老师还让楚惟君看了电脑上的资料，是下午的英语单词测验，蓝小妮只考了七十九分。而大部分学生的成绩，都在八十九分以上。

楚惟君嘴上表示失望，心里却心花怒放。蓝小妮三年级的时候曾对楚惟君说，妈妈，我想变成外国人。楚惟君问她为啥想变成外国人，蓝小妮说，她烦透了英语。

这样好的英语成绩，蓝小妮还是第一次拿到。

楚惟君往门口看了看，没有其他人。她像做贼一样从口袋里摸出来一块手表放到了老师的办公桌上，说是一点儿小意思，请您收下。没想到方老师凌厉地说，你这是干什么！不要侮辱我的人格！

那块手表是正经的瑞士货，是公司经理出国带回来的礼物，当作年终奖发给了楚惟君。楚惟君很喜欢，但一直没舍得带，把表送给方老师，她也是经过了一番思想斗争的。

楚惟君脸一红，把手表往办公桌的深处塞，却被方老师一把划拉出来。方老师一指门外，说这个办公室不欢迎你这样的家长，拿上你的手表，你给我走吧!

楚惟君还能说什么呢?

五

公司经理让楚惟君去陪客，楚惟君十分不想去，结果还是去了。楚惟君非常注意协调与领导的关系，她可不想像蓝文宝那样，工作了十几年，连局长办公室都不敢进。领导让楚惟君陪客是有目的的，她能喝一点酒，喝得不多，但敢喝，豁得出去。在场面上也会调节气氛，偶尔还能整出个黄段子，说起来一点儿不脸红。公司里像楚惟君这样高学历的人不多，可像楚惟君这样没底气的人也不多。怪就怪蓝文宝没出息，总也不能混个一官半职，倘若蓝文宝仕途走得顺，楚惟君哪里需要这样苦心经营自己，只等着水涨船高就行了。

今天来的客人，是省经贸处的陈处长，负责给公司出口大宗土特产品。经理提前放下话，陈处长官小权重，要陪得不遗余力。王八龙虾都上了，茅台也喝了，可气氛总也热烈不起来。热烈不起来就意味着很多掏心掏肺的话无法说出口。经理注意到，今天楚惟君的心情不好，虽然一直在笑，但笑得很勉强。经理悄悄扯了楚惟君一把，说别忘了你为啥来的。楚惟君匆忙上阵，说给大家讲个段子。处长也是喜欢听段子的人，率先鼓掌。楚惟君却有些蒙，她心里还没做准备。她的段子都是从网上查来的，背下，讲出来，都需要心情愉悦。有了心情时，那些段子一串一串地自己从嘴里往外冒。没有心情就惨了，那些段子会集体爽约，任凭楚惟君想破脑袋，却一个一个都躲得远远的。她灵机一动，说我给大家出个谜语吧。不知怎么灵魂深处一闪念，楚惟君想起来小时候的一则谜语，觉得还有些意思。

"大头大，大头大，人家的大头都冲下，不信你就问你爸，你爸大头也冲下。"

楚惟君说完笑眯眯地看着陈处长，却发现陈处长笑得很暧昧，脸上的油光都泛出了粉红色。楚惟君猛然意识到了什么，脸一红，自己先把谜底说了出来：是鼻子。陈处长却连连摇头，说怎么可能是鼻子呢，不可能是鼻子嘛。谜底若是鼻子，谜面就不会是只问爸爸而不是问妈妈，显然这个问爸爸别有深意，因为妈妈没有。经理也听出了弦外之音，乐得拍着大巴掌说，大头朝下的时候是软的，硬的时候，就大头冲天了。那个年代的谜语不科学。

一桌人都笑喷了。楚惟君以酒遮脸，夸陈处长解释得好。为了这个解释，楚惟君走过去又敬了一杯酒。陈处长一饮而尽，楚惟君却隔着肩头想把酒洒到地毯上，但手法没使利索，有些酒落在了肩头上。

楚惟君今天喝的酒不是很多，但还是醉了。她从学校出来直接奔的饭店，许多情绪都还在心里装着。喝酒的时候，女儿的长发有时会被风吹起来，在眼前飘。头发糊到脸上，是痒痒的感觉。她真是喜欢蓝小妮这个样子，可她又分明知道，小妮的头发保不住。方老师将动员全班的长发女生集体剪头发，把针对蓝小妮的行动扩大化了。

方老师解释说，这样做纯粹是为了蓝小妮。

除了感谢，楚惟君还能说什么呢。

可她又分明知道，就是这个世界的人都剪了头发也帮不了蓝小妮，她太了解这个宝贝女儿了。

经理的车把楚惟君一直送到家门口，楚惟君下了车，待车走远就跑到墙角吐了起来。一腔的酒菜都吐了干净，虽然还有些晕，但心里毕竟好受了些。她用面巾纸擦干净嘴，摸出了房门钥匙。蓝文宝还在沙发上划拉手机，闻见酒味，头也不回地说，你又喝酒了。楚惟君凑了过去，故意朝蓝文宝吹出两口长气，蓝文宝躲了躲，楚惟君把自己的一条手臂环了上去，她今天有点脆弱。她已经很久没有这样温柔了。楚惟君说，又在看什么？蓝文宝说，哪有什么可看的。楚惟君说，没有什么可看的还整天划拉来划拉去。蓝文宝说，不划拉来划拉去我干什么？你是没什么可看的。楚惟君打了个酒嗝，突然想起了女儿的长发，说小妮呢？

蓝文宝说，她在做作业。说完自己也觉得狐疑，走过去推开蓝小妮的房门，灯亮着，书本在桌子上摊着，人却不知去向。楚惟君推开厨房的门，又推开厕所的门，都没有发现蓝小妮的影子。蓝文宝问："你今天去学校老师都说了些什么？"楚惟君说："小妮的头发得剪——"突然尖叫一声，"她可别做傻事！"两个人慌里慌张地往外跑，蓝文宝说："我说别让她烫头发，捅篓子了吧。"楚惟君大喝一声："放屁！孩子走了都不知道，你是怎么当爹的！"

蓝文宝去推自行车，楚惟君趿拉着拖鞋往胡同口跑。外面有邻居在乘凉，楚惟君问，有没有看见我家小妮？乘凉的人说看见了，可那已经是一个钟头之前的事了。那人问小妮发生了什么事，楚惟君不耐烦地说，我家小妮能有什么事。这时蓝文宝把车骑了出来，楚惟君一骗腿，坐上了后车座。

两人走了一条街又走了一条街，网吧、酒吧、超市都进去看了看，都没有小妮的身影。蓝小妮晚上很少一个人出门，楚惟君断定她走不远。于是两个人又从另一条路往家的方向找。这是条林荫路，路灯都在江南槐的树冠里窝着，只把光线透过枝杈斑驳地洒了下来。楚惟君朝外侧着身子，不放过任何一片暗影。突然有声音从树影里传了出来，那里是一座电话亭，像戳起来的木头一样方头方脑。一个白色的身影正对着"木头"讲话。楚惟君抻了一下蓝文宝的后衣襟,自行车闸也像打配合一样吱嘎乱响,蓝小妮像是受了惊吓,"啪"地就把电话挂上了。

楚惟君跳下车座跑了过去。"蓝小妮,你在给谁打电话?"

蓝小妮说:"怎么了?给同学。"

楚惟君问:"男同学女同学?"

蓝小妮说女同学。

楚惟君却不相信。给女同学打电话值当跑出这么远打公用电话?家里又不是没有电话!

蓝小妮说:"心里烦,出来散散步,顺便打个电话不行吗?!"

蓝小妮赌气朝前跑去,楚惟君在后面喊:"小妮,小妮,老师让你剪头呢,我们现在就去理发店吧。"

蓝小妮突然收住了脚步,回过头来说:"你支持我剪吗?"

这话有些突兀,楚惟君愣了一下才说:"老师有要求,当然要剪。"

蓝小妮直直地盯着楚惟君说:"你不是也喜欢我长头发的样子吗?还让我在北京龙庆峡展览,你以为我看不懂你的眼神?老师的要求就一定要满足吗?哪怕那要求是错的,是不合情理的,也一定要支持吗?"

蓝小妮的这一通话,把楚惟君闹蒙了,她好像还从没听女儿一口气讲过这样长的句子,用这样多的问号,还联系上了北京龙庆峡。被女儿看透了心底隐秘的感觉很不好，楚惟君有些不好意思。她在龙庆峡，是有展览女儿的嫌疑，即使当着许多不认识的游客的面，楚惟君也想让别人知道自己是蓝小妮的母亲，那种骄傲和自豪，不是装的。女儿的小白脸在幽暗的路灯底下一派肃穆，楚惟君突然感觉很心疼。她走过去试图把手放到女儿的肩膀上，蓝小妮倒退一步，躲开了。

蓝小妮鄙夷地说："你们大人真虚伪。"

倒退了两步，又说："也不嫌活得累。头发是我自己的，谁都休想强迫我！"

说完，转身跑走了。

楚惟君一屁股在马路牙子上坐下了，她刚才有些急，被蓝小妮这样一激，那种眩晕的感觉又回来了。她把两只手臂搭成过街天桥，额头抵上去，看上去显得力不可支。蓝文宝把车靠在树身上，他不知道该对楚惟君说些什么，只得点着一根烟，却掉在了地上。又点着一根烟。从两个人递纸条开始，蓝文宝的优势就没在嘴上。他会把纸条处理成书签的模样，周围画上青草或镶上花边，上面写一句美丽的话。比如，"湖边的落日很美"。楚惟君就知道晚上放学要到湖边等他。再比如，"明媚是朝霞的主色调，你想看早晨的日出吗？"这样的句子一般都发生在周末的晚上，是周日有约的前奏。双方家长从初三开始棒打鸳鸯，但到高三也没能如愿。好在两个人的成绩还过得去，本来想报考同一所学校，可楚惟君的高考志愿被家长托人临时改了，结果变成了一南一北。家长的用意是想借此拆散两人，楚惟君的父母都不满意蓝文宝这个闷嘴葫芦，他们总结的经验是，蔫人出豹子。可没想到中间两千里的距离正好适合鸿雁传书，距离反而成了最好的黏合剂。

这一切，在刚结婚的那两三年里两人还经常回味。如今，早就变成了拍在墙上的蚊子血，一想就觉得反胃。

路上不时滑过一辆车，刺目的灯光打过来，蓝文宝总要盯紧车牌子看。若是辆好车，他会从车头看到车尾，直到车身在昏暗的夜色中隐去。若是一般的牌子，他顶多看一眼车头。单位的同事大多成了有车族，蓝文宝多少有些蠢蠢欲动。平心而论，蓝文宝不是出于虚荣，而是出于喜欢。他是单位里最早拿驾照的几个人之一，现在别人都成了老司机，有的人换了不止一辆车，蓝文宝的驾照却还没派上用场。有时候同事也开他的玩笑，说蓝文宝开车——驴年马月的事。蓝文宝倒不以为意，只是验照的麻烦简直让他忍无可忍。不忍也得忍。他说服不了楚惟君，就无法圆司机梦。无法圆司机梦，他就只能对别人的车感兴趣，想办法把驾驶室里的人换成自己，蓝文宝的飞翔都在想象里。

蓝文宝在不看车的空闲里一共说了三句话，回家吧。回家吧。回家吧。楚惟君无动于衷。没有比这三个字更令她生厌的了。哪怕蓝文宝过来拉她一把呢？楚惟君心里说，他不肯了。若是在婚前，不愿意走路他会背着她，不知从什么时候起，两个人连肌肤相触都难了。而蓝文宝以为楚惟君睡着了，他走过去又说了声，回家吧。夜色中楚惟君抬起了头，脸上都是显而易见的悲伤。蓝文宝这才发现楚惟君还在生气。他又点燃了一根烟，因为有点累，他靠到了一棵树上，楚惟君却飞快地起身朝前走去，脚步有些踉跄。蓝文宝顾不上点烟，推上车子跟上她，楚惟君却抄了小路，拐上一道土坎，从两座楼之间的空隙穿了过去。

蓝文宝回到家，先拉开女儿的房门看一眼。蓝小妮已经窝在了被子里。再看楚惟君，她摸黑四仰八叉躺在床上，摆出了一个"大"。这个"大"字，是个很大的心事。肢体像面条一样柔软，小腿垂在床下，像断了骨节一样。楚惟君越来越有些歇斯底里了。蓝文宝轻叹一口气，小心地关上了房门。女儿是这个样子，老婆是这个样子，他对谁都无可奈何。觉得累，他把鞋脱掉，两只脚收到了沙发的扶手上，这才开始专心致志地划拉手机。

只有这个时候，他才是最轻松的。

六

方老师给的时间是三天。也就是说，从周二到周四这三天是留给长头发女生剪头发的时间。与楚惟君打过招呼，方老师就觉得这件事基本没有障碍了。方老师是一个有责任心的人，平行班十四个班，她什么都要做到最好。那天晚上放学前，方老师把剪发当作业布置了下去。要求都要齐耳，或者剪成比男孩子稍长的那种发型也行，清爽，干练，甚至还有些——酷。方老师不懂那种发型怎么说，形容了半天，还是张元丽脑子快，说就剪成我这样的就行。

张元丽这样一说，大家还真是觉得她的发型好看，后脑勺短短的，用推子推过，稍长一些的头发都在脑瓜顶上，稍稍往旁边一分，连梳子都省了。有几个女生当即表示也要剪那种发型，杨雄伟嚷了句："这样的发型不是谁都能剪，得有平脑瓜顶才行！"

方老师笑着说："杨雄伟，你闭嘴。你什么时候学会审丑了？"

杨雄伟说："方老师，我这是审美。你不能让咱们班的女生都变成丑八怪！"

方老师说："我怎么看不出来长头发有什么好看呢？假如蓝小妮把头发剪短了，你们就会觉得她不好看吗？"

很多同学整齐划一地嚷："好看！"

杨雄伟嘟囔了一句"马屁精"。

他却被旁边的一个同学检举了，方老师走过来，拎着他的脖领子把他拖到了讲台上，方老师说："我们让杨雄伟同学解释一下什么叫马屁精。"

杨雄伟嘟囔道，马屁精就是马屁崩出来的精子。

大家哈哈大笑。

方老师没有笑。她把杨雄伟推到了讲台下，却并没有让他回座位。杨雄伟便倚着窗台站着，一条腿和另一条腿编着花儿，一只脚像陀螺一样足尖着地。方老师扒拉他一下，杨雄伟晃了下身子，还是站成了那样。方老师说："大家知道什么叫站没站相吗？"许多同学都知道方老师要说什么，一起嚷："就像杨雄伟这样！"

　　坐在后排的同学甚至跑到前边来看杨雄伟什么样。杨雄伟挺着脖子不改姿势，腿编的幅度更大，看上去都有点悲壮了。丁小丁跑到了最前边，看了半天大概什么也没看到，一脸懵懂的样子往回走。丁小丁的样子又把大伙逗笑了。

　　班里三个头发最长的女生，方老师逐个叫起来，问她们能不能完成作业。第一个叫的是于娜。于娜站起来回答问题，缩着一只肩膀，勉强点了点头。第二个叫的是孟微微，回答的声音比蚊子还小。叫到蓝小妮，蓝小妮直直地站起身，不说话也不点头，只是偏着头看着窗外。方老师最见不得这样拧把骨似的学生，索性宣布周五检查。下课。

　　每天早晨上学，蓝小妮都能感觉到老师的目光在她身上打圈圈。蓝小妮感觉到了压力，那种压力有多沉，看看蓝小妮塌下去的后背就知道了。她原本是个大个子，坐在哪里都显眼，现在她的座位似乎空了，老师如果不刻意瞅，根本不会发现那里坐着人。

　　蓝小妮在周五早晨的这一刻坐直了身子。舍得一身剐的时刻到了，蓝小妮反而轻松了。于娜和孟微微也早早来上学，她们彼此对了一下眼神，都发出了会意的笑。她们的头发都没有变，蓝小妮甚至把马尾束高了些，露出了雪白的一段脖颈。方老师拿着教具站在讲台上，只抬了一下头，简单地说了句："你们三个，出去。"声音不高，也不见有多少怒气，方老师的脸上甚至还有笑纹。可谁都知道，方老师的这种笑纹不是真实的，她这回动了真格的。方老师连名字都不愿意提，她只是那样把头朝外一摆，三个人就都乖乖站了起来，低着头走出了教室。

方老师说："同学们，我们上课吧。"说完，"咣当"关上了教室的门。

开始三个人倚着走廊的墙壁站着。不时有老师从这里经过，奇怪地看着她们。她们这时的眼神还有些害羞和无助，不管因为什么，被罚站总不是多光彩。后来站乏了，她们跑到楼梯口坐着。这个时候她们还有幻想，觉得老师会很快找她们理论，他们在一起准备如何应对，因为坚信一点，真理在自己手上。后来实在坐得累了，她们跑到了操场上。这时已经上第三节课了。也就是说，语文、数学、英语三科的老师都不许她们上课，人家都商量好了。此刻于娜有些后悔了，她说掉下的那些课那么办呢，父母如果知道，会把她打死的。孟微微有些犹疑——至于吗？也不知道她是指于娜说的被打死还是指头发事件本身。只有蓝小妮的神情一点儿都没有松动，她始终咬着细碎的芝麻牙，一副果断坚毅的表情。她说服两个同学："我们错了吗——留长发不是我们的错。不去听课不是我们的错，我们为什么要检讨自己呢？"

教音乐的崔老师从外面回来路过这里，显然她不知道班里发生了什么事。她一手推着电动自行车，一手提着一只塑料袋，塑料袋里装满了大包的卫生用品。她特意朝这边拐了拐，奇怪地说，蓝小妮，你们怎么不去上课？蓝小妮说老师不让上。崔老师奇怪地问为什么，蓝小妮说，因为我们没有剪头发。崔老师短促地"哦"了一声，重点看了眼蓝小妮的头发，脸上的神情很复杂。她朝蓝小妮笑了一下，走了。崔老师的笑一下子暖了蓝小妮的心，蓝小妮对她的两个同学说，看见了没有，崔老师是支持我们的！

操场上空无一人，没有一个班在这个时间上体育课，只有一只麻雀在天空上无聊地飞。这是一只傻麻雀，不怕热。蓝小妮却突发奇想，说我们给自己上课吧。于娜说，我们自己怎么上，连本书都没有。蓝小妮说，那我们就上体育课。孟微微说，待着还出汗呢。蓝小妮说，我们跑步去，让汗水磨练意志。说完，率先朝前跑去。她们跑的是最外面的那一圈，周围有杨树，稍微能遮出一点凉荫。但她们显然不是因为凉荫才跑最外面的那一圈。蓝小妮脸上凝重和执着的神情，像是在跑世界比赛。

一圈又一圈，已经不是出汗了，人像是打水里捞上来的，汗珠把皮肤都排满了，噼里啪啦往水泥地板上掉。空气燃烧起来，吞咽下去就像点着了火。于娜跑了一圈下来了。孟微微跑两圈下来了。蓝小妮还在坚持。她在坚持什么呢？可能连她自己也说不清楚。如果长发过去只是单纯的长发，那么现在仿佛变成了信念一样的东西，蓝小妮有了捍卫的意识和决心。她在酷热的阳光下每跑一步，那决心就增加一分。

终于有人从年级楼里出来了，是教数学的周老师。周老师在操场外面一个篮球架后站着，对跑过来的蓝小妮说，出什么洋相，谁允许你们跑到这儿来的？

三个人跟在周老师的身后走进教学楼，周老师进了一楼的洗手间，许久没有出来。三个人就站在门厅里等，也许是因为分了神，周老师什么时候出来的，她们都没有看见。

一直到中午放学铃声响起，方老师才把三个人叫进办公室。此刻的办公室空无一人，墙壁上的时钟已经指向了十二点。方老师问："不上课的感觉是不是很好？"

蓝小妮说："不好。"

方老师说："说说不好在哪里。"

蓝小妮说："听不到老师讲课。"

方老师嘲讽说："老师讲课有这么重要吗？"

看见三个人都不准备说什么，方老师又说："既然老师讲课重要，那为什么不好好听？为什么成绩这么差？上好每一节课，真的比大热天跑操场更难受？说，你们为什么要到操场上跑圈儿，谁的主意？"

蓝小妮说："我们在上体育课。"

方老师说："体育课也没怎么见你们好好跑。蓝小妮白长了个大个子，跑不快，跳不高，校园运动会上也都不能给班里争荣誉，有能耐，运动会给我拿个 1 500 米的冠军。"

蓝小妮说："我会弹琴会唱歌。"

方老师不耐烦地说："那有用么？"

蓝小妮说："学校有校园艺术节。"

方老师胡撸了蓝小妮一把，下手有点重，但表面看不出来。方老师说："登台演出的事，我会让好学生去，你是好学生吗？"

蓝小妮白了一张脸，不敢接话茬儿了。她当然觉得自己就是好学生，小学上了六年，她从没迟到早退过，甚至没请过一天病假。只是话到嘴边，她有点说不出口。老师一定会说，你整天来管什么用，还不是一样的烂成绩。从一年级开始，她永远都不是老师嘴里的好学生，虽然她在心底一直在为自己抗争，可那声音太微弱了，很多时候连她自己都听不见。方老师又说了很多话，剪头发是为你们好，既然别人都剪了，那你们更不应该搞特殊。因为你们都是老师喜欢的孩子，应该给全体同学做出榜样。方老师仿佛没有注意到墙上石英钟的指针已经过了十二点，偶然一抬头，方老师立刻着急了，她匆忙把自己的随身物品往包里装，对三个站成一排的女生说，不剪头发就别来上课了。

七

这幢教学楼就是在孙校长的手里盖起来的，所以他把自己的办公室设计成半个篮球场那么大，对面坐着人，小声说话根本听不见。孙校长年龄不大，在教育界属于少壮派。学校原本是所普通中学，他在这里短短几年，不但硬件水平上去了，升学率也直线上升，逐渐成了小升初炙手可热的地方。每年招生，其他几个学校想尽办法拉生源，孙校长却要关了手机去避暑——好躲避考生的亲朋好友地毯似的搜索。在学生的心目中，他是一个严肃得让人惧怕的人，又长了一双大牛眼，学生们谈起校长都夸张地说，校长看谁一眼，都能把谁看哆嗦。

孙校长中午喝了点酒，午后睡了长长的一大觉。刚起床给自己泡杯茶，就见门缝底下有一块淡蓝色的纸，上面好像还有字。他捡起来放到桌子上，随意扫了一眼，上面写的是：孙校长，我们要与您对话！！！下面写着三个人的名字，都不熟。孙校长把那纸片折了折，随手扔进了字纸篓。与小孩子打交道，对什么事不能不认真，也不能太认真。孙校长是很有体会的，他们经常会给学校出一些意想不到的难题，那些难题就像脑筋急转弯，很多都不是大人能够解答的。

所以孙校长遇到学生们的一些问题就是一个字，拖。你不是想对话吗？拖你一两周，就把那些孩子想说的话都给拖没了。

房门第N次被敲响了。孙校长洪亮地说，进来。蓝小妮、于娜、宋微微一个个闪了进来。她们都是第一次进校长办公室，行为都像有些鬼祟。刚才她们一直躲在走廊的最里头，那里是储藏间，别人轻易走不到那里。来找校长对话是蓝小妮的主意，于娜和宋微微也表示赞同。她们中午在三毛冷饮厅研究了很长时间，下一步怎么办。头发无论如何不能剪，脑袋在头发在，这已经不是头发本身的问题了，已经上升到权益和尊严的问题了！三个孩子都没有回家吃饭，分别给家里打电话说，在学校吃了。其实她们除了冷饮什么也没吃。蓝小妮肚子很饿，所以那些慷慨激昂的话就在肚子的咕咕叫声中诞生了。于娜和宋微微都有点肃然起敬，她们没想到蓝小妮有这样深刻的思想，而这些思想在她们的脑海中连概念也没有，她们只是喜欢好不容易养起来的长头发，若不是有蓝小妮的坚持，她们的头发恐怕早就去理发店挨剪子了。

三个女生站在门边，孙校长有些意外。他看了看表，正是上课时间。初一（3）班发生的事他不知道，所以事情还得从头才能说得明白。为什么不上课？老师不让。为什么不让？没有剪头发。女生的声音细小，孙校长不由地偏过耳朵，结果还是听不清。孙校长只得用屁股拖着椅子朝前凑了凑。他有些想不通，什么样的事情能让三个看上去腼腆的女生不上课跑到校长办公室来。

孙校长看蓝小妮的目光有些松懈，这样漂亮的女孩子，这样好的一头黑发，整个校园还真少见。孙校长差一点问出为什么要剪头发这样没水准的话来。幸亏他警惕性高，这话才没有说出口。全校几十个班，每个班容量都有六七十人。各班有各班的具体状况，各班有各班的管理手段和措施。只要不犯法，他不反对从重从严。现在的孩子，手稍微一松就能给你捅天大窟窿。蓝小妮的目光看见了字纸篓，那张淡蓝色的纸是她从日记本上撕下来的，背景是一把小提琴和五线谱，即使是写一张字条，她们也要选择自己心仪的好看的纸。这是她们这一代女生的风格。

蓝小妮鼓足勇气说："孙校长，是我们要求与您对话的。"

孙校长不禁朝字纸篓看了一眼，扬了扬下巴，示意她说。

蓝小妮紧张到有些战栗。她管自己的这些话叫诉求，恳请校长在百忙当中听一听。孙校长险些乐出声来，觉得这个叫蓝小妮的女孩挺有意思。前边几句话蓝小妮说得结结巴巴，连于娜和宋微微都为她攥紧拳头暗暗使劲儿。后来蓝小妮慢慢就把话说顺畅了。她说学校规定不许烫头发，不许穿奇装异服，我们不过是把头发养得稍微长些，一点儿都没有违反纪律，她的头发还有一些特殊情况，短起来就根根朝天，只有养长些才便于梳理。老师有什么权力不问青红皂白就让我们剪掉头发，不剪就停我们的课，上午停，下午还要停。不剪头发就不让来上课。别的班都没有让全体女生剪男生那样的头发，那样的发型不适合所有的人。请问校长，我们同为一个学校的学生，所在班级不同所受的待遇就该不一样吗？这样强迫我们做我们不喜欢的事情，是不是也侵犯了未成年人的合法权益呢？

　　这样自以为是的孩子，不管校长还是老师，都不会喜欢。此刻孙校长皱紧了眉头，这让蓝小妮不敢看他的脸。蓝小妮就看着写字桌下那个字纸篓自说自话。她们是来讨公道的，所以孙校长不说话，她就一直在那里说，到后来她都不知道自己说的是什么了。校长的沉默让蓝小妮觉出了难堪，她说着说着就哭了，她没有出声，而是憋着自己的满眶眼泪，肩膀一抽一抽地抖动。另两个孩子也抹起了眼泪。她们的眼泪抹得不专注，而是偷眼看着孙校长。孙校长平时足智多谋，此时似乎有些优柔寡断。他意识到这件事有些棘手，方老师把事情推向了极端。学校最害怕遇到那些走极端的人和走极端的事，极端非常容易带来恶果。

　　说起来，学校的日子也是如履薄冰。面对几千个未成年的孩子，不是光有道理或者制度就能解决所有的问题。当年，十三中也曾有过非常好的局面，一个孩子从楼顶飞身而下，十三中的大好局面就全断送了。

　　孙校长给每个孩子发一张面巾纸，温和地让她们报自己的姓名。

　　孙校长说："班级的纪律也是纪律，你们作为学生都应该遵守。刘胡兰在你们这个年龄，连脑袋都可以不要，想想看，如果换作你们，你们会怎么做？蓝小妮同学一定会向敌人说，请不要割断我的头发，我是刚做过离子烫的！"

后一句话，孙校长用了假声。

蓝小妮扭捏了一下，她不好意思笑。

孙校长说："你们先回教室吧，学校了解一下你们班的情况再说。"三个孩子背过身去向门外走，蓝小妮得意地朝两个同学摇了摇手里的纸巾。

孙校长抓起电话对教导处说，让初一（3）班的方老师过来一下。

八

蓝小妮的晚饭吃得很香甜，她对楚惟君说了她们与校长对话的事。楚惟君此时表现得很没原则，她只关心校长的态度如何。蓝小妮从小就很会学舌，把当时的场景复述得完整全面。校长从皱着眉头不耐烦，到给每人发一张面巾纸，这差不多已经能够说明问题了。校长那么严肃的人，最后居然还开起了玩笑，拿刘胡兰给大家做比喻，差一点儿就把蓝小妮笑喷了。校长是公正的，是站在我们这一边的，我们保护自己头发的行为最终会取得胜利。蓝小妮宣誓一样地说。

电话铃响了。楚惟君收起了关注女儿的目光。从心里说，她不愿意蓝小妮去见校长。可既然去见了，楚惟君又觉得女儿很勇敢。又能把校长说服，蓝小妮的形象一下子就又提升了。作为奖赏，楚惟君在蓝小妮的额上亲了一下，害得蓝小妮用双手去擦，她对这些"不卫生"的习惯已经很不适应了。蓝小妮以为电话是蓝文宝打来的，叮嘱说，别告诉我爸。蓝小妮这句话说得此地无银，其实她很想把战果告诉爸爸的，就像告诉妈妈一样。话之所以这样说，是有撒娇的成分的。

十二岁的女孩子，其实已经到了心思难猜的年龄。

电话那头问清了楚惟君的名字，就"呜"地哭了。楚惟君吓了一跳。她赶忙问，你是谁？你怎么啦？蓝小妮也跑了过来，用眼神询问妈妈。电话里传来响亮的擤鼻子的声音，清理喉咙的声音，那段声音有些漫长，在楚惟君听来，漫长得似乎有些故意，楚惟君觉得自己都快急出毛病了。她焦躁地又把话说了一遍，你到底是谁？你是干什么的？

电话里的人反而冷静了，她正色说："我是方老师。"

哭的人是方老师？方老师看上去就像钢筋铁骨生成的，她会哭？

楚惟君顿时觉得自己掉进了冰窟窿，寒彻了骨头。

方老师用纸擦了擦眼泪，她住的地方与楚惟君家的直线距离只有几十米。那里是一片陈旧的楼房，是她爱人的单位在20世纪80年代集资建的家属楼，当年也是这座城市最惹眼目的建筑。现在，她站在六楼的窗前，能看见蓝小妮家的那幢白色楼房的鸽子楼顶，那里生活的大都是被称作"房奴"的那种人。方老师觉得他们是人群中的异类，比如蓝小妮的母亲，方老师就认为她活得煞有介事。她居然想送块手表给方老师，她也不想想，这个年代，手表还能当礼物送人吗？

还不如送块肥皂呢，倒还有些用处。

方老师此刻的委屈，像潮水一样在心头翻涌。她比孙校长大十多岁，被孙校长批评的滋味，不是她这个年龄的女人可以承受的。虽然她有一肚子辩解的话，但孙校长不听。孙校长只强调说，制定任何纪律都要以学生心悦诚服为前提，尤其不能把停课作为手段。现在升学的压力这样大，再采取这样愚蠢的办法不是自掘坟墓么？

方老师觉得孙校长这样说话是在人为降低标准，过去孙校长的许多手段也是刚性的。她说我每年带初中新生，都要求女生剪头发。

孙校长说："那是你没遇到蓝小妮。既然遇到了蓝小妮，那就不要再用老办法。"

方老师几乎被气疯了。她先把电话打给了于娜和孟微微的家长，没想到，那两家的家长也正想找老师。同蓝小妮一样，两个孩子回家也把见校长的事说了。于娜的母亲预料到此事会有连锁反应，饭也没吃，揪着于娜去了理发店。方老师把电话打过来时，于娜母亲自豪地说，于娜已经把头发剪成了秃小子。孟微微的母亲则对孩子被停课耿耿于怀，她说孟微微不剪头发是因为蓝小妮不让她剪，主犯与从犯被一样对待，这让她觉得老师不公平。

蓝小妮家的电话被拨通的一刹那，方老师并没有预备哭，她从来也没有向学生家长掉过眼泪。可那声哭就在喉咙里，一张嘴，就不由自主汪了出来。她说我从教三十多年了，得过的奖励数都数不清。什么样的学生都见过，却没见过像蓝小妮这样刁钻古怪的。学习一点儿也不用心，干用不着的却处处在行。她不单串通同学一起反对老师，还一起到校长那里告黑状。才多大的孩子，用心就这样险恶。我还有两年就要退休了，活了五十几岁，被学生告，还是第一次。我都觉得没脸见人了。

楚惟君登时就急了，说小孩子去校长那里是她们不懂事，我正在家里批评她。至于说她串通同学反对您，肯定是个误会，她不会做这种事，我了解她。

方老师说："那是我不了解她了？她给于娜和孟微微打电话，联合她们一起不剪头发，不是串通是什么？"

楚惟君说："您别生气。"

方老师说："我一点儿也不生气。我的班上有六十九名同学，除了蓝小妮，还有六十八名，为了他们我也不会生气。他们需要我，我也需要他们。我每年带的学生都是平行班里成绩最好的，我得对他们负责任！"

这话说得可硬气，每一个字都像钢针一样能扎人。

话说到这里，方老师就把电话挂了。楚惟君的眼泪一行一行落下来，她意识到，她和女儿都没有后路了，女儿的后路是头发，她的后路则是对女儿的态度。她回头找蓝小妮，蓝小妮早躲到自己屋里去了。楚惟君去推门，门从里面反锁了。楚惟君叫了半天，蓝小妮硬是不开。楚惟君"砰"地踢了那门一脚，蓝小妮在屋里嚷了句："我不上学了，总可以了吧！"

楚惟君喊了声："不行！"

想到蓝小妮进这所学校的种种艰难，楚惟君悲从中来，把自己的拳头堵在嘴里，哭得肆无忌惮。如果蓝文宝稍微有点本事，她楚惟君哪里会活得这般累。每次遇到不开心的事，楚惟君都会这样想，然后这样释放自己一次。

蓝文宝夜里12点钟回来，楚惟君眼泡红肿得已经像桃子了。她问蓝文宝去了哪里，电话怎么打不通。蓝文宝长长地打了一个哈欠，懒散地说，来个老同学，手机没电了，说完把手机拿给楚惟君看，楚惟君陡然心生怒火，说没电了你就不会想法子给家里打个电话？蓝文宝说，反正家里也没什么事。这话招出了楚惟君的满腹伤心事，这天都要塌了，蓝文宝居然说家里没什么事，这是有心没肺还是有肺没心。楚惟君又想发作，关键时刻忍住了。她数叨说你比个木头强不了多少，我和小妮这样难，你却是个甩手掌柜，家里的事什么都不管。蓝文宝说，都有什么可管的，不就剪个头发吗？

上了床，楚惟君把蓝小妮找校长和方老师来电话的事都说了。蓝文宝始终闭着眼，作为互动，他把一只手放在了楚惟君的身上。可楚惟君不要他的手，是要他拿出办法来。蓝文宝的眼睫毛在快速抖动，他也想有办法，可办法又在哪里呢，他天生就不是一个有办法的人。孩子的头发长在那里，剪了是她，不剪也是她，横竖她变不成另外什么人，他不把这件事看得重，看得重的是楚惟君以及方老师，她们都是女人。不消几分钟，蓝文宝的呼噜声响了起来。楚惟君狠狠踹了他一脚，他朝床外移了移身子，居然没醒。

楚惟君又开始泪水滂沱，想当年自己跑两千里地为了几粒红豆去找他，怎么就没想到他会变成个废物点心。

早晨楚惟君做好了早餐，蓝小妮迟迟不从屋里出来。蓝文宝在洗手间的时间长了些，楚惟君探头去看，发现他在用自己的洗面奶。洗面奶的盖子躺在了洗手池里，白色的浆液把他的脸都涂满了。被楚惟君发现，蓝文宝多少有些不好意思。他说："你今天让小妮去剪头发吧，否则这件事情过不去。"

楚惟君叫道："你怎么不带她去？"

蓝文宝说了句"我还有事"，早餐也没吃，慌里慌张去上班了。楚惟君熟悉他的这种逃避方式，他经常就是一个不接招的人。

楚惟君去叫蓝小妮，发现女儿的房间比平日整齐了很多，被子叠起来了，衣服挂了起来，书桌收拾得很整齐。这都是平时没有过的——校服和书包都不见了，不知什么时候，蓝小妮已经走了。

楚惟君追到外面去看，不远处果然有蓝小妮的身影。她斜背着书包，挥动着手臂，抬头挺胸，束起的马尾巴在身后飘舞，走得很有气势。那种步态是楚惟君不熟悉的，过去蓝小妮走路总是拖拖沓沓的样子，不知从什么时候起，她变得斗志昂扬了。

楚惟君原想无论如何今天也要说服蓝小妮剪掉头发，可女儿的背影又让她没了信心。

九

第一节课，蓝小妮从倒数第三排调到了最后一排靠墙角的位置。她直直地坐在那里，腰和背就像被绑上了夹板。方老师没上课之前先表扬了于娜和孟微微。于娜的眼睛红肿，显见得是哭过的。母亲为了惩罚她，把她的头发剪得短而又短，于娜觉得羞于见人，趴在桌子上半天不抬头。孟微微的头发只短了一截，过去有一尺长，现在大概剩下了七八寸。她在教室里一出现，大家就立刻拿她与于娜做比对。张元丽马上发明了一句歇后语：孟微微剪头发——纯属糊弄老师。孟微微一脸得意，说这样方老师已经可以满意了。杨雄伟说，你这样和不剪有什么区别？孟微微说，这当然有区别。她转述昨天父亲和母亲探讨这个问题时说的话，说剪不剪是态度问题，剪多剪少是心情问题。丁小丁说，剪得越少心情越好，你的父母是不是都是哲学家？孟微微更加得意地说，那当然。又奇怪地"咿"了一声，说丁小丁你什么时候变得这么聪明了？

方老师用赞赏的语调说，于娜和孟微微知错就改，都是好同学。让我们用热烈的掌声对她们表示欢迎！掌声噼噼啪啪响了起来，作为奖赏，方老师把她们各自的座位向前提了三排，又说蓝小妮你个子高，就坐最后一排的里面吧。蓝小妮顺从地收拾了自己的书包，从最后一个同学的身后，挤到了那个墙角里。她脸色有些苍白，但把头发梳得整整齐齐，一根毛头发也没有。老师的眼睛看过来，她只搭了一眼，就躲闪开了。蓝小妮在心底给自己鼓足了劲儿，可她发现还是难以面对老师，她做不成刘胡兰。

蓝小妮对自己说："你一定要向刘胡兰学习！"

于娜和孟微微始终也没有跟她打招呼。她们眼下没了压力，可她们觉得有些对不起蓝小妮。

下课了，蓝小妮想跟孟微微说一句话，孟微微借口上厕所，没有给她机会。

楚惟君打电话让蓝文宝早一点回家，她要和他商量事情。蓝文宝问什么事，楚惟君很不耐烦，你说，还能有什么事？

蓝文宝就明白了，还是蓝小妮的长发。他想说事已至此，干脆由她去，学校还能因此开除她吗？可他怕得罪楚惟君，这些话就没有说出口。他当时刚走到单位的大门外，因为心里烦，他一个人跑去酒吧喝酒了。

蓝文宝这段时间每天都回来得晚，说在外有应酬。若是过去，楚惟君会高兴的。男人有应酬才会有关系，有关系才能办事情，甭管大事情还是小事情，有关系就比没关系好办。楚惟君总是积极支持他去应酬的，就是去打麻将也好。

楚惟君问，晚上又有应酬？

蓝文宝应了声，却没想好怎么说。楚惟君问他去哪里应酬，都有谁。蓝文宝就怕她问这种话，借口听不清，就把电话挂了。蓝文宝许多同事的电话楚惟君都知道，所以他不敢随便编瞎话。楚惟君则以为他说话不方便，男人都是要脸的，都不愿意被老婆查岗，所以又给他发了短信，让他八点钟之前必须回家，务必不要喝酒。

蓝文宝不想回家，可又不得不回来。楚惟君把他拉进卧室里，小声说，小妮怎么像变了个人似的，特别反常。蓝文宝问都有什么反常的。楚惟君说，吃饭不挑食，但吃得很少。进门不看电视，关起门来就写作业。蓝文宝说，这不是好事吗？楚惟君摇头说，过去她不是这样的，所以才让人不放心。整天一句话也不说，也不瞅人，小脸寡白寡白，这不是问题是什么？

楚惟君还把在学校里发生的事对蓝文宝讲了，来源当然不是蓝小妮，她的同事有孩子在小妮的邻班，所以事情轻易就能打听到。三个长发女生，一个剪秃了，一个剪短了，只有蓝小妮一点儿动静也没有。也就是说，原先需要三个人承担的压力，现在都落在了她一个人的身上。别人都往前调位置了，只把她放到了犄角旮旯。这说明什么？说明蓝小妮将被永远打入"冷宫"。家长如果再不采取措施，孩子也许就给毁了。

蓝文宝连忙去看女儿，女儿却完全不是妈妈说的那种状态。蓝文宝真是很少见到这样乖的小妮，端庄地坐在那里写作业。蓝文宝探过头去瞅，蓝小妮仍是旁若无人，可蓝文宝看出女儿认真得不同寻常，一笔一画都写得很用力。蓝文宝也有点儿看不懂女儿了，他不由地摸了摸女儿的长发。蓝小妮却受惊似的浑身一抖，脱口说，我好好学习，我不剪头发。

拧过身子，蓝小妮认真地又说了一句，从现在开始，我要做喜欢学习的那种动物。

蓝文宝欣慰了一下，什么也没说，就从女儿的房间退了出来。

楚惟君说，目前只有两个办法，让小妮摆脱困境。手机响了，蓝文宝去阳台上接电话，楚惟君跟了过去。蓝文宝转回客厅，楚惟君又跟了回来。蓝文宝捂住手机说，你跟着我干什么？

楚惟君没有意识到她在跟着蓝文宝,她是想对他说两个办法。两个办法她有些拿不准,她需要有个人商量一下。

快说你的两个办法。蓝文宝把楚惟君的思路往正道上拉。

眼下没有什么事情比蓝小妮的事情更紧急。楚惟君很快把思路跟了上来。她说第一个办法是去打通跟方老师的关系,上次送她一块表,她不要。那就多带些礼物登门拜访,出手大方些,让她看一眼就心动,这样说不定她就会放过蓝小妮。蓝文宝问另一个办法。楚惟君说,趁小妮睡着,咱把她的头发偷偷剪了。

蓝文宝吓了一跳:你可真敢想!你不知道丫头是什么样的人?她会跟你拼命的。

楚惟君说,那你说怎么办?

蓝文宝干脆地说,你去方老师家送礼吧,送多少都行。这话让楚惟君急了,她说这样的事你能让我一个人去?要去咱俩一起去,方老师那张脸,想一想我就觉得发怵。两个人去说话可以相互补充,可以免去许多尴尬。蓝文宝沉了沉,说要不就把小妮的头发剪了吧,小孩子也不能太纵容。楚惟君说,你到底有没有准主意?蓝文宝说,主意都是你出的,我哪里有。今天我还要去值班,具体怎么办,你决定吧。

教室里漆黑一团,蓝小妮一个人坐在教室正中间的位置,从小学一年级开始,那个位置就是蓝小妮的向往。也许因为她个子高，也许因为别的什么，蓝小妮与那个位置之间总是隔着很远的距离。一团光打在墙壁上，那张花团锦簇的大表格在黑夜中凸显出来，那里都是各科得百分的人名单，有些人的名字出现了不止一次。蓝小妮认真地在上面寻找自己的名字，忽然，她看见一个女人提着鬼头刀朝自己砍来，蓝小妮大叫了一声："刽子手！"

这很像一句电影台词。

从梦中惊醒，她摸了摸自己的脑袋，头还在。看见床头有个模糊的身影，手里攥着一大把头发。

蓝小妮吃惊地问："妈妈，这是什么？"

三只铁碗和三只汤勺

一

我给伊丽莎白鼠打电话，问她有没有时间陪我去趟大洼。伊丽莎白鼠问我去大洼干啥，我说散散心。大洼的万亩稻田变成了万亩荷塘，我在朋友圈上看到了图片。伊丽莎白鼠当然想和我一起去，可她分身乏术，正看孙女呢。

"你去看大象的母亲了？"她问。

我问她咋知道的。她说听大姐说的。大姐是大象的姐姐。两个人都看孩子，在游乐园门口见了面，叙谈了几句。她不是听大象说的，而是听大象的姐姐说的。也好。大象的姐姐离娘家近，应该比大象跑得勤一些。我去看老太太已经有两个月了，大象的哥嫂接待了我。

"你还给留钱了。"伊丽莎白鼠又说。

我跟大象的哥嫂不熟。我对留钱的事有点矛盾。既想让大象知道，又不想让她知道。但大象一直没有跟我联系。那段时间，我甚至心有惴惴。伊丽莎白鼠透露的这个信息很重要，我心里的那块石头一下落了地。

"我一直也没去看老太太，总是没时间。"伊丽莎白鼠的声音透着无奈。

我能想象伊丽莎白鼠的忙乱和紧张。她的孙女两岁半，是她儿子在她毫无准备的情况下送给她的礼物。那小子中专毕业去了一家贸易公司实习，三个月就让一个女孩怀孕了。伊丽莎白鼠曾经疯了似的让儿子远离那个乡村女孩，结果是，那个女孩被带回了家。

我们又谈了一些别的，伊丽莎白鼠那端总是被孙女打扰。最后手机还是被抢了过去，小女孩奶声奶气地问我："你是谁啊？"

我已经有很多年没见到大象了，她在H市生活。相比我们居住的埙城来说，那是一座较大的城市。当年走的时候，我曾经开玩笑说，你是我们三人中第一个去大城市的，希望将来有一天我去那里开会时你能开着宝马去接我。那天是2001年的春天，是我们相识第十六年的5月19日，每年的这一天我们都要聚一聚。开始是我们三个人，后来是我们六个人。三个女人，带三个孩子。大象走了以后，聚会就自然终止了。我和伊丽莎白鼠同住一座城市，我们很少见面。大象没走的时候，我和大象也很少见面。我们三个人的关系有点古怪，用大象的话说，她跟伊丽莎白鼠是一种物质关系，跟我则是精神关系。那我和伊丽莎白鼠算什么关系呢，物质加精神？当然说这话的时候，我们还是小姑娘。大象结婚早，我们仍叫她小姑娘，因为我们三人中，她年纪最小。每年的春节前我都要去H市开会，经常试图联系她，可十有八九联系不上，或者，联系上了她没时间出来，也没空接待我。十几年都是这样，自从她举家搬走，有关她的信息，就比流星还少。我们甚至一次也没有碰过面。换成别人，这种友情早就落花流水了。但我们之间不至于，即便一百年都不见，我心里也依然有她，她心里也依然有我，这毫无疑问。有一次，电话打到手抽筋，万千言语都堵塞到那根细细的电话线里。说好了她过来，我在酒店把水果洗好，把咖啡冲好，心情激动得像等初恋情人一样。最终还是让我等了个空。

其实她经常回我们家乡的这座小城，来看母亲。可这么多年，她都没找过我。当然，我也没有找过她。我问伊丽莎白鼠，你有见过大象么？伊丽莎白鼠说，见过，但也是三年前了。

到底物质和精神不一样。我暗下思忖。

二

我从邮局出来，斜对面就是那条浓荫胡同。单位离邮局两站路，我一般都是走着来。从邮局出来，我要坐人力车回去。那都是些六七十岁的老人，从来不讲价钱，生意并不好。我每次都会多给一些，只要手里有零钱，我会尽己所能。而且我通常只会坐一站路，这样可以让他们快一些回去揽生意。我是去邮局取稿费的，虽是劳动所得，可总算额外收入。有"得"的时候就要"发散"一些，这里有一些复杂的成分和心理依据。

我有些迷信吧。

这些年，不止一次，我从邮局出来都想朝南走进那条胡同。那条胡同的中间部分，有一条横向的石头胡同。很窄，两边都砌了石头墙。石头墙都是肩膀高，白灰勾缝，有些历史久远的味道。石头墙上开了一道门，就是大象的家，应该叫娘家。这里是城市的腹地，胡同的尽头就是几栋豪华的行政办公大楼。能在这样的黄金地段闹中取静，该是多么有幸。大象的母亲安老太，是这座城市的名人。不只因为她会做旗袍和西服，还因为别的。和大象认识以后，我们经常跑到这里来，赶上饭就吃，渴了就喝。菜园里的黄瓜、西红柿随便摘，从来都不客气。我们不客气，别人也不客气。她家总是高朋满座，年长的、年少的时尚女人，叽叽喳喳，像一屋子开屏的孔雀。我在这里认识了三五个人，关系相当好，请我去家里做客，或者送些小礼物。当然后来关系都失落了，我已经记不清她们谁是谁了。后来我们把聚会的地点改在了大象家里，在城北的鱼山脚下，是方方正正的一个大院落。我们理所当然到这里来了。大象再搬到H市，我们逐渐就把这里忘了。

这个过程，说清楚只需三言两语，经历却遥远而漫长。这么说吧，我第一次到这里来，不到二十岁，还没有谈过恋爱。而现在，我女儿都超过这个年龄了，她在国外读书。

也只有去邮局时，我才会想起往事。步行最容易让人胡思乱想，尤其是，从那个胡同口经过的时候。可从邮局出来，看到人力车，我就把那条胡同忘了。得承认，这条胡同在我的心里仍然有位置，但已经没那么重要了。所以事情总停留在想法上，年复一年。但，你不想实现的想法总有一天老天会帮你实现。比如，这天。

我从邮局出来下了牛毛细雨。人力车仿佛约好了，都隐匿到了城市的某个角落。我在街旁的报刊亭的廊下站了会儿，想下一步应该干点什么，是逛商场，还是去书店？这个报刊亭，许多年前我经常光顾，买全国各地的文学刊物。后来它卖磁带和光盘，再后来是卖冰棍、汽水和香烟。现在则上着门板，早就关门大吉了。我们这座城市，已经没有一家报刊亭能买到文学期刊了。对面那条胡同口的槐树荫里有卖鸟的、卖花的、卖杂粮的，都不是正经买卖人，货物都只有一点点。这些都是在此地有祖家宅的人，做买卖是为了消遣。我往那边走的时候，是受了一只鹦鹉的吸引，它在笼子里上蹿下跳，扯着脖子喊叫，我有点想听清楚它的叫声。现在的鹦鹉都神怪，还有会唱情歌的。牛毛细雨没有让那个群体改变现状，他们都安静地在台阶上坐着，像一群雕塑。也许他们也在感叹天气或世风，可声音都被街市的喧闹裹挟了。我往那边走，他们的眼睛望了过来。我不想让他们当我是顾客，还隔着几步远，我说，跟您几位打听个人。他们几乎同时说，你说。我夸赞了几句鹦鹉，才说出安秀珍的名字。显然他们都被难住了，几个脑袋同时沉思同时摇。我说，她年轻的时候是个裁缝，有两女一儿，小女儿名叫安慧。安慧就是大象的名字，大象的姐姐叫安静。安慧和安静中间，还有一个男孩叫赵玉德。这多么奇怪，没有比这更奇怪的了。果然，那些老头都恍然大悟，几乎一起仰起脸，你说的是安老太吧？我赶忙点头，说这个安老太，她还好吧？鹦鹉的主人是一个瘦筋巴。这几个老头其实都是瘦筋巴。鹦鹉的主人说，她还那样。另几个人附和说，她还那样。我放了心。不管那样是哪样，我都应该去看看她，只要她还活着，就是我上门的理由。她比我母亲大三岁，已经八十九岁高龄了。去看这么高龄的老人，贸然登门是有风险的。我往胡同深处走，走了两步，又回来了。我说，她家闺女都姓安，她家儿子却姓赵，也不知道是怎么回事。我看着那个瘦筋巴，我想知道这些老头怎么说。他们却都沉默了，眼睛平和地望着前方。车流，人流，和不知姓名的风，都在街上穿行。没人看我，仿佛我是他们身边的一棵树。这样的沉默有一点点欲盖弥彰。我看着这几个飘着少许白发的头颅，猜测他们可能有的心事。不想说，或者不愿说，而不是无话可说。我要走了，鹦鹉的主人叹息了一句："谁知道。她家的事，神仙也说不清楚。"

我自己解围说："闺女随妈的姓，儿子随爸的姓……自古就有。"

胡同口是一个样，胡同里面是一个样。我说的就是这条张相公胡同。张相公是明朝人，曾出任山西绛州学正。在家丁忧期间恰逢天降大雨，七七四十九日天不见晴。张学正率人在城内构筑引水工程，使雨水得以顺畅排出。当时人们为了纪念他，便为他修了一座庙，胡同因庙而得名。庙毁于"文革"。20世纪70年代末期，庙址一分两半，成了两户人家的宅基。

右边临街，是大象家。

家家都在搞建筑，盖门脸房。泥水顺着街道横淌。过去这条胡同不是这样，浓荫都是国槐遮出来的。碎石铺路，是长长的缓坡。若从北往南走，得自己刹闸才行，否则会形成慢跑。现在路旁一棵树也看不见了，耀眼的都是瓷砖。姜黄色，朱紫色，粉白色，闹闹攘攘，镶嵌到了二楼或三楼。若往空中看，几乎将胡同挤没了。我找不到过去的印记和坐标，在临近大象家的位置，我又向一个妇人打听，可她不是本地人。那条横向的石头胡同也不见了，一座高大的水泥建筑旁，隔出一条更小的胡同，与张相公胡同平行。我走几步，就走进了一户人家的院子。一个老头拄着拐棍蹒跚着往外走，手里提着马扎。他仰脸看我一眼，从我的身边过去了。擦肩而过，我打量了他一眼，这张面孔我有印象。

我试探地说："安慧妈妈是住在这里吧？"

他停下脚步，回身说："屋里躺着呢。"语音很平和。

我没问他认不认识我。他过去也不怎么认识我。这幢房子有个耳房，印象中，他一直就住在耳房里。此刻，那个耳房的门大敞着，门帘还在摆动。他也不关心我是谁，为什么要到这里来。他说完那句话，就拐出了这所宅院。

很有那么几年，这个老头就像谜一样让人解不开。我们频繁出入大象的家，但几乎没见过她父亲，饭桌上也见不到。他总是盛一碗饭，去耳房吃。有时候在院子里撞见了，就像在大街上撞见陌生人一样，不说话。他是一个容貌丑陋的男人，只会经营菜园，我们吃的黄瓜西红柿无疑都是他的成果。但他在这个家里就像影子，远不如那些蔬菜有影响。

我认识大象后不久，有一次大象去单位找我。这是她第一次去单位找我，可感觉中，就像每天都去找我一样。以后的许多年，我和大象在一起只谈文学和绘画。我谈萧红和庐隐，她谈列宾。然后我们一起谈安娜·卡列尼娜或冬妮娅。我们从不谈家庭、生活、委屈、痛苦，诸如此类。所以在彼此的眼中，我们都是单色体。那天我发现大象的眼睛红肿，她进门来就抱住了我，脸放到我的肩膀上，让我的衣服以及衣服下面的皮肉堵住了嘴，哭声节制而沉闷，浑身都在颤抖，眼泪把我的头发都打湿了。我一动不动，就那样让她伏在肩头。不问为什么，也不劝慰。我知道，这些她都用不着。她只需要暂时有个肩膀。这个过程大约有十五分钟，我的手臂都酸麻了。大象终于停止了哭泣，用我递过来的毛巾擦脸，抽噎着叹了口气，说："我连我爸是谁都不知道……"

是半句话。永远的半句话。

我没有接话茬。这样的话茬，不知道怎样接。

直到现在，我仍然不知道大象为什么哭，以及，她为什么要说那半句话。她从没对我解释过。她说的那句话，我也没告诉过任何人，连伊丽莎白鼠都没告诉。

伊丽莎白鼠是个好美的女孩。小款的收腰西服，或者立领的盘扣旗袍，她有好几件，都是安老太的杰作。安老太的手艺可真好，一分一寸的宽窄都拿捏得恰到好处。我认识大象那么多年，一件衣服也没有做过。我也有过蠢蠢欲动的想法，可知道安老太不收费，就更不敢张口了。所以大象说她与伊丽莎白鼠的关系是物质关系。既然是物质，那交往就多些。伊丽莎白鼠新婚时曾经住在大象的家里，他们两家像一家人一样，让我羡慕。有一次，伊丽莎白鼠问我："知道安慧为什么不姓赵么？"

我问为什么。

伊丽莎白鼠说："她爸不同意。她爸只同意儿子姓赵。"

我很惊讶。这个家里不是安老太说了算么？

伊丽莎白鼠说："那看是什么事。在安静和安慧的姓氏问题上，她爸一点儿都不通融。"

哦。我说。

"他不许她们姓赵！"

我睁大了眼睛看着她，这样的信息实在出乎我的意料。

院子像天井一样窄小，是因为前面的房屋太高大了。我猜，那应该是赵玉德的房子。似乎什么时候听大象说起过。赵玉德把自己的房子给了儿子，在父母的院子里又盖起了一座大房。城市的土地寸土寸金，现在若想要宅基，可没那么容易了。只是，我没想到房子是这样的盖法。按照乡俗经验和逻辑，前后院落应该是递进式，前院低于后院。像糖葫芦一样，门对着门，窗对着窗。而这座房子像铁桶一样，不留后门也没留后窗，外墙体是厚厚的水泥掩体，就像防御工事一样，看得人透不过气。只在旁边留出一道胡同供后宅出入，我用眼睛丈量，大概能过轮椅。也许就是为能过轮椅设计的？我心底有一点悲凉，想这样的姿态不像儿子对父母，倒有点像对仇家，老死不相往来。印象中那个大院落，菜畦都有十几丈长。早春的塑料薄膜白汪汪，像水塘一样。这样的房子盖起来，不知安老太的心情如何。凭她的心性和对民俗的掌握，断不会喜欢前边的房子这样盖，这其中不知有怎样的波折。唯一眼熟的是那棵石榴树，把右半边院子都遮满了，石榴拳头大，红彤彤，当年曾经酸倒过我们的牙齿。掀开竹帘，印象中的堂屋又瘦又小，靠右侧支着一张木板床，左侧是碗柜之类的杂物。过去这是一个缝纫车间，一台缝纫机，一台包缝机，彻夜不停。成品衣服挂在后墙体上，县长出国访问的西服都出自安老太之手。靠窗一溜转角沙发，披着大红的外套。无论这里有多少人，都不影响安老太做活计。安老太无论怎样忙，也不影响来客来访。到饭点了，大家摘菜的摘菜，和面的和面，西红柿凉拌一盘热炒一盘，眨眼就能捣鼓出一桌子。我曾经非常羡慕这里的人气，有一点儿女性沙龙的味道。

屋里出来一个女人，头发花白，有六十几岁。我盯看了几眼，几乎要认为她是安老太返老还童，可又觉得眉目一点儿都不像。她问："你找谁?"

我说："安慧的妈妈……"

她把里屋的门帘打开，"躺着呢。"

"病了?"我问。

她说："没病，前几天闹感冒，这两天刚好。"

我走了进去，脑子里掠过安老太的样子。大身量，白胖白胖，俊眉俊眼。我认识她的时候，她已经有五十几岁了，可一点儿也不缺少女人的妩媚和风仪，偶尔丢一个眼风，还像年轻人那样俏皮。她这一辈子的苦，没人说起。男人不中用，家里家外都靠她一双手。我曾经听说过她许多闲话。比如，她家租房子，得是能买煤的。因为那时的煤金贵，一般人家买不来。她给人做西服，对方得是某个级别的领导干部，一般的人她只做中山装。至于她的花边新闻，就多了去了，否则凭他们一家人的能量，怎么可能在庙址上盖房子，另外一家，是大队书记。这里又是故事……她不单让自己合适，还能给女儿要到宅基。那时安慧已经参加工作了，非农业在村里盖房子，得书记县长点头才行……只是这一切都没影响我和大象的友谊，也没影响我对安老太的看法。我觉得她是一个聪明的务实女人，有一双世事洞明的眼睛，有一双灵巧的手。她的手真是怎样形容都不为过。丰腴，白皙，修长，娟秀，与她的大身量根本不是一套。她有条不紊地把布边抻到缝纫机的针头下，脚下一踩，"咔哒咔哒"一阵声响，后面是一溜匀称的针脚，像她的人生一样平实。我也做过缝纫工，做布边我都缝不出她的水准，我试过。

　　屋里有两张床，一张大床，一张小床。小床上躺着的人似乎只是一个大孩子，盖一个花布单，一只脚撇到外面，就像骨骼标本。眼睛一落到她脸上，我就跳了起来。

三

　　"你知道安老太出事么？"

　　回到家里，我忙不迭地给乔打电话。乔就是伊丽莎白鼠，她姓乔。我实在是让安老太的样子吓着了。那哪里是个人，分明是具骷髅。

乔一点儿也不惊讶地告诉我："我早就知道。"

"早到什么时候？"我牙疼似的吸了一口气。

乔说，她发病的时候，在H市开颅，乔和丈夫就去医院探望过。安老太在那里住了三个月，安慧整整陪了三个月。

我本想抱怨一句，转念，又觉得抱怨毫无意义。

更多的消息，保姆已经告诉了我。安老太这样仰面朝天躺三年多了，她唯一会做的事就是睁眼和闭眼。我把手在她眼前晃，她一点儿意识也没有。脑顶上的头发比雪还白，堆积在枕头上，左侧面却是个拳头大小的坑，薄薄的头皮随着呼吸起伏，就像个气泡一样。鼻子里插着氧气管，呼吸若有若无。我只在她床前站了片刻，就匆忙出来了。保姆在身后告诉我，她在这里伺候两年多了，老太太一点褥疮都没得，每天三餐都是她亲自喂，早晨喝了半杯牛奶，半杯蔬菜汁。保姆问我是谁，我说是安慧的朋友。保姆搬了把椅子让我坐，我却坐不下。我的手一直在抖，甚至握不拢拳头。知道我想干什么吗？我想把那根氧气管扯下来。我不想看着她那么受罪。许多年前，她都不忌惮生死，说要给自己准备耗子药，一旦身体出现状况，也好不麻烦别人。她曾经认真地对安慧说，到那时你别拦着我。

"放心吧，我不会拦着。"安慧在帮忙钉纽扣。

安老太在给一件西服锁扣眼，她的针脚比后来的机器锁眼都细密。此刻扭头对我说："小琴你做个证，我愿意早死早托生。"

对了，我叫莫小琴。

"标准呢?"安慧认真地问，"你说个标准。"

"只要我不知道拉屎尿尿，你就用绳勒死我。"

安慧对我说："刚才还说耗子药呢，这么一会儿又变了。"

我喜欢听她们之间的对话，这种对话让我觉得不寻常。

她甚至让安慧写字据，执行她的遗嘱。安慧不耐烦地说，写它干啥，到时我不拦着就是了。

真正的求死不能啊!

我用手抹了一把脸，脸上潮乎乎的。她说那些话时，发丝还是黑的，肩上搭着软尺。有一点帕金森，头不时摇一下。

"这三年的一切费用都是安慧在负担，每个月月底准时来送工钱。这个老闺女可是没白养，谁都没有她孝顺。"保姆感慨。

"她就这样躺了三年?"我还是难以置信。三年是什么概念啊!

从安家出来，我没有走那条张相公胡同。而是斜里往东插，穿越了整个城中村。胡同没有一条是直的，曲里拐弯，房屋都从地面往天空延伸。这个世界日益喧哗躁动，曾经让安老太孜孜以求，现在却已经不属于她了。牛毛细雨早就停了，天光明晃晃。我在大太阳底下一阵一阵地起冷痱子，周身都冒寒气。我没想到局面是这样，她老了，她病了，她死了，我都不吃惊。只是想不到她会成为植物人，已经三年多了，而且还将继续植物下去。这是活着么？这样的活法她情愿么？

她应该体面地活着或体面地去死。命运为什么对她这样严苛？

我想起大象曾经对我说过的话，她家曾经请道士去看阴宅，顺便给全家看了前世。老爷子（大象的父亲）的前世是黄鼠狼，安老太的前世是北山的荆树疙瘩成的精。大象的前世则是庙里的玉女，给主家插花掸尘。"你说巧不巧，我出生那天正好红卫兵捣毁了张相公庙，把泥像拉倒了。张相公像的前边站着金童玉女，有老人说，我小时候跟玉女长得一模一样。"

我应该是个无神论者。我看着大象。

大象又说："十几年以后，我家在庙址上盖房子，有人说好，有人说不好。我妈不在乎，她说她修炼千年，刀劈不坏，火烧不着，神鬼都奈何不了。可我总觉得没那么简单。有一段时间我经常做相同的梦，一个人走夜路，突然就有人在身后用一只大手拍我的肩膀。"

我喜欢听大象的故事。

大象叹了一口气，说："神鬼也许奈何不了她，但不会奈何不了我。"

"那只大手是谁？"我问。

大象摇了摇头，说若是知道是谁就好了。那一段，她每天都去十字路口烧纸钱，就为了那只大手不再拍她的肩膀，让她能睡个安稳觉。

我无力地看着大象。

大象烦躁地说："我也知道这些都是鬼扯，是我心里不干净。"

四

我先认识乔，然后通过乔认识了安慧。

我们原本都是不相干的人，有一天，我接到了一封信。展开信纸，有一句话斜着写在格纸上："你能来看看我么？"

签名龙飞凤舞。

哦，那个年代，是天晴日朗的年代。无论求助者是谁，出于什么目的求助，我都不会拒绝。那是梦想灿烂的年龄，所有的日子都是翡翠色。

寄信的地址是一家医院的幼儿园，信封上的字像漂亮的书法作品。顺便说一下，那时我几乎每天都要接到各种信件，乔的信之所以能引起我的注意就是因为一句客套话都没有。那时我在村里的服装厂上班，忙得恨不得长出三只手。我对厂长说我要请半天假。厂长说，不批。我只得利用中午时间骑着自行车上路了，我有三个小时属于自己。我家离县城三十八华里，我用最快的速度骑也要一个半小时。我准时出现在那家幼儿园门口。幼儿园静悄悄的，孩子们都在午睡。一间宿舍的门敞开着，有两个阿姨模样的人坐在门口，一个在打毛衣，一个在画画。

我刚要开口，画画的女孩忽然站了起来，迈过一个淡粉色的线团来到了我面前，说："是你吗？"

我就知道了这个人是乔。

乔是一个漂亮的女孩，我见过的所有女孩顶属她最漂亮。我说我来看看你，我没有时间，我只能看你一眼，就走。乔二话不说推出了她的自行车，说："我送你。"

一路走乔一路告诉我，她相信我会来看她。我问为什么。乔说，是从我的文章里读出来的。那时我正在报纸开专栏，每周写一篇稿子。编辑说，法国一家报纸有"罗兰时间"，你的专栏就叫"小琴时间"吧。至于为什么要给我写信，乔说，她遇到麻烦了。乔说，她遇到的麻烦不能对任何人讲，但希望能告诉我。乔的故事很长，先从青梅竹马说起。乔和我一样是农村姑娘，爱上了邻居家的哥哥。他们每天上学要过一条河，河上没有桥，都是哥哥背着她过。有时候她放学晚了，哥哥会在岸边等着她。可乔的父母都不同意这桩婚事，嫌人家穷。乔的母亲甚至把绳子挂在房梁上，说你不和他断绝关系我就上吊。母亲当真上了一次吊，当时家里只有乔一个人。母亲也许不想真上吊，但一不小心就套上去了。那次把乔吓坏了，下决心和邻居哥哥断绝了来往。后来乔经人介绍来到了这家幼儿园做临时工，乔想把工作做得更好，每天晚上都去文化馆自费学手风琴。老师是男的，只有乔一个学生。有人就不往好处想，幼儿园的领导去找文化馆的领导反映情况，事情搞得沸沸扬扬。

我默默听着乔的故事，乔的故事在我看来惊心动魄。那时候我接触的人和事都很少，非常容易被打动。可惜一个半小时很快就过去了，我们已经来到了服装厂门口。我遗憾地看着乔，我不能请乔到里面坐一坐，我没有这个权力。乔主动和我道再见，我说我有空再去看你。乔充满希望地说，你会有假期吗？

只要厂里没活，假期随时都会有。第二次去看乔，我决定住在那里。晚上乔神秘地对我说，有一个人想见你，但她不敢见。我问为什么。乔说，她怕你让她失望。我想，我怎么会是一个让人失望的人呢？因为怕失望不敢见一个人，这有多么别致啊！我拉着乔的手就往外走，我知道她说的是安慧，在乔的嘴里我已经听熟了这个名字。我还知道安慧的家就在鱼山脚下，走着去也就十几分钟。

安慧是城里人，有一份稳定的工作。我当时知道的就这么多。

第一眼看上去我就喜欢安慧。安慧已经是小主妇了，但模样还像个中学生。短短的碎发，配一张苹果脸。眉眼都很淡，可淡得非常有味道。系一条小花猪的围裙，小花猪长着翅膀，似乎随时可以飞起来。他们正在吃晚饭。安慧的丈夫像一个老大哥，专心致志地给我们削苹果。与我和乔相比，安慧显得成熟和稳健，但她喜欢我，我能从她的眼睛看出来。我翻看一本画册，里面有许多画家的自画像。天呀，我看见了列宾，我喜欢他！这是我第一次看见列宾，在这之前我既不知道他这个人，也没看过他的作品。但列宾的眼神一下子就征服了我，那么苍凉，那么尖锐，似乎能抵达你的灵魂深处。我注意到安慧和乔交换了一下眼色。乔说："又是一个喜欢列宾的人。"安慧说："我不是喜欢，我爱他。"天哪，我多喜欢安慧这种明快的语言风格，她能够明确地对人说这三个字："我爱他！"

这一天我们睡在了安慧家的双人床上，把她的丈夫挤到了另一个房间。我和安慧彻夜不眠，乔似睡非睡地一会儿打鼾一会儿插一句话。我们的话题谈了很远，最后终于落在了很近的地方。安慧问我对她丈夫的印象，我说："挺好呀，我们把他挤跑了，他也没意见。"安慧说："我有一句话对谁都没说过，现在告诉你。"我期待地看着安慧，安慧说："我不爱他，一点儿都不爱。"

我激动极了。不是因为安慧不爱她丈夫，而是因为安慧肯把这样的事情告诉我。安慧对我说，婚姻是妈妈包办的。她妈妈是那样一种人，一辈子什么都不如愿，唯一的愿望就是两个女儿能比别人强。安慧的姐姐长得不好看，她妈妈就高瞻远瞩，为她选了一个长相英俊的贫寒人家的孩子。安慧长得比姐姐好，她妈妈就选了一个有背景的人家，高中一毕业就把她嫁出来占位子。可姐姐不幸福安慧也不幸福。安慧说："你知道我每天面对他是什么感觉吗？"我傻子一样看着她。"我总想逃跑，那种逃跑的愿望有时会让我有一种发疯的感觉。说不定有一天我真的会跑掉。只是……"安慧忧心忡忡地往被子里缩了缩，"我跑掉我妈妈就会死，她太爱我了。她在我身上寄托了所有的梦想。"安慧的样子让我难过。但我还是不理解她，婚姻与爱情在我还是非常遥远的概念，我一点儿感觉也没有。安慧在城市有住房，有固定的工作，这都是不逃跑的理由，是我和乔梦寐以求的。当然，我没有把心底的话告诉她。安慧和我不是一个阶层的人，我们对生活的要求不同。

早餐免去了。我们洗漱完毕，一起动手准备了午餐。坐在餐桌前我们才好好看了看对方。安慧对我说："我给你起个昵称吧。我喜欢叫你小狐狸。瞧你的头发多好，像狐狸的毛皮一样高贵。"我笑着说："我喜欢叫你大象。没有比大象更可靠的朋友。"乔正在啃煮玉米，一口小白碎芝麻牙闪闪发亮。我说："我们叫乔小白鼠吧。"乔说："我是伊丽沙白鼠，这样显得美丽。"我们都笑了。安慧说："我们每个人都许个愿好吗？"伊丽沙白鼠说："我希望不远的将来能出现一个爱我的人。"大象说："我希望命运能让我爱我丈夫，哪怕一点点。"我说："三十年后的今天我们还能坐在一起。今天是几号？"安慧迅速去翻日历，说："1986年5月19号。"

我在这一天的日记上写道：今天是不寻常的一天……

又写道：二十岁是一个季节吗？

<h1 style="text-align:center">五</h1>

有一段时间我特别想离开这块土地，因为伤心，还因为疲倦。在外地工作的叔叔三番五次催我过去，他一直想让我去他身边。叔叔的意图很明显，他说要把一个大眼睛男孩介绍给我，男孩手里有我的照片，是叔叔给他的。我对这件事情不置可否，父母对这件事情也不置可否。可我知道我是父母的一个难题，父母情愿叔叔把我解决掉。我至今还记得当时伤心疲倦的那种状态，居然想到了生不如死。我写信把我的状态告诉大象和伊丽沙白鼠，她们在某一个黄昏来到了我家里。大象甚至憧憬我要去的那座城市，"你能带着我一起就好了"。现在想来这是大象变相逃跑的一种心绪，但当时没想到。伊丽沙白鼠问："你还会回来吗？"我摇摇头，我什么都不知道。叔叔对大眼睛男孩的事已经说了一年了，他一点儿也没有因为时间推移而减少热情。我知道叔叔喜欢我，小时候曾经想让我做他的女儿。我还知道叔叔是一个独断专行的人，只要是他认为好的事情，他会强行塞给你。我对大象和伊丽沙白鼠说我想去一个陌生的地方，透透风。可我怕想回来却不能回来，我这一去会让叔叔产生错觉。大象说，你可以把事情说清楚。我说，不可能说清楚。叔叔一直想让我去见那个男

孩，如今我去了，告诉他不是为了见那个男孩才去的？叔叔都不会信。

我知道谁都帮不了我。大象帮不了我，伊丽沙白鼠也帮不了我。我在她们来的第二天就走了。这是我第一次出远门，一天都没喝一口水。叔叔看到我眉里眼里都是笑，第一句话居然是"我去告诉晏峻你来了"。叔叔说完这话就走了。我问婶婶："晏峻是谁？"婶婶吃惊地说："你不知道？就是那个大眼睛男孩呀！"

晚饭是我和婶婶两个人吃的，叔叔在人家家里喝了酒。叔叔是一个贪杯的人，边打酒嗝边对我说，明天人家请我们吃饭。我问，谁家？叔叔说，晏家。我千百次地说不去，叔叔千百次笑眯眯地说不行。他说我和晏峻爸是好朋友，即使没有你们这一层关系，我们吃他一顿也是应该的。我悔得都想一头撞在墙上，你怎么那么蠢啊，你跑到这里来干什么！于是我吃了人家那样一顿饭，人家已经把我当成……什么了。吃了饭，晏家母亲甚至想给我红包，我从那里逃了出来。红包还是让婶婶带了回来，还有晏峻。婶婶说，你们出去玩吧，到商场好好逛逛。我顺顺当当跟在了大眼睛男孩身后，我想把事情跟他讲清楚。可我不知道该如何打破僵局，大眼睛男孩始终沉默着，后来我听到了石破天惊的一句话："你叔叔已经决定把你嫁给我了。"

我咯咯笑了起来，笑得自己直起鸡皮疙瘩。我说你一点儿都不了解我，你也决定娶我了吗？男孩说了那样一句话，是大象说列宾的那一句。可听得我砢碜极了，难受极了。我从男孩的身边逃开了，又从叔叔婶婶家里逃了出来。我坐上了火车，又坐汽车，那种砢碜和难受还是没法消除，我掉了一路的眼泪。后来我见到了熟悉的村庄、场院、树木，还有我家的青砖瓦房。母亲从屋里迎出来，我还能勉强笑一笑，可看见大象和伊丽沙白鼠从屋里走出来，我终于哭出了声。

我问她们怎么会在这里。

大象说，今天是5月19号，我们想到你家来，就像见到你一样。

伊丽沙白鼠说，真怕你再也不回来了。你还走吗？

一股暖流涌到了心间。我说，我永远都不会再走了。

伊丽沙白鼠的恋爱有一点传奇。有一段时间她频繁地给我写信，说园长把她介绍给了自己的侄子。侄子在吉林当兵，是一个小军官。小军官来看姑姑时看上了伊丽沙白鼠，就托姑姑给自己做媒。伊丽沙白鼠还对当年园长诬陷她的事耿耿于怀，她在信上说，她要报复。她要与小军官好上一段时间，再把他甩了。伊丽沙白鼠每次来信都会向我"汇报"进度，我回信从来不谈这些。我想我天生就是能透过现象看本质的人，我知道他们最后的结局。果然后来的信写得少了，再后来好长时间不谈这块内容。再后来我收到了请柬，她与小军官结婚了。

伊丽沙白鼠与小军官一起去了吉林。让我和大象好几年都觉得缺憾。

伊丽沙白鼠经常给我们写信，我们的信被她装在一个信封里，由大象分给我，或我分给大象。我和大象写信却从不装一个信皮儿，即使有时候我们是趴在一张桌子上写的。我们写给伊丽沙白鼠的信都非常讲究，要选择最干净的纸，要选择最好看的信皮儿，要选择最漂亮的邮票。我们会用最温暖和最动情的语言告诉她一些事情。我们希望她收到每封信的日子都是节日。那个地方太寒冷了，我们更怕她心冷。我们想用这种方式给她送去一些温暖。

我们还计划去吉林看她，可因为大象怀孕、生产，我们的计划落了空。

伊丽沙白鼠在吉林待了六年。六年间，许多事发生或发展着。

我结婚了。我结婚的头一天晚上和大象在一起。大象对我说："我有一点点爱他了。"

我想，是因为大象有了一个漂亮女儿。女儿的名字是我起的，叫穿山甲。

我生女儿那年，大象却离婚了。那年，大象的丈夫刚升了不大不小的官，正是前程似锦的时候。

我不知道大象为什么没有告诉我她离婚的事，我是听安老太说的。安老太每天凌晨四点都会来敲我家房门，她睡不着。又没处可去，就只能来我这里。

安老太抖抖索索的样子让人可怜，只是几天的工夫，满头青丝就白得一塌糊涂。她能想的办法都想了，却劝不转大象。她来我这里制订计谋，把唯一的希望寄托在我身上。

她让我转告安慧，假如真的离了婚，她要让姑爷上门当儿子，然后把媳妇娶进家。

她让我转告安慧，假如真的离了婚，他们全家所有的人都会与安慧断绝关系。

她让我转告安慧，假如真的离了婚，她就喝一瓶耗子药。那瓶耗子药已经藏在某个地方了。

她让我转告安慧，假如真的离了婚，做了官的姑爷耍点手腕，安慧连饭都吃不上。

她让我转告安慧，她去寺庙求了签，签上说安慧一辈子只有一次婚姻，不能瞎折腾。

她让我转告安慧……

我什么也没有转告。我想安慧不想见我，如果想见我她自会到我这里来。我每天都和安老太说假话，虽然满心不忍，但我更心疼安慧。

安老太不知道我对她撒谎，对明天总是存着希望。

我一点儿也不觉得这样撒谎不好。安慧的婚姻本来就是包办的，此刻她追求自由，就像娜拉一样。我逢人便说安慧的勇敢，是因为我心底懦弱，我甚至连懦弱也不敢说与人听。

安老太最后一次到我家里来都没有落座。她急如星火地说明天是星期三，安慧就要领证了，让我无论如何今晚过去一趟。我去了。是7月的天气，飘着小雨。我连伞都没带，雨很快就把我的长发濡湿了，我甚至都没有感觉。安慧住在母亲家，我在院子里招了招手，她走了出来，神闲气定。我意识到我什么都不用再说了，只是笑了笑。

安慧说："我本来想过一段再告诉你。"

我说我知道。

安慧说："除了女儿和一栋空房，我连一双筷子和一只灯泡都没有。"

我点了点头。

第二天，我一上午都心神不宁。快下班的时候，我还是拨通了安慧家里的电话。接电话的正是安慧的丈夫，想是他正在收拾东西。我没说话，眼泪先流了出来。我说，别欺负安慧好吗？她是女人。男人哭着说，不是我欺负她，是她欺负我。

我听不得男人说这种话。道了珍重，就把电话挂了。

晚上我去了安慧家。安慧家真的很凄凉，我第一次知道了什么叫家徒四壁，除了蜘蛛网，什么都没有。他们是协议离婚，因为男人不愿意上法院。房子和孩子安慧争取了来，剩下的所有的东西，包括存款都给了男人，还有一栋房子的建筑材料。本来他们是准备翻修房屋的。

房梁上的电线都被剪走了。剩下的唯一一件家具是一只小板凳，三条腿。眼下板凳就放在屋子中央，上面坐着安慧。

我想男人不能这样做男人。能这样做男人的人是不让人尊敬的男人。我喜欢男人那个样子，能把必要的生活物品留给安慧，并安排好最近一段时间她们母女的生活。毕竟做过夫妻，毕竟还有女儿。能那样做的男人会让我感动，也会让安慧感动。女人感动起来什么事都做得出。比如，会回心转意。

当然这一切像风一样原本就不存在。

安慧告诉我，离婚是因为两件事。第一，她发现了男人有私房钱，是好大的一笔数目。这笔数目对于安慧来说甚至称得上天文数字。男人辩解说因为钱来路不正所以不敢告诉安慧，可这也是安慧不能容忍的，她不喜欢来路不正的钱。第二，男人经常撒谎。对自己，对别人，撒谎成了日常的生活方式。比如，单位有人找他，他明明一直在家里，却一定会说刚从外喝酒回来。还有一次，他误了单位的事，居然说穿山甲发烧住院了。

安慧问我："这样的人，你能容忍么？"

我果断地说："不能。"

我那时还没有参加工作，不知道那几乎是一些人的说话方式，而非某个人的恶习。

我为我的"果断"后悔了很多年。

我问，你没有留一点钱？

安慧说，我连买个包子的钱都没有。

我说，房子是你家盖的，算婚前财产。你完全可以争取些别的财产，既然他有那么多私房钱。

安慧说，可那样他就打我女儿的主意，他知道我不会放弃穿山甲。

我叹了口气，说，他将来也许会当政治家。

安慧说，他现在已经是政治家了。否则，我妈妈不会跟我断绝关系。

朋友和同事帮了安慧不少忙。谁家有用不着的暖壶，给她提了来。有用不着的单人床，给她搬了来。有多余的毛巾被，给她送了来。一个同事会木匠活，给她打了小饭桌和小木椅。我想给安慧留些钱，安慧说什么也不要。

可我知道安慧到处筹钱给女儿买电视。女儿不能没有电视看。安慧买就会买最好的，这是风格。安慧不用我的钱，这也是风格。

我懂安慧。安慧无论做什么，我都懂。

日子像风一样刮了过去，伊丽沙白鼠像只候鸟一样被风刮了回来。

六

安老太的传奇，完全可以写一本书。乔用赞赏的口气谈到她，说她的一生，大大小小打了无数个战役，每一个战役都艰苦卓绝，但最后都以胜利而告终。

我让乔详细说说。

乔掰着指头算："张相公庙旧址做宅基，甚至都不用挖地基。花岗岩石阶都被沉到了地槽里，怕碍别人的眼。那庙是公共产品，安老太能变更到自己名下，还不人脑袋打出狗脑袋？"

"还有什么？"我问。

乔说："招工。安静，赵玉德，安慧，每一次招工都是安老太拼出来的。她的手段和招法比孙悟空都多，总是一计不成又生一计。否则，这种好事哪里总轮到他们。一家能招一个就不错了，他们家却能出去仨，你到村里访访就知道了，她们家有多遭嫉恨。"

我说："安老太真神通广大。"

乔说："还不止这些。侄子当兵，侄女考学，大舅转干，小姨转非，三亲六故都沾光。你记得她们家总是高朋满座吧？那些时尚女人为啥都像飞蛾扑火一样扑向安老太？"

我看着乔。

乔说："安老太能说会道只是一个方面。另一方面，她们都是来取暖的。"

我默默地想着那具像枯树一样的躯干，想象不出她在岁月的更迭中散发了多少能量。

乔说："大象的宅基仍然是这样。女儿结婚陪送一套房，是最近这些年流行的吧？可安老太在20世纪80年代中期就已经这么做了，就为给女儿增加身价，你说她有多超前。那时城市的土地也吃紧，再加上大象是非农业，根本不符合政策。鱼山脚下又是风水宝地，在那里盖房子得有特殊背景才行。有人写告状信，联合调查组驻扎在宾馆，事情搞得沸沸扬扬。结果怎么样，安老太仍然把宅基拿到了手。"

"却被安慧轻易卖掉了。"我端起茶杯喝了口水。想起那个方方正正的大院落，我都有些心疼。

"你知道大象为什么要去H市？"

"还能为什么？"我说，"是因为爱情。"

大象的恋爱谈得诡秘，至今我也不认识她先生，我只见过一个背影，有一次去她家，正好有位男士从门口出来。大象出来送，面孔含了羞怯。就几步路，她也没有把人喊回来，介绍给我。

那天大象告诉我，男人是H市的人，他们是在网上认识的。

"我觉得她是一直想逃离。逃离这个家，这座城，甚至逃离所有的人。如果不是这个理由，大象完全可以在这里过一份安稳日子。"

我心里一跳，想起若干年前大象跟我说过的一句话，与她的身世有关。我脑子里经常出现一个画面，在石头墙砌的胡同里，穿着漂亮裙子的安慧背着书包蹦蹦跳跳去上学，墙角一个花白的头颅侧出半个身子在窥视，目光里满是慈祥和慈爱。为什么是花白的头颅？我也不能解释。胡同对面的不远处是几排整齐的红砖房，掌管这座城市的人大部分住在那里。我经常想，也许哪一盏灯火里就有与安慧相关的故事。

"她在这里有房子，有工作，有亲人，有朋友，有我们。"乔像是在说灌口，显见得有些激动，"生活在这里，或者生活在H市，对于男人来说有什么不同么？肯定没有什么不同。而且，男人愿意生活在这里。是她执意要走，而且要连根拔。她离婚要了安老太半条命，卖房又要了安老太半条命。她宁可要了老娘的性命也要去H市，能是为了爱情这么简单？"

"房子不是给了安慧么？"我仍不明白。我的意思是，既然房子是安慧的，那么安慧就有权处置。

乔说："房子是安老太拿命换来的，她说死了才允许安慧卖。当然她也是对安慧的婚姻没信心，希望安慧能有退路。可那个男人在H市没有房子。所以安慧的面前只有一条路，如果想去H市安家，就只能卖房。安慧说，不让卖房她就死。娘俩顶了半年牛，最后老的没有拧过小的。那个惨烈的场景你没看见，房子给人那天，老太太哭晕了三次。"

我心里有些不是滋味，大象这又是何苦。

"她幸福么？"这是我最关心的。

"应该非常幸福。"乔的口气终于轻松了，有了艳羡，"她与男人一见如故，穿山甲也与那人一见如故，他们是和和美美的一家人。男人总偷看大象的日记，好奇那些年她一个人带着孩子是怎么过来的。大象知道他偷看，却并不点破。我在麦当劳遇到过他们一次，穿山甲拿着薯条往男人嘴里放，真看不出不是亲爹。"

我长出了一口气。人生需要结局，这样的结局让人安慰。

我女儿两岁半上的幼儿园。有一天她在路上问我："伊伊为什么有三个妈妈？"吓了我一跳。因为在这之前她曾经问过我同样的问题：贝贝为什么有三个爸爸？贝贝是她最好的朋友，因为有一天她们一起尿了裤子。我去送衣服时她和贝贝一同坐在小床上，盖一条小被子，脚丫挨着脚丫。我问谁说贝贝有三个爸爸。伊伊说是老师偷偷说的，被她听到了。我告诉她你听错了，一个人只能有一个爸爸。伊伊高声说："贝贝的妈妈结了三次婚，她怎么就不能有三个爸爸呢？"

所以，伊伊的三个妈妈的问题把我弄得诚惶诚恐。我小心地问三个妈妈都是谁，伊伊不满地说，有安妈妈，乔妈妈，还有你。我说，安妈妈、乔妈妈都不是亲妈妈。伊伊更加不满地说，你也是不亲的妈妈吗？

2001年5月19日，是我和安慧、乔相识十六周年纪念日。在这之前的前三天我就有些坐卧不宁。因为去年的十五周年纪念日我正在外地开会，忙昏了头，甚至没想起打一个电话。回来第一句话就是问母亲，安慧和乔有没有找我，母亲说没有。后来才知道乔的儿子那段时间正在住院，即使我不去外地，大家也聚不成。我把电话先打给安慧："大象，知道什么日子快到了吗？"大象说："我和伊丽沙白鼠都看好饭店了，我们这两天转了七八家。"我们愉快地笑了起来，因为心情彼此彼此。大象说："你总也不给我打电话。"我说："我愿意让你想念我。"大象说："伊丽沙白鼠说你快得道成仙了，见面我们还会认识你吗？"

我们在"锦绣园"见了面，见面的时候非常有意思，都有些含蓄。我们在餐桌前坐成三角，让服务员点燃了十六支蜡烛。大象把我们的餐具从包里拿了出来，一人一只铁碗，一只汤勺，铁碗和汤勺下面都刻着我们的名字。大象的细心没人能比。

大象问我："如果有来生，你是愿意做男人还是愿意做女人？"

我说做女人。女人在不柔弱的时候也能装作很柔弱，我喜欢这种状态。

大象说："可我希望你做男人，好娶我，然后养活我。"

我说："谁养活我呢？"

伊丽沙白鼠说："我在没结婚前就说来生要嫁给你，你忘了？"

伊丽沙白鼠说的是大象。大象是伊丽沙白鼠的灵魂。我说："我们来生还做女人吧，就像现在这样。我是狐狸，你是大象，她是白鼠。"

三个三十五六岁女人的酒杯碰在了一起，杯子里流淌着岁月。

伊丽沙白鼠的儿子，我们都叫他心肝儿。心肝儿是个小歌星，那副沙哑嗓子，迷死人了。有一次在影剧院演出，心肝儿手拿马鞭唱《打虎上山》，一用力，背带裤子的纽扣挣掉了，裤子掉到了屁股底下，全场哄堂大笑。心肝儿却不笑，他一只手提着裤子，一只手拿着麦克风，坚持把曲目唱完，全场都乐疯了。伊丽沙白鼠的丈夫是个风趣而随和的人。有时我们出去吃饭，因为大象单身，我们就只带孩子。伊丽沙白鼠的丈夫会跟在我们屁股后头央告："带我去吧，我都馋死了。"如果哪次我们发了善心真想带他去，他是不去的。他是一个懂得进退的人。他和伊丽沙白鼠属于那种打打吵吵的夫妻。有一次我们去他家，他正被拎着笤帚疙瘩的伊丽沙白鼠追得满院子跑。看见我们就夸张地喊救命，我随手就把一根长木棍递给了伊丽沙白鼠，说："用这个。"

伊丽沙白鼠收了凶器，说："今天就先欠着吧。"

他赶紧说："谢谢娘子。"

他爱拿穿山甲开玩笑，称自己是老公公，叫穿山甲儿媳妇。穿山甲已经知道这不是好话，就叫他屁公公。那一年的5月19日，天已经很热了，我们不约而同地穿了裙子。我们在大街上骑车转了好多圈，终于选定了一家名叫长白山的东北风味餐厅。伊丽沙白鼠有许多感触，说那些年随军去东北，邻居有多么好，秋天送蘑菇，冬天送松子。分别的时候，许多人都送到了车站，鼻涕一把眼泪一把。那天我们要了白酒，一个一个喝得耳酣心畅。

伊丽沙白鼠特别佩服大象，说她能做男人的事。原来大象自己翻修了房子。邻家都拆了房子重建，起脊高了，都压了大象房子一头。她去砖瓦厂挑砖瓦，去水泥厂拉水泥，去木材市场挑木材，和包工头一分一分地计算成本，也把房子盖了起来。因为房子面积体积都一样大，一点儿也看不出她的房子比邻居的差。可她和穿山甲只住在最小的一间倒房里，因为她们还是没有一件家具。在单人床里面垫一块木板，就变成了双人床。穿山甲在一只小方凳上写作业，可看上去她们幸福极了。

大象说："知道我为什么有信心吗？我在小狐狸那里受了启发。"那年，有关机构给我开了小说作品研讨会，根据我的小说改编的电视剧正在中央电视台播放。大象说，小狐狸能把小说写到中央电视台去，我怎么就不能做好自己的事呢？伊丽沙白鼠说，现在我们都是俗人了，小狐狸有朝一日会和我们没有共同语言的。大象说，我们也进步呀。

我婉转地说："有朝一日，我们一家三口一起聚一聚。"

大象马上领悟了："会有那一天的。"

从餐厅出来，夜已经很深了。我们推着自行车，在空荡荡的马路上漫步。一个年老的妇女还没有收起她的冰棍摊。我说："谁知道我现在想什么？"两人一起说："吃冰棍！"

我们笑得一塌糊涂。

都不愿意回家。我们在鼓楼后边的小花园里坐了下来，那里有石凳石椅。不多一会儿，一个身量很高的男人走了过来，依次看我们，说："我能陪陪三位小姐吗？"

我们站起了身，几乎同时说："去你妈的！"

七

第二次去看安老太，我做了准备。还能准备什么呢，只能备一点钱，聊表心意。时令已到秋天，过去的三个月，我几乎没有哪天不想起安老太。想起她，就觉得日子过得不踏实。钱装进了信封，捏一捏，总觉得薄。添一些，又添一些。索性拉开了抽屉，把预留的生活费也装了进去，这是我一个月的工资。冲过去的情谊，拿多少都是应该的，可惜我能力有限。

大街上已经有卖石榴的，但它们都不及安慧家院子里的石榴颜色周正，像小灯笼一样倒悬，稠密得有些不像真的。树上落了一只鸟，是一只戴胜，长着王冠一样的羽毛，在枝权上蹦蹦跳跳。戴胜红红绿绿，若不仔细瞅，还以为是石榴在动。耳房的门帘还在飘，我停了下脚步，没见有人走出。堂屋里"哗"地传出笑声，一个奶声奶气的声音说："你醒了吧，你醒了吧，你睡得太久啦！"

我心里流过一丝温馨，想这个孩子会是谁。如果不出意外，应该是安老太的重孙女。她一定在哄太奶奶玩。虽然太奶奶一无所知。她也许是受了姑奶奶的委托，她的姑奶奶就是安慧和安静。

一辈一辈啊！

我进了堂屋，保姆从床上翻身下来，慌忙趿拉上鞋子。墙角坐着一个小姑娘，五六岁的样子，手里拿着色彩艳丽的羽毛。原来她是在跟保姆玩。小女孩淡眉淡眼的样子非常有韵味，我看得有些痴。她问我："你是谁啊？"

我问她是谁。

她说叫赵迪娅。

我说："你爸是不是长得像臧天朔？"

她使劲点头，问你咋知道。我说我很早以前就知道，那时还没你呢。

保姆让我坐在床沿上，我继续说："你爸小时候唱歌特别好听。不知道现在唱得怎么样了。"

小丫头说："现在只能说更好听了，比臧天朔唱得还好听不少。"

逗了两句嘴，我端详小丫头长得像谁。真是一点儿也不像她爸，她爸小时候被安慧当成玩物带在身边，像毛毛熊一样。有一次，安慧闹着玩，把他的裤子扒了看他的蛋蛋，把男孩子急哭了，骂安慧是女流氓。

奇怪。我说，你长得怎么有点像姑奶奶。

保姆说，一家人都说她长得像安慧，她跟安慧也最亲。

"我给小姑奶奶打个电话吧。"她大模大样地说，从床上拿起一部不知谁的手机，捂到耳朵上："小姑奶奶，快快回家吧，赵迪娅想死你了。"放下电话，赵迪娅说："小姑奶奶说她没在家，有时间她会回来的。"

保姆说："还没拨号呢，你就打电话，瞧把你能的。"

赵迪娅说："没拨号我小姑奶奶也听得见，不信回来你问问她。"

口齿可真伶俐。

我说："赵家改门风了，赵迪娅的嘴巴比她小姑奶奶巧多了。"

我去里间看安老太，她大睁着一双无神的眼睛朝上翻，额上一杠一杠的抬头纹，不时上来下去。这是她身体上唯一活跃的区域，我情不自禁地把手在上方又晃了下，安老太无动于衷。我顺着她的目光望向屋顶，白色的顶棚已经泛黄了，分明有两个旋涡一样的黑影像硬币一样大，是被她的目光打出的洞。她是有这种穿透能力的，我相信。纵深的，历史的，久远的，魔幻的安老太，具有神性的不可预知的力量。只是，与三个月前相比，她似乎又小了一号。那只右脚还在外撇着，似乎三个月之中都没有收回被子里过。凉，像石头一样凉。也许是我的感觉出现了偏差。我又产生了那种想法，伸手把那根细细的管子从鼻孔里拔下来，让她长出一口气，然后魂归天国。这件事得有人做。我太想那么做了，虽然我没权利。我眼睛盯着，嘴里用着力。我想如果躺在这里的是我，谁如果那么做，我会感谢他八辈祖宗。可如果我现在这么做，我就是杀人犯。我的脊背一阵一阵地发麻，赶忙把手背到身后，一只手紧攥住另一只手，唯恐它突然脱离我的控制。我有些要打寒战。我从屋里出来了，面对着墙上挂着的一只布包运了半天气。这是用三角布块对起来的包包，颜色很鲜艳，针脚都缝到了里面，里面有一层布胆。这是艺术品，安老太的手艺都是艺术品。只是上面落了很多尘土，这些灰尘一眼就能看出来。里面的安老太呢？她的身上肯定也落满了灰尘，三年啊！赵迪娅问我在看什么，我随口说："这个布包是你的吗？"

赵迪娅说："哎哟，这儿还挂着一个布包呢，我怎么一直也没看见。"

小丫头话说得很夸张，像是在说相声。

我把眼睛移开了，退回到床沿。

我问你怕不怕太奶奶。小丫头摇头说，不怕。她不过是睡着了。我问，她会醒来么？小丫头说，会哦。她白天睡觉，夜里就会醒来。我问她夜里醒来干什么。小丫头说："她在房上飞，从这里飞到那里。还能飞到那个大烟囱上，那个大烟囱，比大楼还高。"

她朝北指，那个方向有一座水塔。

保姆扯了她一下："别胡说。说得怪瘆人的。"

小丫头说："我见过太奶奶飞，像鸟儿一样。"

保姆对我说，赵迪娅总说看见太奶奶飞，也不知道是真的还是假的。按说小孩子的眼睛干净，能看到大人看不到的情景。据说我们老家有个小孩子，每晚都能看见家里死去的老人回来找吃的。家里大人不相信，那个鬼魂就摇动碗架子，那些碗就哗啦哗啦乱响。

我问赵迪娅："太奶奶有翅膀么？"

小丫头把两只手弯到了腋下，说太奶奶的翅膀就长在这里，飞回来的时候就收起来，像躺着一样。

我说，你看过蝙蝠侠吧？

小丫头说，对，就像蝙蝠侠一样。

保姆的眼神痴了。我赶紧扯开了这个话题，问赵迪娅爸爸妈妈在干啥。她说去上班了。爷爷奶奶呢？我又问。她一指前边的大房子："在那边呢。"

我跟她们告别，往前边走。那座巨大的房子背面像个冰冷的后背，隔开了与安老太的脉脉温情。我又有了一些不良的想法。眼下赵玉德夫妇都退休了，原来他们都是小三线的人，后来转产到了齿轮厂。厂子不景气，被一家市属企业吞并了，他们都提早成了吃老本儿的人。我过去也许见过他们，也许没见过，反正一点儿印象也没有。我进去的时候，赵玉德正在给女人拔火罐，衣服撩了起来，后背上排满了紫印子。我喊了声大嫂，女人迅速爬起身，问我是谁。我说是安慧的朋友，过来看看你们。赵玉德问我喝水么？我说不喝。他坐在炕沿上，没动。我从包里拿出信封放在桌子上，说也没买东西，也不知道你们需要啥，这是一点儿心意。两人都很客气，劝我收起来。我说我三个月之前来过一次了。大嫂说："那个人是你呀。保姆说有人来过，我们猜了半天也不知道是谁。自从老太太变成这个样子，就一个朋友也看不见了。"

大嫂是个健谈的人，没容我问什么，就开始数说这些年的不容易。自己不容易，安老太更不容易。她往耳房方向指了指，说老爷子一辈子一点儿功劳也没立，就会找老太太的茬儿，总是嫌这个嫌那个。我默默地听，她说的这些与我的记忆对不上号，或者说，刚好相反。当然，我是二十几年前的记忆。她又说："老爷子就是自私，老太太在屋里躺三年多了，他连脚印都不送，他说他害怕。你说说，哪有这样做夫妻的啊！人没死呢，他就说害怕……一分钱都不舍得花，一点情谊也不讲，他就是个冷血动物。"

赵玉德在一旁默默地听。

我说："上次来我见到他了，拿着马扎往外走，腿脚也不利索……他大概也顾不上别人了，他好像没有工资吧？"

我的意思是，他一辈子不挣钱，手里大概也没什么钱。

大嫂说："家里卖地的钱有一部分在他手里，八万多。当初分钱他就把自己的一份捏紧了，说出大天来也不往外掏。老太太做手术时想让他支援一下，你猜怎么着，他说老太太的手术根本就多余做，活着还不如死了——这是人话么？老太太真是白跟他过一辈子，早知道这样，当初就该跟他离婚，不是我当儿媳妇的嘴损，摊上这么个老爷们，大妹子你说说，有跟没有有啥区别……这么大岁数了，不知每天他都想些啥。"

赵玉德咳嗽了一声，大概觉得媳妇话说得太远了。

说到了安老太，我忍不住要问根由。这样大的刀口，为什么？

八

上午没有上班，碰巧家里来了客人。做菜时听到了手机短信的提示音，跑过来看了看，是一个不熟悉的号码，写了不着三两的几句话。高压锅的尖叫声把我招回了厨房，氤氲的雾气和香甜的味道很快让我忘了短信的事。眼下已是腊月，外面有零星的鞭炮响。家里的窗户和门板上到处贴着剪纸窗花和福禄财神，眼光打到哪里，都沾了喜气。这些东西是我下乡时一个朋友送的。朋友是个有艺术细胞的人，写，画，篆刻，雕刻，都有两把刷子。他的作品是集市上乡亲追捧的对象，一点儿也不比登堂入室的大师们差——当然这是我的看法。

饭菜就绪的时候，脑子里还是飘过了那条短信，写些什么忘了，只记得不是普通的拜年短信，好像有一点暧昧。在招呼大家吃饭前，我抽空下了个结论：不是套话费的，就是发错了。或者是无聊的人随便拣了个号码发过来，希望有点艳遇，也未可知。

午后的家里空荡荡的。客人都走光了，那些剪纸窗花和福禄财神都在蠢蠢欲动，桌上杯盘狼藉，可我的骨头都快散架了。因为几个菜做得不难吃，我甚至小有得意，横卧床上，沾沾自喜。翻看手机时，无意又看到了那条短信，竟看出了另外一种味道：**夜里梦见你了，你家住在一个有南北溪流的地方，水深厚，深绿，清透。我们拉着手边走边说话，醒后很想你。祝你身体好。拥抱你，久一点。**

我坐了起来，怔怔的。水的颜色和情态，久一点的拥抱，都不是随便什么人随随便便就能表达出来的。我的心就在这一刻有了滋润的感觉，凭空生出了水光山色。我知道这些话不会是写给我的，我的生活中，没有男男女女的过往——假如这可以称为情书的话。好奇心促使我用家里的电话拨通了那个号码，我是这样想的，假如是条发错了的短信，我应该告诉发信的人，免得人家的情愫倾诉错了地方。之所以用家里的电话，是因为房间内信号不好，也避免拨通的是外地手机。外地的号码还是不能让人相信，有一类骗子，什么样的花招都耍得出来。

手机的彩铃很好听，但许久没有人接。就在我决定放弃的时候，电话突然接通了。里面问："你找谁？"

第一印象，是个年轻男孩的声音。这让我坚信了自己的判断。

我说："你给我的手机发短信了。"

他说："是我发的吗？"

我念了那串号码。

他说，是我发的。

我呵呵笑了两声，说你不小心发到了我的手机上，你发错了。

里面沉默了一刻，忽然说，没发错。我夜里确实是做梦了。醒来的时候是七点多，原本想给你写封信，却发现不记得你的地址了。

我淡淡地"噢"了一声，其实内心是激动的。我听出了对方是大象，我居然把她的声音听成了年轻的男孩子的声音。

我避免大呼小叫喊她的名字，我努力装得很平淡，免得让她笑话。

快乐像一面小鼓敲打着我的心。面前没有镜子，可我知道此刻我一脸的阳光灿烂。这个世界上，除了大象，没有任何一个人能给我这样的感觉，伊丽莎白鼠也不行。

我们林林总总谈了许多，但没涉及彼此的生活、安老太，以及我去看安老太的事。虽然我很想知道她在H市的生活，可因为她不说，我也没问。

她不想说的话，我从来不问。

这是一个梦中梦，场景逼真，心理活动纤毫毕现，醒来我怔忪很久，不明白那样庞杂的故事线索怎么一下都进入了我的梦里，而且彼此纠结牵扯，像现实中正在演绎一样。窗帘没有拉严，外面的星光映到玻璃窗上，是狭长的一道弧线。翻开手机看了下时间，才深夜一点多。有一个未读短信：**夜里梦见你了，你家住在一个有南北溪流的地方，水深厚，深绿，清透。我们拉着手边走边说话，醒后很想你。祝你身体好。拥抱你，久一点。**

我一下翻身坐了起来，查看时间，是五分钟之前。我把电话拨了出去，大象在那端沉沉地说："继续睡吧，做个好梦。"

九

"是莫小琴么？猜猜我是谁。"

我的脑子飞快地转着，谁的声音这么柔和而富有磁性，一定是熟悉的陌生人，又显得从容做作，该是个傲娇的人。

"我是高众。"电话里清晰地说。

我傻傻地张大了嘴巴，然后结巴了一下："高，高书记，怎么想起给我打电话？"

高众说："想请你喝个茶……"

我身上骤然阴冷了一下，"喝茶"不是好词，我经常上网，知道喝茶代表你有事情了，有关方面要找你约谈。可……我不是党员干部，似乎不应该归纪委管。

人聪明起来就鬼使神差，他大笑了一声，说就喝个茶，我让司机去接你。

我赶忙说，不用不用，你说地址，我自己开车过去。

也好。他说，就去逍遥居吧。

一路上，我都在想高众找我干什么。他跟安慧离婚这么多年，从没找过我。有一次去矿山采访，是他的小爱人接待了我，小他八九岁，面容姣好，是个性格活泼的南方人。很显然，她不单知道我，还知道我与安慧的关系。吃了饭去招待所午休，她躺在我对面的床上，第一句话便是：我想问你两个问题，不知道你介不介意。我说，你问吧。她说，我想知道安慧离婚后悔么？安慧现在幸福么？我侧过身来，斩钉截铁地告诉她，安慧做任何事都不后悔，她现在很幸福。我笑眯眯地看着她，一点儿都不想让她称心如意。不管从哪个角度讲，他们都应该比安慧过得好，可他们对安慧念念不忘，这真让人纳罕。那时她和高众的儿子已经一岁半了，高众是农经委的副主任，主管全县农业，而现在，高众是这个有着八十万人口县城的纪委书记，五巨头之一，是春节前走马上任的。

社会上都在流传高众的传奇故事。他就是那种运气好的人，三五年一步台阶，他赶得总是恰如其分。

知道他高升，伊丽莎白鼠给我打了个电话，说安老太多亏成了植物人，否则，生气也会气死的。我问生谁的气。她说还能有谁，安慧呗。

家里有这样一个姑爷，我都能想象安老太扬眉吐气的样子。

说不紧张是假的，我心底甚至很忐忑。就像他过去是只猫，现在突然变成了一只虎，我都不知道怎么跟虎打交道。我没和这么高级别的领导单独接触过，他的身份还那样特殊。不知道他想问什么，他关心什么。

当年，安慧让他难堪了。他去送孩子的抚养费，连续送了两次，就不再送了。安慧明确告诉他，不想花他的钱养孩子，因为不知道他的钱是否干净。记得当年我曾击掌叫好，一个人是否有风骨，就该在这个时候体现。大象不用不干净的钱养孩子，这种境界谁能有！伊丽莎白鼠却忧心忡忡，她说这样就断了穿山甲与生父的联系，这样真的好么？

大象说:"生父有什么了不起,有没有还不都一样!"

我登时一愣,又想起了大象的身世。不过,我觉得大象成长得也很好。

翠色的竹子装饰了整个房间,我进去的时候,他绕过红木桌椅来跟我握手。他的手汗津津的,很湿润。脸上也汪出油来,不知是因为护肤品,还是这些年油吃得太多了。耳闻他的很多传说,说他对夫人如何好,夫人对他如何好,简直是佳偶天成。大象说得不错,他天生就是政治家。从一个基层的公务员,摇身变成举足轻重的人,这里有多长的路要走,不知他是怎样走过来的。我使劲往回想,也想不起当年那个削苹果的老大哥什么样,偏着头,就是个模糊的暗影。那是我第一次去他家时的印象。眼下他十指交握放在桌子上,看了我一眼,又看了我一眼,简单地说:"你变化不大。"

我胡撸了一下头发:"老了。"

他浅浅一笑,大概是认同的。开门见山说:"你跟安慧还有联系吧?"

我说:"不多。我有十几年没见她了。"

他皱着眉头偏了下脑袋,大概以为我在撒谎。

我急着解释:"自从她去H市我就一次也没见过她,有时去市里开会也试图联系她,但总没能如愿。"

他看着我,大眼珠子乌瞪乌瞪的。

我说："我说的是实话。"

他说："连电话都不打？"

我低下了头。确实打过电话，就是春节前的那一天，大象发来个暧昧短信，在梦里都险些让我误会。这么多年来，这是大象第一次主动联系我，让我后半夜都没睡好觉。我甚至专门为此写了篇短文发在晚报上，短文的名字叫"岁月芬芳"。虽是梦里的场景，但我巧妙地隐去了时间地点，让文章看起来像现在进行时。当然他不会看见，他们那样的领导，报纸只看头版头条。

可这件事我不预备说出来，他一旦问我短信的内容，我有些不好说出口。

服务员探了一下头，大概想进来续水，他不耐烦地摆了下手："不麻烦你了。"

空气里都是尴尬紧张的元素跟分子，我后背毛茸茸的，都冒汗了。我不知该说些什么，又怕什么话题惹他不高兴，跟他见面我缺少心理准备。我只得选择沉默。他急促地敲了敲桌子，心底大概也挺烦闷。他想缓解一下局面，骤然停下手问："她父母怎么样？"

我长出一口气，终于有话可说了。

我的信息都来自安慧的大嫂，第二次去看安老太，她事无巨细的叙说繁密而周到，让我跟着她一起紧张，一起跌宕起伏。安慧的第二任丈夫叫韩德安，安慧是有些宿命论的，觉得"得安"两个字暗含了她的命运走向，所以她听从命运的安排，走得义无反顾。可安老太不喜欢这门亲事，因为韩德安穷。他在一家文化公司做业务，离婚时，房子和孩子都给了前妻。大嫂说，他和慧是有感情的，过得也算幸福。安慧在一家企业打工，赚得不多，但每次回娘家，都大包小裹地带东西。可安老太就是扭不过这个弯，说安慧卖房买房是招了女婿。安老太脑筋旧，觉得住女人房子的男人没出息。每次韩德安回来，安老太都指桑骂槐。安慧结婚十几年，安老太一次也没去过H市。三年前，她发现自己的帕金森病加重了，终于答应去H市检查身体。车子下了高速，安慧就发现母亲头往一边歪，完全是无意识的。她以为母亲困了，睡着了。等红灯时，安慧喊她看左侧的一个大公园，才发现已经喊不醒了。

车子直接开往医院，检查得出的结论是，脑干大面积出血。即便开颅，生还的希望也渺茫。安慧叮问医生，有没有百分之一的希望？医生为难地说，那倒是有。安慧说，那还等什么？马上手术！医生说，你跟家人商量商量，即便手术成功，也非常可能是植物人。安慧说，有没有百分之一的希望不是植物人？医生无话可说了。安静和赵玉德夫妇赶到医院，安慧已经在手术方案上签了字。她说所有费用她来拿，不让哥哥姐姐掏一分钱。他们都以为安慧这些年在H市挣了些钱，事后才知道，她先借高利贷，然后又卖房子。手术和后期护理很快就把房款折腾进去了，安老太却成了这个样子。

我问，老太太有没有留下句话？

大嫂说，只跟她说了一句话。她赶到医院前，老太太一直闭着眼。她俯下身去叫妈，老太太突然睁开了眼睛，嘴巴一张一合，却没能说出话来。根据唇语猜测，老太太说的是："不治，回家。"

我点了点头。这像安老太说的话。

大嫂说，安慧在H市没有正经工作，日子过得不轻松。可这个家她仍是顶梁柱。赵玉德身体不好，安静身体也不好，前两年还做了大手术。老太太躺了三年多，连保姆费都是安慧在负担，我们不是不管，是实在没有能力。

大嫂说得很真诚。

我环视了一下这栋大房子。大嫂大概想到了我所想，不好意思地说，我们不知道安慧卖房子给老妈治病，否则说什么也不会让她这么做。老妈若是知道她租房子住，死都合不上眼。

我一个劲地用指头抹眼泪。当年还说让安慧开着宝马去接我，原来她的日子过得这样艰窘。

安慧除了仗义，还有愧疚。我猜。她在用自己的命换母亲的命。

只是这些我不会对高众说。我只告诉他，安老太得了一场大病，一动不动躺在床上，已经三年半了。

说这些时我一直没有看他，我看眼前的茶杯。龙井的芽片在沸水中站立着，然后又倒下身去，像一排排士兵一样。

我想，如果可能，他可以去看看安老太——也许，他也是这样想的，安老太当年对他就像对儿子一样，寄予了莫大的希望。否则，他为什么找我？

他用湿巾擦了擦手，随手往桌上一扔——"你该谈穿山甲了。"

我骂自己笨。他除了关心穿山甲，哪会关心别人。

"穿山甲已经结婚了，嫁给了初中同学。如今在家里自己带孩子，是个女孩，大概一岁多了。"我介绍得简明扼要。事实是，我就知道这么多。

"穿山甲没有参加工作？"他拧着眉头问。

我想说，就业大军浩浩荡荡，穿山甲学的电子商务，也不好找合适的工作。

"安慧就是太任性！"他突然变得怒气冲冲，"她怎么可以让孩子与社会脱节，与时代脱节，年纪轻轻就待在家里！她没有能力帮孩子，就该让孩子来找我！"

"也许我的消息不准确。"我小心地喝了口水。

他说："她们都是有病的人！"

我继续喝水，却在想有病的都是谁。

"包括你！"

吓了我一跳。我吃惊地看着他。怎么觉得他的口风有些不对了。

"当年，要不是因为你们，安慧可能不会离婚。就是你们这些死党每天在她耳边叽叽咕咕，让安慧不知道天高地厚，不知道自己几斤几两！整天拿个破笔写呀画呀，她画出名堂了么？就把自己搞得高不成低不就，像个贵族一样不食人间烟火，以为自己是太阳能充电的！"

他说话频率很快，有点语无伦次。

我恨不得找个地缝钻进去。我想，我凭什么在这儿听他训斥？

"你给我约安慧，我要找她谈谈！"

我从包里拿纸，刷刷写了串电话号码，推给他："你自己约。"

说完，我站起了身，要走。

他呼哧呼哧地喘着粗气，蛮横地说："你坐下！"

我想我为什么坐下，你没有权力命令我。可我还是情不自禁坐下了，虽然心里懊恼得不行。

沉默了好一会儿，他说："你知道我们当初为什么离婚么？"

我冷冷地说："我挑唆的。"

他扑哧笑了，直视着我说："我是过继给高家的，我跟高家没血缘。"

我回了下神。"等等！你想说什么？"我吃惊地看着他。

"怎么，你不知道？"他偏着身子跷起二郎腿，面露嘲讽，"你跟安慧这么好，她没有对你说起我们为什么离婚？"

遥远的往事扑面而来，我当然记得安慧说的话。高众说谎，明明在家偏说刚喝酒回来。高众有不干净的钱，而且是天文数字。安慧当时问我，这样的人，你能容忍么？

不能！我果断回答。

许多年后，我经常想起这两个字，自己都觉得震耳膜。因为这两样都成了家常便饭。说谎，或者拿不干净的钱，甚至成了一种风气、时尚或荣光。

年轻的时候就是那么毫无忌惮，甚至不管谁的死活。

"安慧到底有没有对你说起过？她是怎么说的？"高众叮问。

我想，他是被这个疑团憋坏了，现在才想起问这个。我有些惶惑，不知该怎样回答他。显而易见，我不能把安慧的话告诉他，我不能找不自在。他摆了摆手："算了，我们不谈那些了。"

看我还在那里发愣，他诡秘地笑了下，说："你不要以为安慧是我亲妹妹！"

十

不行，我要发疯了。我躺在伊丽莎白鼠家的沙发上，身上像被抽去了所有的筋骨。高众频繁地给我打电话，打听安慧以及安慧家庭的种种，尤其是酒后。有一天他居然痛哭失声，他说他当年为安家做了很多事，帮她家打官司，给她家安各种装置，偷水偷电。甚至为了赵玉德的儿子去送礼，因为赵玉德想让儿子上一小。就在安慧提出离婚前，他还把安家的室内线路改造了，安老太的眼睛越来越不好，看不清缝制衣服的针脚，高众把屋子的各个角落都装上了节能灯，让整个房间都没暗影。他把心都给了安慧，就是没想到安慧那么没人性，一脚把他踢出了门，让他很有几年没脸见人。

我想起离婚那天我给高众打过一个电话，让他别欺负安慧。高众哭着说，不是我欺负她，是她欺负我。

高众的愤怒是真的。

我虽不至于动摇，但真的有一丝柔软。如果事情可以重来，我会让安慧自己选择离还是不离，而不会那么高调地支持她。尤其是，安老太制订的那些计谋，都被我私藏了。想起这些，我心里很不安，这种不安不是现在才开始的。真想有人能给我答案：我年轻时的所作所为，是否正确……时隔多年，这个万恶的高众，又搅翻了我心中所有的平静，让我对往事有了审慎和犹疑……他突然表现出来的对过去事情的极大兴趣让人受不了。我疑心他中魔了。

面对我的问题，乔却很冷静。她边给我倒水边说，她不知道安慧的身世问题，但她知道有关安老太的种种，女儿随她的姓，不会没有缘由。我这才想起赵玉德，竟然印象模糊，那天我光顾着听大嫂讲故事，没能看清他的脸。乔的孙女在地板上插积木，她造了一座宫殿，宫殿前有一辆马车，一个橡皮公主坐在车厢里，去远处赴宴。小女孩自言自语，说远处有个王子在等她。

"你以为安慧是高众的亲妹妹？"

"我没以为。"

"那他以为谁以为？"

"谁知道。"

难道是他以为安慧这样以为？他妈的！这个邪恶的高众，他为什么要说这么恶心的话，随时让人受不了！

"他官当大了，就放开了，以为什么都可以说了。"乔越来越一针见血。

事实证明，乔的看法很准确。我参加了高众组织的一个酒局，大家都对他毕恭毕敬，任由他调笑。谈起我，他说我是他前妻的老闺蜜，当年就是在我的帮衬下，前妻把他一脚踹出了家门。似乎这是资本，被高众当作功绩宣传。

众人都像看怪物一样看着我，我后悔得无地自容。这样的酒局我不该来，我是自取其辱。

一顿饭，我都没怎么说话，也极少动筷子。我心里有话，却不敢说。我越来越忌惮他的身份。虽然他管不着我，可我怎么自觉就矮了半头。骨头难道都可以伸缩么，我什么时候这么委屈过！

手机突然响了，我从沙发上跳了起来。大声喊："你还活着啊！"大象在那端说："我到家了，明天去庙里进香，你有空跟我一起去吧。"

　　安慧在寺院门口的菩提树下等我，单薄而瘦弱。就是单薄瘦弱的安慧让我那颗沸腾的心突然安静了。她短发齐耳，淡青色的一件小款外套，配一条毛蓝色的牛仔裤，手上提一个布包，配上她的淡眉淡眼，真是普通极了，没有半点优渥或优越。再严苛一点说，安慧像是从十几年前一路走来的，服饰和形容都像。我努力没让自己掉眼泪，走过去，她勾了一下我的手，我们往寺庙院子里走。她说，我的样子吓着你了吧? 我摇摇头，看了她一眼。她的服饰看上去并不得体，倒像是在努力接近这个时代，趋近这个时代的流行。她告诉我，她是来替母亲进香的。每次回家来，都会来烧一炷香。她请了最便宜的一种草香，来到了香炉前。先拜，燃香，再拜。然后去了正殿，跪在蒲团上，给观音行礼。她叩在那里，两手抵着额头，良久。她的发梢窝在衣领里，有一缕跳了出来，朝向脑后。她站起身，又跪下。又站起来，又跪下。每一个动作都一丝不苟。我看着她，她沉沉地闭着眼，口里念念有词。大殿里多么安静，只有晨光走动，倏忽跳到她的后背上，是一团明亮的光晕。从蒲团上起身后，她打开了布包，拿出来一个信封。一看就知道是我第二次去看安老太的时候留下的，里面装着我一个月的工资。她说，你又不是不知道，我不用你的钱。我说，这不是给你用的。她说，你知道我的意思。我不再说什么，把信封收起来，放到了包里。我湿了眼角。安慧看了我一眼，说，我很多年没掉眼泪了，我的眼泪早流干了。

正殿的后面有排椅子，我们坐在那里，好好说了一阵子话。眼前是盛开的一簇彼岸花，黄澄澄，硕大，开得旁若无人。成群的鸽子在天上飞，我们都往天上看，它们可真自在啊！我们来得早，这里空无一人。她把包放在我俩中间，里面叮当响了一声。我问里面是什么，她说是三只铁碗和三只汤勺。哦，今天是我们认识三十周年纪念日。她说今年是大庆，我请你俩吃饭。我看着她，突然慌愧得不行。她的鬓边染了霜花。她说，你咋老这么看我？韩德安都没这么看过我！

我忍住不问。

她笑了下，说："你不知道他是谁吧，韩德安是我老公。"

我知道。我还知道当年韩德安的名字让她有了宿命感，所以她去H市走得义无反顾。我第二次去看安老太留下张名片，对安慧大嫂说，上面有我的电话，如果有什么事情需要我帮忙，就给我打电话。

结果，我还没到单位，电话就追了过去。大嫂焦急地说："你是莫小琴吧？我有没有跟你说安慧离婚的事？……我这个死脑子，忘了到底是说了还是没说……"

我很吃惊："安慧离婚了？为什么？"

大嫂说："安慧把房子卖了，韩德安就跟她离婚了……男人敢情是冲房子来的……这样大的事我们也是过了很久才知道。安慧要强，嘱咐我们不要把这事告诉别人。"

"哦。"我说。

"你也别告诉乔。"大嫂嘱咐道。

眼里又涌出泪水，我别过身子，没让安慧看见。

大象弹了一下裤子，那里落了鸟儿的羽毛。"这次他本来想和我一起来，家里临时有点事……"

我看着她。

她看懂了我的眼神，突然扭过身来，一下抱住了我。布包被她带了一下，"咣当"一声掉在了地上。

她哽咽道："我也没做缺德事，命运怎么会这么对我……命运是个什么东西，怎么那么折磨人！"

我一动不动，像许多年前一样，由着安慧的肩头耸动。

安慧松开了我。我注意看她的眼睛，那里果然一片干涸，连潮湿的痕迹也没有了。她眉头耸动了几下，问我："你相信轮回么？"

我的脑子里一直在出图画。当年安老太豁出性命要到了宅基，是想给小女儿安慧增加身价。安慧卖了房子去 H 市买房，然后卖房给安老太做手术，安老太成为植物人。韩德安是附着物，不知因为什么来，却是因为房子走的……这里是有什么玄机的。我猜不透，但这里肯定有玄机。佛家讲究因果，诸事因缘生。朝历史深处看，是安老太自己给自己埋了伏笔，经年长久，命运的曲折走向才显现。

安慧不过是帮助实施的人。不过是在实施的过程中，有了一些副产品。

左前方是护法神韦陀的塑像，从我这个角度能看到他举起的一条右臂的臂肘，褚红色。包裹肌肉的皮肤都要脱落了。他向前倾斜着身子，怒目圆睁。我看不见他的眼睛，但熟悉他的尊容。

阳光逐渐有了温度，安慧把布包背到肩上，里面又是一阵哗啦哗啦响。我们挪到西墙根下，旁边是一株巨大的合欢树，像华盖一样罩在我们的头上。华盖上是淡蓝色的天空，明朗而干净。丝丝缕缕的云絮在天上飘，彼此牵牵绊绊。安慧逐渐平静了，她用纸巾擦脸，那里其实什么也没有。安慧问我："你相信命运么？"

我看着她。

安慧说："你说话。"

我摇摇头，随后又点点头。

安慧说："我是信的。我所有的磨难都是上天安排好的。"她胡撸了一下头发。

我看着她。

安慧问："你是不是有什么问题要问我？"

是的，我想问。比如，当初跟高众离婚的原因到底是什么。说谎和来路不正的钱是不是只是原因的一部分。我是让高众给搅和得够呛了。

可这会涉及隐私，我问不出口。

安慧误会了。她说："你一定想问我，卖房子给我妈做开颅手术后不后悔。"

我看着她。

安慧站了起来，在我面前走了几步，说："我不后悔，从始至终我都一点儿不后悔。安静总骂我愚蠢，说这件事做得害人害己。可我的话他们不懂，他们谁都不懂。我愿意看见她现在的样子。安然沉睡，那么踏实，那么恣意。这个尘世是她留恋的，那么安静，那么祥和。连一点纷争、一点纠结、一点牵绊也没有。我敢说，她这一生，这段日子是最幸福的。没人知道这种感觉对于她有多重要。我知道，我从小时候就知道。过去的那些日子，她没有哪一天是顺遂的、安全的，是轻松而愉悦的。她总做噩梦，梦中不是人砍她就是她杀人。她经常在夜里大喊大叫，醒来大汗淋漓。她比任何人都热爱美好的生活，衣食无忧，受人尊重。可美好的生活从不热爱她……所以她要绞尽脑汁去算计，去争夺，去拼抢。有的东西她抢来了有用，有的压根儿没用。她像只年老的刺猬，争夺是因为习惯……总算一切都过去了，她的世界空了，自在了，安宁了。就像现在这样，只有那一小片白色的屋顶属于她，那里大概只相当于两枚五分硬币。她偶尔睁开眼睛，眼球不会转动，可我能看到她眼中的那个世界，像雪山一样安谧而洁净。"

我看着安慧。我印象中的安老太优雅优良，不是安慧说的那样。

安慧又说："什么叫一脚踩两只船，就像她现在这个样子。一只脚在阴间，一只脚在阳世。谁都奈何不了她。留不下她，推不走她，撼不动她，谁都休想再欺负她。她就这样站在两个世界的门槛上，不疾不徐，不生不死。这边看人世，那边看风景。还有什么比现在更好的状态么？是大自在啊！我经常想她已经不是人了。她成神了，或者，成仙了。她的脉搏跳动无异常，呼吸均匀，每一根血管都在输送血液。在她的身上，总是有奇迹出现。比如，过去她的一只手总是凉的，现在变热了。她脸上的黄褐斑变浅了，手放到她的肚子上，我甚至摸出她长肉了，就像婴儿肥一样……"

我忍不住说："安慧，你出现幻觉了。"

安慧说："如果你是她的女儿，就会相信这是真的。"

我无话可说了。我想，我不是她的女儿，所以不会想安慧之所想，见安慧之所见。我们到底是有不小距离的。她们是深爱对方的人。只是，很多时候，那爱其实很伤害。

她把两只手伸出来给我看，很粗糙，一只小手指甚至扭曲到变形了。安慧说："你一定好奇我这些年都干了些什么，那样大的H市，也没有什么好工作等着我。文化低，没技能，我干了什么你想不到……可我再苦也不觉得苦，再累也不觉得累，一想到她躺在老家的宅院里等我喂食，我就把什么都忘了。她让我这几年过得很充实，我打心眼里感谢她。"

我看着她，我在揣测她这话的言外之意。

她果然敏感："你不相信？"

我有些无奈地说："你觉得，她愿意躺在那里么？"

安慧说："她愿意。没有谁比我更了解她，她从来都是说一套做一套——我这不是贬低她——很少有人能看到她的内心，可我能看到。她嘴里大度，看轻看淡生死，其实骨子里特别恐惧。怕老，怕死，怕生病，怕被人嫌恶……现在好了，她差不多永恒了，你也许看不出来，但我知道，她很享受这种状态。否则，她哪里能活这么久。"

我无话可说了。

我们之间出现了真正意义上的沉默。我本想告诉她，高众昨晚又喝多了酒，在什么喧闹的场合给我打电话，舌头是短的，不知所云。他后来说："安慧什么时候回来告诉我一声，我要跟她好好谈谈。"这样的话，他差不多每次都说，已经成了外交辞令。所以我并不当回事。我想，他这样当然不是因为他爱着安慧，而是因为不甘心。年龄越大，职位越高，这种不甘心反而越强烈。否则，怎么解释他的行为呢？就像鬼使神差，我说了句："安慧明天一早去寺庙上香，说好了，我陪她。"电话里突然沉寂了，我正后悔把这话说出来，电话那头的舌头突然捋直了，说："知道了。"

这都是题外话。我不说出来是不想扰乱安慧的清净。

天光正午，伊丽莎白鼠大概实在打熬不住了，打电话问："订了哪家饭店啊？"

我昨天告诉她，今天中午我请她俩吃饭。我连日来紧张焦虑，确实忘了5月19日的事。乔也没提醒我，估计她也忘了。

十一

我们开始往外走，我落后了半步。这能让我悄悄打量她。我还是喜欢看她，大象，安慧，我的少女时期的伙伴，喜欢绘画，热爱列宾，对说谎的人和不干净的钱嫉恶如仇……关键是，她像许多年前一样，能让我内心安宁。少女时期的影子仍然依附在她身上，她不美丽，但有味道。我知道，她没有变，她还是她，仍然有着浪漫和激情的表达与想象，就像布包里的三只铁碗和三只汤勺，这些年不知是怎样保存的。我还记得下面的名字都是她刻上去的，工整的隶书。她有轻微的洁癖，不愿意使饭店的碗筷。也许她的表达和想象只是暂时的，是对我一个人的……我心里的喜欢依然溢于言表。大门口有个穿制服的小伙子走过来迎接我们，说："莫老师，这位是……安老师吧？"

安慧大约从没被人叫过老师，本能地摇头否认。

小伙子说：“没错，您是安老师，我是奉命来接你们的，已经在这里等半天了。”

我吓了一跳。安慧也吓了一跳。她问我是怎么回事，我心里已经了然，可还是摇了摇头。小伙子说，两位先上车，到饭店里再详细解释吧。

安慧死活不上车，她已经知道了，这车是高众的。她拉着我要走，司机连忙下车挡住了去路。安慧说：“光天化日之下，你们想干什么？”小伙子急出了一脑门子汗，哀求我说：“莫老师，您帮帮忙，别让我完不成任务。高书记在饭店等着，菜都点好了。”我知道高众很过分，他经常很过分。可有什么办法呢，他有过分的权力啊！也许，他就是在彰显过分的权力也未可知。我虚弱地扯了下安慧的衣袖，可怜巴巴地说：“要不，就去一下吧。不就吃个饭么……”安慧说：“要吃你去吃，这个人跟我没关系。”我说：“看在穿山甲的面子上……”安慧说：“她是成年人了，用不着我越俎代庖。”安慧从始至终都很冷静，脸上看不出一丝不快。高众一直试图跟她联系，安慧都置之不理。高众只得退而求其次，他需要见她一面，谈谈，或者，还有别的。他都到了处心积虑的地步。我看出了小伙子的固执，他不放安慧走，他不能让自己回去没法交差。可安慧很从容，一再表示，她不可能上车。小伙子好话说尽了，可安慧一点儿都不通融。安慧看着我，似乎是在商量：“要不，你跟他们一起走，我去找乔。”

我有些无地自容。我没想到今天是我们认识三十周年纪念日，自打认识的那一天起，我们心中就有这个日子。如今，这个日子终于来到了。安慧从遥远的H市带来了三只铁碗和三只汤勺，上面写着我们的名字。

安慧到底没有上那辆车，年轻人拉扯她的时候吸引了很多人围观。她像受伤的豹子一样冲出了人群，顺着一条胡同疾走而去，一只手搂着布包，走得义无反顾。

……

我叫小狐狸，这是大象和伊丽沙白鼠送我的爱称。我们之间有许多秘密，过去父母不知道，现在丈夫和孩子也不知道。就像称呼问题，如果有第四者在场，我们会规规矩矩地称名道姓。如果只有我们三个人就不同了，我们会很快进入一种状态，那种状态甚至与时空无关。（摘自2001年7月7日日记）

蓝芬姐

一

小雨在砌墙，我从那里过，问他有没有看见我母亲。小雨的脸上都是细密的汗珠，像热带雨林中的芭蕉叶子一样。他直起腰来说，往天都能看见老太朝街里走，今天兴许我没注意。他解释说，自己一直在猫腰干活，老太即便真去了街里，他也看不见。穿过横街，我又遇见了成果。成果网兜里提着一些小碎鱼，刚从河堤上下来。他说，放周末了？我说放周末了。他说是找老太吧？老太也许去看热闹了——这不，来了。母亲左手拄拐，右手提拎着一块用线绳绑起来的泡沫板，头上戴一顶粉红色的帽子，仰头跟成果说话。母亲不仰头，帽子就会遮住眼睛。母亲说，又捞这么多鱼，大热天真想吃。母亲的注意力都在网兜那里，意思是，大热的天不应该想吃鱼。成果翻了一下眼皮，扭身走了。母亲却看不出所以然，冲着成果的背影说，那水都是污染的，鱼的

255

肚子都是黑的，人吃了容易得病！最后一句话，母亲几乎发狠了，顿着拐杖，一副恨铁不成钢的样子。我朝母亲紧着摆手，那意思是您快别说了，管人家干啥。可母亲不管这些，又朝那背影说："有病去瞧大夫啊！"成果拐过墙角，倏忽就不见了。"人家不爱听啥您说啥。"我说。母亲这才注意到身边还有人，吃惊地说："这不是云丫么，你咋到这里来了？"

我说，家里没人，我才来老街找您。

母亲说，你大哥大嫂呢？

我说，他们也没在家。房门四敞大开，家里没人，我就出来了。

母亲说，三婶子二大娘都还在那里，我说我先回去了，她们还不依，说吃饭还得一会儿，这么早回家干啥去？"好像我知道你来似的。"母亲呵呵地笑，特别自负。她是个自负的人，打年轻的时候就这样。我问三婶二大娘她们都在干啥，母亲说，瞧热闹，蓝芬死了。

"啊？"

"还是昨天的事。蓝芬一早没起来，扣子过去扒拉她，一扒拉头，脚动弹。"

"昨天就死了？这大热的天，怎么还没火化？"我更吃惊了。说您走得慢，先回家吧，我过去看看情况。

母亲说，你别往近前走，人横竖是死了，那里阴气重，身子微的人容易闹窄儿。虽说身子不凉，到底也是活死人了。

"什么叫活死人。"我给妈正了正帽子，她仰头看我的样子很别扭。帽子稍稍一提，就露出了眉眼，看人就不那么费劲了。只是就这一点，母亲似乎也想不到。"只要身子不凉，那就说明还没死透。"母亲振振有词。

"那就是没死。"我说。

母亲连连摇头，说人肯定是死了，把棉花绒毛放她鼻子前，棉花都不动弹。可就是身子不凉，真让人纳罕。身子不凉就没法叫火化场的车，扣子两口子犯难呢。

拐过响四家门口，就听一阵鼓乐声。响四媳妇在门口站着，说这大热的天，闹腾啥啊。我停下脚步，叫了声四嫂子。她朝那边张望，说你四哥夜里出车，我傍天亮才迷瞪一会儿。发完牢骚才问我咋来这么早，我说我来取毕业证，组织上要查学历。"听说现在当干部也不容易了，查得严了。"我说可不是，干啥都不容易了。

响器班子原来是罕村这一拨，以大黑顺为主，贴墙根坐了一溜。村里有红白喜事，他们不是应邀前来，而是硬要前来。吹打一通，酒给多少肉给多少，或给多少钱物，都凭主人自愿。当然越多他们越高兴，能把曲子吹出花样来。这样的组织不止他们一个，所以也就理解他们为啥来这么早，他们都长着顺风耳。大黑顺年轻时是个俊把子，唱样板戏时演郭建光。小时候我们追在他的屁股后头喊他郭政委，就像眼下的追星族一样。眼下他正吹双簧管，腮帮子鼓着，眼睛努着，摇头晃脑吹得特别卖力，曲子却是"天上一个太阳，水里一个月亮"，也如泣如诉。

和着响器哭的是双全，扣子的儿子，蓝芬姐的侄子。他生下来就脑瘫，下巴顶在肩膀上，肩膀歪在胸前，整个身体是半个麻花。他十几岁了仍不会走路，在地上爬。有一次从我家门口经过，正好让我看见。我惊奇地说，双全会走了啊。他羞怯地笑，一只脚横着往前移动，另一只脚拖在后面，却显得特别自豪。我问双全多大了，有二十了么？双全连说带比画，二十六了。我抚了一下胸口，顿觉百感交集。连双全都二十六了，真没天理了。

这是几年前的事，我有些记不清了。我的记忆力也越来越差了。母亲说自己记性不好的时候，我总说，我也记不住事了，伊伊也说没有小时候记忆力好了。伊伊是我女儿，那时才二十出头。

双全坐在方凳上，咧着大嘴哭。脸上都是鼻涕眼泪，他用袖子东抹一把西抹一把，鼻涕都粘在了腮帮子上。我非常想把纸巾递到他手里，或者帮他擦一擦，看了看周围，没动。看热闹的围成了一个圆，三婶子二大娘都在人群里。她们都是母亲的老朋友，平时看见我，总有说不完的话。可此刻大家都很专注地看双全，在响器的空隙分辨只言片语。双全说的是，姑呀，你死我没法活呀。你带我走啊，我想跟着你呀！吐字不清楚，说得也不连贯，一句话总反复，但说得大体是这个意思。悄悄地，我也掉了几滴眼泪。蓝芬姐大我们十多岁，打年轻的时候心眼就好使。采猪草，捡麦穗，或者到邻村偷芝麻秸、棉花柴，我们都爱跟着她，她也不嫌弃我们。跟她同样大的姐姐们心都独，不愿意带着孩子，比如，当着我们的面约定几点在哪里集合，我们早早赶了去，等两个钟头也不见人影。我们还傻子似的在那儿巴望呢，人家提着篮子、背着筐子回来了，脸上都是鬼魅的笑。还有去邻村看电影，家里的哥哥姐姐都嫌你累赘，蓝芬姐却从不嫌，像收容队长一样，把一条街狼哭鬼叫的孩子都带着。回来一个一个点卯，立正稍息向后转，喊着号子回家。当然也出过事，那次我们去窝头庄看《渡江侦察记》，去时八个孩子，回来已经走到村边了，才发现少了一个。蓝芬姐带着浩浩荡荡的队伍杀回窝头庄，放电影的场院空无一人，小雨蜷缩在麦秸垛旁酣然大睡。那场电影估计大家都忘了，我忘不了。因为转天我在课堂说话被班主任叫到了办公室，一个老师围着我转，说这孩子多像昨天电影里那个撑船的啊。所有的老师都围了过来，像观看一只猴子。只有班主任说不像，说人家的鼻梁子没有那样粗。管他。我放学就往镇上跑，花两毛五买了本小人书，特意找到了撑船的那一页：小姑娘说，回去，报仇！

我自己看着都有点像。

"你死了谁给我洗澡，谁给我挠痒痒，谁给我捂被窝，谁给我……"双全忽然不哭了，似乎这才发现围观的众人，一下呆住了。人们似乎一直提着心，等着双全说点什么，又怕双全说些什么。双全不说了，又有些不甘。静场的时候，扣子媳妇分开众人走了过来，一把把双全提溜走了。扣子媳妇怒斥说，傻哭啥，快去给你姑磕个头，趁着她还没走远。看见我，扣子媳妇迟疑了一下，还是拖着双全走了。我相跟着往里走，我说我想看看蓝芬姐。自从我家从老宅搬走，我很少到老街来，有多久没见过蓝芬姐，我已经想不起来了。今天既然遇见了，就没有不看她的道理。扣子媳妇站住了，她一脚已经迈进了门槛子里。她是一个小个子女人，出了名的跋扈。扣子本来身材也小，在她的气焰前，越发没有斤两了。她把双全往里推了一把，回转身来说，还不凉，再不凉我都要凉了。说得我一激灵，我说，你说的是蓝芬姐？她说，哪有这样吓人的，人走魂却不走。我问人几时走的。扣子媳妇说，说不准，我们发现的时候，也就两点多吧。我看了一下手表，快十点了，按说，没有不凉的道理了。我说，你确定她已经死了？扣子媳妇说，不是我确定，是成果确定的。我一早就把他找来，他一量，血压没了，脉搏没了，心跳也没了，这还不叫死？我点头，叫。但医学上有种说法叫脑死亡。显而易见，在乡村没有确定脑死亡的条件。双全不会双腿跪，而是整个身子歪在地上，刚要哭，扣子媳妇喝了一声，他又住了嘴。双全歪在门框上，倦了似的倚了会儿。然后又翻起身，匍匐在地上，磕头如捣蒜，地板给震得砰砰响。扣子在炕沿上坐着，脸上有忧戚。到底是嫡亲的姐姐，扣子的忧戚显而易见。可他指缝里夹着烟，那上面还在冒火。他也是五十大几的人了，面相还像个娃娃。蓝芬姐在地上搭起的床板上横陈。被子是紫底白花的，脖颈露出了一圈红格格，是家常衣服。脸上盖了一块青布，是旧的，反面朝上，还挂着丝丝棉絮。若是朝向里边，我怀疑，那些棉花絮会被吸进鼻孔。

扣子站了起来，问我啥时候来的，问我有没有听说过这样邪性的事。"想死就快点死，这样不死不活，时间长了谁也受不了。你摸摸她的手，比活人的都热。"

其实我想揭开那块布，看她的脸。很久都不见她了，有点忘了她的模样。当年我家打墙，按照风水先生的意思，往里收了一尺多，把圆角砌成了直角，那个角正对着这条街。不知受了谁的蛊惑，这一条街的人都去村委会告状，派出所的人都找上门来了。可我家是往里砌而不是往外砌，便是告到中央，又能说出什么来。这一条老街伤了我们的心，很是有些年，我们全家都不愿意往街里走。现在年头实在是太长了，母亲实在是太上岁数了，这一切才真算过去了。这些告状的人里面没有蓝芬姐，她晚上特意跑到我们家，安慰我们。

这样的情谊，才真是情谊呢。

我站在外侧，其实就是扣子的对面，中间隔着蓝芬姐。蓝芬姐就像一条河流，在我和扣子之间形成了沟壑。扣子沉郁着又坐在了炕上，朝向东，用一侧的肩胛骨对着我。蓝芬姐的左手两根指头露在外面，我小心地摸了下，进而往里摸，摸到了她的手心，横的竖的纹路，很粗糙。蓝芬姐像一株高粱一样长在地里。扣子夫妇贪心，承包了大片的河滩地，种西瓜，种花生，种棉花，都是经济作物，费工费时。大半活计都是蓝芬姐干，多少年了？很有些年头了。他们出产完了，全村的人都去地里捡剩。那时双全还小，扣子媳妇抱着他坐在树下的凉荫里，看着蓝芬姐在地里忙碌。天不亮蓝芬姐就到了地里，天大黑了才回。不忙的时候，孩子才会移到蓝芬姐的手里。扣子媳妇口无遮拦，满街嚷："羞不羞，还是姑娘呢，就让双全叼乳头。要真曝出奶来，可别赖我们双全！"

啥人啊。村里人都说。这嘴，就趁给缝上！

指节像柴棍，光溜溜、硬邦邦的，干燥。可那手心是个旋，微微躬起了手背。我把几个指头放到底，然后又跟她交握。我觉得，她的体温跟我差不多，甚至略高。

双全还在磕头。没人理会双全磕头。双全的脑门儿磕出了土印子，边缘都是青的。

扣子媳妇一手支在门框上，说，会不会因为天气热？

我出汗了，后背凉森森的。有风从敞开的后窗吹了进来，蓝芬姐耳边的头发一撩一撩的。我没有回答扣子媳妇的问题，扣子大我几个月，我一直都叫他们扣子、扣子媳妇。我的注意力在那块青布上，方方正正，周边都是针脚的印痕，不知曾经派上过什么用场。它也隐隐在动，上面的棉絮丝，或者，口鼻之处的起伏，都略略有些彰显。我右手的拇指和食指捏在一起，错动了一下，又错动了一下，揪住了那块青布的下角。蓝芬姐是小鼻子，肉乎乎的。我预备着看见蓝芬姐的小肉鼻子，上面点着几颗浅麻子。青布滑了下来，显现的却是蓝芬姐的眼睛，大睁着，骨碌一转，叫了声彭蓉。"你啥时来的？"她侧过脸来要伸手抓我。我大叫了一声，甩了那青布就从屋里跳了出来。扣子在叫，扣子媳妇在叫。双全也从地上爬了起来，牛哞一样地叫。这屋子瞬间就被各种啸叫装满了，人都要炸裂开了。屋里的响动显然惊扰了外面，外面的人像风一样在往里涌，我在堂屋停顿片刻，一颗心要跳出喉咙口，难受得不行。我擦着门框挤到了院子里。又从院墙边上挤了出去。

外面的空场一个人也没有。大黑顺他们不知逃到了哪里。我站在猪圈旁一棵槐树的树荫里惊魂未定，抖落了一身鸡皮疙瘩，也为自己的行为感到羞耻。说好的来看蓝芬姐，却让蓝芬姐的一句话吓丢了魂。人可真虚伪啊！我用拳头顶着心脏，那里还在擂鼓。这里是一条宽敞些的胡同，放眼望去，几栋房子依次是响四家，线板家，小庄家，扣子家。当然，这都是他们的小名。他们是一爷之孙。要说能干，响四最能干，家里养大车，走南闯北。

要说废物，扣子最废物。赶大集都能转向，转到晌午才找到回家的路。可扣子的大房盖得最好，沉实地坐在最北端，笃定地看着前边三兄弟的房。小庄和线板家的屋脊都有些塌陷，他们在城里买了房，对老宅就不那么上心了。若不是有个脑瘫的儿子，扣子家是一个让人羡慕的家庭。他的小儿子聪明伶俐，眼下正在外读书。村里人都说扣子命好，有姐姐帮衬，又娶来一个能干的媳妇，日子一直没塌过腔。瞧那大房盖得，噔噔噔的。这个字村里人常用，若用文字解释，能写一页纸。出了罕村，就没人这样形容房屋高大结实了。成果曾经跟我说，很多形容词都是罕村人自己造的，要不咋说罕村人聪明呢。

陆续有人在往外走，三婶子，二大娘，以及成果的媳妇和小雨的媳妇，刚才我都没看见她们。她们的脸上都有隐秘的兴奋，就像观看了一场精彩的戏剧。小雨媳妇说，蓝芬还阳了，却管扣子夫妇叫爸叫妈，听上去像回到了多少年前。

管双全叫小刚。小刚是蓝芬的哥哥，十多岁的时候溺水死了。

"她叫你彭蓉了？"成果媳妇凑过来问。

我这才想起刚刚蓝芬姐是这样叫的，可我不知道彭蓉是谁。

二大娘挺着大身板走在我们身后，说你们那时小，都不记得事。彭蓉是知青，在长条坑旁的一棵榆树上上吊死了。肚子撅出来，孩子都要出怀了。

两个外来的媳妇不知道，我多少有些印象。跟她有瓜葛的支书坐了十几年的牢，出来后人瘦得就剩一把骨头。后来他经常在桥头坐着，摇着一把芭蕉扇。身后都是下棋玩牌的老头，他不玩。后来他就坐在那块石头上死了，石头被人推进了河里。与死相关的东西人们还是忌讳的。

　　我匆匆与这些人告别。二大娘的话说得我后背毛茸茸的。

二

　　成果在门口拾掇小杂鱼。门口是一慢坡，被水泥抹得溜平。我能想象成果骑着摩托进出的情景，连车都不用下。早些年，他学过兽医，会给母猪人工授精，可手艺总是不好。比如，我哥当过民办教师，是科学的坚定信仰者。他左三右四把母猪交给成果，支持他搞事业。可千辛万苦等到母猪临产，就生了一头。人还生三胞胎呢，母猪就生一头！把嫂子气得成宿跟哥吵。生一头跟生十头，那就差着行市了！现在养猪不像我们小时候，一筐青草就是一天的吃食，没有多少成本。现在猪吃的都是成品饲料，赊来的。母猪这样不成功，会造成很多亏空。归根结底，还是成果的手艺不行。慢慢地，村里人就不相信他了，而相信走街串巷的猪郎中，它们都长得驴高马大，被主人用绳子拴住脖子，在街上走得趾高气扬。那个小眼动物聪明至极，谁家有活干，门儿清。啥事也瞒不了当庄的人，谁家的猪郎中好，全村人都知道。

小杂鱼的腥气远远就能闻得到。我妈说得对，这鱼真不当吃，那腥气也不是好腥气，还含了一股不纯粹的臭味。但我不会说，我不能犯我妈的低级错误。我朝他走了过去，在几步远的地方站下，看着他在小铝盆里捞了一下，鳘黑的手背上沾满了小鱼的鱼鳞。一堆内脏墨一样黑，堆在他的脚边，招引了好多绿头苍蝇。其中一只苍蝇落在了成果的眉梢上，那里就像长了一个瘊子。估计他媳妇已经回家了，蓝芬姐还阳的事他已经知道了。我说，一早你去给蓝芬姐听心跳了？她没脉搏了？成果又捞起一条小鱼，在它的腮下一掐一挤，便有肠肚涌出来了。成果朝我笑了一下，说那听诊器的橡胶部分都粘连了，足有二十年了。扣子让我去，我不得不去。我说，这人命关天，你咋轻易就说人死了。成果说，我不说她人也死了，只不过后来又活了。我说，那就是没死。成果说，你当时要是在场，也认为她死了，身上哪都不动弹，腮帮子都塌陷了。想了想，我没注意蓝芬姐的腮帮子，我只注意了她的小肉鼻子和上面的几颗浅麻子，却不小心看见了她的眼，眸子是亮的，骨碌转动了一下。

"只能说，这是一个奇迹。"成果总结说。他已经把最后一条小麦穗收拾完了，它们叠加在一个盘子里，足有一斤多。放到油锅里煎得两面金黄，估计也很香。

"你知道她为什么会还阳么？"成果有些诡秘地看我，断定我对他的问题一无所知。成果说，她放不下双全，所以双全一磕头就能把她磕回来。我故意说，你这说法不科学。明天谁家死人了，就让双全去磕头，就能把人磕回来？成果嘴里发出了"嗤"的一声，表示不屑。说你真能抬杠，别人能跟蓝芬比么？"双全是蓝芬摩挲大的，都是大小伙子了，还跟蓝芬不分窝。"他轰了轰落在脸上的苍蝇，神情有些狎昵，"那时总有人嚼舌头根子，你可能不记得了。"成果从墙上扯了几片豆角叶子擦手，那原本舒展的叶子瞬间就被搓揉烂了。"有轻贱的人问双全，姑姑夜里都摸哪儿，双全一个部位一个部位地指。有人指他两腿间，摸那儿么？双全嘻嘻笑，他只会嘻嘻笑。都说他没心眼，咋会。"成果的脸忽然泛出一层水汽，知心样地对我说："你看他家盖的西厢房，那就是给蓝芬住的。扣子媳妇不止一次想给蓝芬和那傻子分窝，可分不了。傻子又哭又叫，不眠不休。前半夜分开了，后半夜又去砸门。扣子媳妇在院子里跳脚骂，说他傻你也傻？左邻右舍都看着呢！"

这又能说明啥？我不屑。那些事情早就成传说了，在村里到处流传。我是喜欢蓝芬姐的人，所以我从不把那些传说当回事。小时候，村里到处都是类似的闲话，下雨天没事儿，人们就爱蹲屋檐底下编故事。纯粹是为了痛快嘴，不说这些说啥呢。我印象中，村里人就爱揣测谁家有扒灰，谁家养小叔子，诸如此类。"扒灰"是《红楼梦》里的说法，在罕村，有个别称叫"掏耙"，其实也是"扒灰"的意思。现在再没人关注这类话题了，所以有些话题与时代有关。只是没想到，成果还提这些旧事，倒让我觉得纳罕。蓝芬姐就像个谜面，在村里活成了化石，却没有谁真正了解她。带大一个脑瘫孩子，那孩子却不是自己的。她一辈子没结婚，年轻的时候谁上门提亲都要被骂出门。再早，扣子需要她照应。后来，扣子的儿子双全需要她照应。但再怎样也不是她一辈子不嫁人的理由。老街的这一方区域因为蓝芬姐而变得饶有韵味。有时我爱在河堤上转，遥遥地能看见蓝芬姐裹着头巾的身影，抱柴，割草，喂牲口，或抱着扣子的孩子荡秋千。扣子家与河堤之间是一片洼地，长着乱草和寥落的几棵杨树。河堤内就是扣子承包的瓜园，过去是几十户人家的自留地。蓝芬姐经常一个人在地里翻秧或拔草，裹着宽大的男人衣服，忙个不停。扣子家最早用塑料薄膜育种，正午的阳光下，整片土地像闪着波光的池塘一样，蓝芬姐就像条鱼，在水里钻上钻下。

"双全跟着姑姑长大，他依赖姑姑。这个世界上，他大概也只能依赖姑姑……"我叹了一口气。

"没那样简单。"成果很桃色地挑起眉毛，看我。那意思是，我已经说得这样明白了，你咋还不醒悟呢？

我没理他。成果的桃色眼神让我觉得很受伤。我转身要走，成果又说："你知道扣子媳妇最怕什么吗？"我只得停下了脚步。我确实不知道扣子媳妇最怕什么，我跟她没多少交往。当年她是被堂姐骗来的，堂姐是被别人骗来的，她们都嫁得不好，跟心理预期有落差。比如，堂姐的婆家装有钱，结了婚才知道，家里是大窟窿小眼的饥荒。扣子家里有几口大匹缸，里面装满了水稻。其实，那水稻就浮在表面，下面垫的都是谷草，用布隔开，造成假象。儿子说不上媳妇，那些准婆婆的办法多了去了。扣子媳妇和堂姐一前一后嫁过来，对周围的人充满敌意。后来大概好了，是因为生了孩子。第一胎，堂姐生的是女孩，扣子媳妇生了男孩。那时计划生育正搞得火热，第一胎生了男孩的都觉得是个保障。因为家里所有的努力，都为了有个后代。她曾经很解气，觉得自己比堂姐命好，给儿子取名双全。谁想到会是脑瘫呢。一岁多了，头还耷拉着，挺不起来。医生说，这孩子一辈子只能卧床了，家属要有心理准备。扣子媳妇回来就在院子里挖坑，要把双全埋了。是蓝芬把孩子救下了。

从此孩子就成了蓝芬的，只要不下地干活，双全就长在蓝芬的背上。

"扣子媳妇就怕蓝芬怀孕，经常在饭里给她拌避孕药。"成果说时挤眉弄眼，我却摇了下头，这更是无稽之谈。我对扣子媳妇历来没有好印象，我的印象就是村里人的印象。主要还是因为她对蓝芬的态度，她嚷嚷出来的许多事都是故意糟蹋蓝芬。最初，她不愿意蓝芬嫁，后来又恨不得蓝芬嫁。一切都取决于她对蓝芬是否需要。因为蓝芬大她十多岁，她唯恐蓝芬成为自己的负担。

姑姑照顾一个脑瘫的险遭遗弃的侄子，这有多合情理啊。我打了个哈欠，成果还要说什么，他媳妇出来了，提着一柄木锨，她是来铲那些鱼肠的。成果把铝盆里的水倒在了墙根的豆角秧下，把盘子坐到盆子里，端了起来。成果媳妇说，家里坐会儿吧？我说，你们该做饭了吧，改天过来串门。

"她一会儿说自己是刚头，一会儿说自己是小赵。扣子媳妇问她小赵是谁，她娇滴滴地说，二哥哥呀。噗——"

成果媳妇鼻尖上有颗痣，也像落了只苍蝇。

"她管你叫彭蓉，她怎么想起管你叫彭蓉呢？你出去了，她还找，说爸、妈，留彭蓉吃饭，我还欠她一顿饺子呢。她管扣子两口子叫爸、妈。嘻嘻，你要是不走就好了，可以好好问问她。"

我又起鸡皮疙瘩了。我摇手跟他们再见，拐过胡同到了另一条街上，赶紧回家。我妈一准在门口外边等我。

大堤外边就是河滩地，被扣子夫妻承包了很多年。种西瓜，种花生，种棉花，都是经济作物。他家的大房子咋盖起来的，都是地里的出产。蓝芬姐就像长在了这片河滩地里，终年在这里劳作。因为开不进来旋耕机，蓝芬姐用最原始的方式深翻土地，铺排粪肥。天旱的年月，她肩挑一副水桶去河里挑水，大片干渴的土地上，就她一个人，像个地拨鼠。村里人说，扣子是哪辈子修来的福气，有这样一个不要工钱的长工。一晃就是很多年，是蓝芬姐的一辈子。双全若是不脑瘫能娶上媳妇，儿子都会打酱油了。

我心里一动，拿出手机打开了百度搜索。"脑瘫患者有性功能么？"有四千多条答案备选。第一条这样回答：脑瘫不具有遗传性，检查生育能力健全，从医学上来说男脑瘫病人可以生育，是可以要孩子的。

哦。

蓝芬姐的母亲，我们叫二婶子，但大人都叫刚头妈。刚头是蓝芬姐的哥哥，外号浪里黑条，是小雨的爷爷给起的。那时他爷爷在队里当保管员，兼说书人。说起谁水性好，就叫浪里白条。刚头长得黑，就叫黑条。

第一批知青下来是在晚秋，我们队里分来三个人。一个叫张元和，一个叫卫子峰，还有一个叫小赵，瘦高的个子，长着牛铃铛似的大眼。宿舍还没修好，队长让社员发扬风格，把知青领回家里住。队长就是我父亲，遗憾地说，我们家房子太小，人口太多，否则说啥也要领回来一个，给大家做表率。几天以后的一个晚上，三个知青约好了来我家串门，听我父亲忆苦思甜，讲村史家史。罕村是个落道村，1949年之前盛产要饭的，而且出了个花子头，统领周围百十号花子队伍，所到之处，人鬼都怕。后来这支队伍去了关外，想去东北掠一把，回来过个肥年，却被土匪打得七零八落。逃回来的也就十之二三。罕村很多年都不消停，总有外村人到这里找人要人。花子头是蓝芬姐的祖爷爷,他从东北带回个祖奶奶,打大辫,叼长杆烟袋,穿绣花鞋,一副高门大嗓。后来给家人定规矩,没事儿不许过那条横街,那条横街有长虫精,能迷人。家里人都知道规矩是给祖奶奶定的。但外人说,他也怕遭人暗算。

三个知青像傻子一样专注地听我父亲讲古话,表情凝重而虔诚。

大哥那年刚高中毕业,像小公鸡一样爱俏毛。他坐在一只小木柜上,表情一直不屑。他说父亲讲的这些一点儿也不符合革命的现实主义和革命的浪漫主义。他的言外之意是,父亲讲的这些都属于封资修。父亲很不耐烦,痛斥说,上三天半学,你哪来的那么多主义!

父亲很快换了一副面孔,问三个知青在房东家习不习惯。他们一致表示贫下中农都很好,对他们很照顾。问他们有什么困难需要队里解决。小赵说,他的女朋友分到了二队,能不能把她也调到一队来?

父亲沉吟片刻,说出了一番道理。主要是,二队文盲青年多,女知青在那里可以发挥作用。年轻人应该有远大理想和志向,慢说一队二队相隔不远,就是分到天南海北,也要想着广阔天地大有作为。革命志向高于天。

我们一家人都崇敬地看着父亲。我们知道他跟二队队长关系不好，走碰头都不说话。这样的情况下，他咋可能去要人，要了人家也不会给。这都是寻常道理。但从父亲嘴里说出来，就不寻常了。

小赵连连点头，说懂了懂了。

他们走了以后父亲说，谁愿意要女知青，娇滴滴的，背不动一筐粪。

小赵被刚头妈领走了，他家只有一个屋子能住人。有人说，他家不具备让知青住的条件，可刚头妈说，我家咋没条件？我看你家才没条件呢。刚头妈从柜子里拿出新被让小赵盖，天气冷了，让他睡在炕头上，让蓝芬姐睡炕脚。天气热了，让蓝芬姐睡炕头，让小赵睡炕脚。别小看这炕头炕脚，里面的学问大了。一天三顿饭都要烧柴灶，夏天那炕热得人折饼，咋能睡得好。那时蓝芬姐的父亲和刚头都还活着，他们这一铺大炕，睡得热气腾腾。高腰尿桶就摆放在炕沿底下，冬天的夜里能把桶尿满。每天早晨，蓝芬姐都抢在小赵起来之前把尿桶倒进园子里，当肥料用。三个月以后，小赵认刚头妈做干妈，蓝芬姐在队里干活，总娇滴滴地喊二哥哥。就有人跟她开玩笑，是二哥哥还是爱哥哥？

蓝芬姐好看的面孔飞起红晕，眼风跟荡起的秋千一样。

转年春天，蓝芬姐的父亲去世了，是肝病，脸黑得像炭一样。我至今都记得一个梦，在河堤坡道的车辙里，一只虫子咕嚷咕嚷往上爬，那虫子又粗又壮，足有一尺长。潜意识里，这虫子是从二叔的肝里爬出来的。这个我叫二叔的人，就是蓝芬姐的父亲。我当时跟家里人说过这个梦，可谁都当没听见。他们不觉得一个小孩子做个稀奇古怪的梦有什么好解释的。就是因为没人问，被我记了很多年。

这年夏天，山里的洪水下来了，整个河滩地都被淹掉了。河水一寸一寸往上涨，整个大堤岌岌可危。河里不断漂来西瓜，衣物，或死猪死羊。大家都像过年一样争先恐后往河水里跳，打捞。一根松木檩子漂过来时，刚头眼尖，第一个冲了过去。他头天刚相看了对象。他一定在想，这样的松木檩子可是稀罕物，多捞几根就能翻修房屋。一个浪头翻起来，木头就像冲锋舟一样高高越起，又啪地回落，正好杵在刚头的心口上，他当即一口血喷出，就被卷走了。有人说，刚头顺着水流入海了。

刚头的坟是个衣冠冢，被小赵托举着小木箱送到墓地。蓝芬姐跟小赵站在一起给哥哥三鞠躬，头发上裹着白布条，像在拍电影一样，因为有小赵的加盟，特别有画面感。说到底，知青跟罕村的青年不一样，他们更像演员。

有一天晚上，彭蓉到我家来，我家的疙瘩汤刚出锅，热气腾腾地散发着香气。彭蓉用很浓的城市语调说，小赵应该回知青点住，再住蓝家不是个事儿，您说说他。父亲激灵一下，点点头。似乎这才意识到，眼下那一家人都是女将，而知青是男将。知青宿舍建好，别人都迫不及待往里搬，只有小赵还住在蓝家。父亲觉得，这不是大事，人家处得好，是干儿干娘的关系，愿意住就多住些时日吧。况且因为刚头的死，这家也需要人照料。知识青年要接受再教育，多受些教育也没啥。父亲就是这样想的。那年头的人，真是说简单也简单，说复杂也复杂。其实，有关蓝家的闲话早就有，说干娘干儿如何，干哥干妹如何，就是没人往父亲耳朵里传。父亲是一个听不得任何闲话的人，谁往他的耳朵里传是非，那就准备挨批和挨骂吧。

在父亲的心里，天地就是方圆，没有不方不圆的地方。

我们全家坐在炕上吃饭，彭蓉坐在地下的小木柜上抹眼泪。知青点的饭菜比我家的好，所以没人跟她客气，我姐甚至专门跑过去喝人家煮饺子的汤。因为彭蓉分在了二队，我们跟她都不怎么熟，她自己在那儿唠叨时，我们都没人接话茬。她说她跟小赵在一个院子里长大，从小就要好。两家父母费尽心思才把他们安排到一起插队，就是图有个照应。可小赵自从住到蓝家，就跟彭蓉疏远了。蓝家的炕上三个铺盖卷，并排。中间那个是小赵的。刚头妈在炕头，蓝芬在炕脚，小赵在中间。这算怎么回事，不知道男女授受不亲么？

知道彭蓉想歪了，父亲沉下了脸，他把饭碗一放，让彭蓉跟他走。他们去了刚头家，父亲是想让彭蓉看看其乐融融的场面。因为队里人都知道，小赵每天都受特殊的款待，一天吃一个鸡蛋，三天吃一顿细米白面，他吃小锅饭。晚上他教蓝芬她们学文化，是城乡结合的典范。城市的孩子下到农村来，怎样优待都不为过。父亲就是想让彭蓉受受教育，别净长歪心思。蓝芬姐正端盆热水伺候小赵洗脚。那是一只黄铜盆，祖上那个花子头儿留下来的。传说他走到哪里背到哪里，既可以当汤盆，又可以当锣用。蓝芬姐蹲在小赵面前，一双手从脚踝捋下来，一个一个搓揉脚趾头，脸仰着，一边洗一边说笑。这种场景却让父亲受不了，上前一脚就把盆子踢翻了。堂屋地顿时成了河，洗脚水淌得比贼跑得都快，盆子骨碌到了碗柜底下，"咣当"坐到了地上。他骂小赵是少爷羔子，资产阶级作风，洗脚都要劳动人民伺候，这还了得："今晚你就搬家，搬知青点去。早知道你在这里作威作福，就该开你的斗争会！你把贫下中农当成什么了！"

父亲气得呼呼直喘粗气。他眼里从不揉沙子。

小赵狠狠瞪了一眼跟在后面的彭蓉，赌气去收拾东西。

父亲一直等着小赵把东西收拾完，押解他往知青点走。小赵哭，蓝芬姐也哭，她妈拿根鸡毛掸子掸浮尘，突然举起来抽打我父亲。"王大方你狗拿耗子多管闲事，干妹愿意伺候干哥，关你屁事！"

父亲躲都没躲，任由鸡毛掸子落在肩上。父亲说："不关我的事，但做人要有章法，不能坏了规矩。"

这件事过去不久，彭蓉就去当赤脚医生了。在县里的医疗机构学习三个月，回来就把药箱背在身上，走村串户。再不久，她发现自己有了身孕。有人看见她从乒乓球案子上往下跳，反复跳，孩子没掉下来，却把脚崴了，走路一瘸一拐。她是卷头发，大白脸，戴小红框的眼镜。脑门很窄，都让茂密的头发欺负没了。她见了谁都爱打招呼。大家都说，她是一个好医生。传说她曾经找过蓝芬姐，说把孩子生下来送给她。蓝芬姐说，我自己还生呢。

三

老宅留给了弟弟。弟弟在城里买了房子，所以那老房子一直挂着锁。

母亲把自己的一应物件都搬到了哥哥家，床是大哥从北京带回来的，名牌，弹性非常好。大嫂经常说，二十几年前，这床也要上万块呢，意大利产的。

新闻导语经常说，随着人民生活水平的不断提高……大哥家不是，大哥家是每况愈下。当年他辞了民办教师去北京做生意，正做到风生水起时，被大嫂强制回家了，那时刚有一句流行语，男人有钱就变坏。大哥的两个儿子都刚上小学，大嫂问孩子，咱是要钱还是要爹？孩子异口同声：要爹。大哥惹不起大嫂，把生意转给了别人。

大哥的意思是，手里有几十万，一家四口也就不愁生活了。

所以，他四十岁就当了"息爷"，背地里我们都叫他大少。那时他的钱可以买十套楼房，但大哥不买，放到手里存着。二十几年过去后，他买十套楼房的钱只能换一间档次高些的厕所。关键是，他这些年干啥都不顺，养猪年年赔，他又不想干别的，所以大哥听见新闻导语就生气。

院子里都是生猪的味道。我一步跨进屋子，嘴里喊着真热真热真热。母亲坐在床边发呆，她的百宝箱放在一边，床上都被她铺陈满了。各种票据，各种证件，各种字据，老旧枯黄的纸，摸一下就像要碎了。还有两个老存折，是爷爷留下的，我跑过很多部门，已经无处兑换了。我说，您这是要干啥，摆龙门阵？母亲仰起小小的头颅，一双浑浊的眼睛望向我，眼神里含着惊恐。"我记不住事了。"母亲说。我说，您想记住啥？母亲说："我忘了你是属啥的，多大了。我前些日子还记着，这几天就忘干净了。"我说，忘了好，连我都不想记着，没用。确实没用。母亲每次都提醒我多大岁数，我的心里很抵触。我打三十五岁起就想忘记自己的年龄。我的劝说没起作用，她还坐在那里沉思。母亲说："这些毕业证有你哥的，你弟的，你姐的，咋就没有你的呢？这是让我放哪了？"

我动手翻了翻，果然没有发现我的毕业证。我十七周岁的照片扎两个羊角辫，脑顶别一只发卡，单眼皮抻扯着，一看就是个有心事的孩子。家里资料性的东西都归母亲保管，各有各的手绢包，然后装在一只帽盒里，随母亲走到哪搬到哪。她不识字，可认得我们的名字。二十几年前的毕业证书就是折合的两张小纸片，过去我在母亲的百宝箱中见到过。我这才想起，我此次回家就是来取毕业证的。我的干部履历是高中学历，组织部门说，高中学历也要登记，也要备案。

我想了想，没告诉母亲回来干啥。她咋想起给我找毕业证了？关键是，还找不到了。

我帮她把东西收起来，顺便检查了一遍，还是没发现我的毕业证。我心里有点急，脸上却没表现出来。她还坐那里发呆。她说我的大脑咋是一片空白了，昨天的事都想不起来了。

我说，真不记得我属啥了？

母亲摇摇头。过去她夜里睡不着觉，就翻来覆去叨咕几个孩子的生日时辰属性。

我说，刚才呢？

母亲忽然高兴了，说蓝芬活了。活了好，双全那孩子就不可怜了。

我说，是我扯下了蓝芬姐脸上的布单子，她大睁着眼，吓了我一跳……您告诉我蓝芬姐死了，听谁说她活了？

母亲说，刚才你大嫂回家打了个旋风脚，又出去了。她说你不该拽那布单子，那东西不干净。

我赶紧去洗手。用肥皂搓了很长时间。搓完了才想起蓝芬姐没死，那布单算得不洁净。我说我也没想到蓝芬姐能活过来，她居然管我叫彭蓉。

"您还记得彭蓉么？"

"我就是想说你，那是个吊死鬼，你咋能是她。蓝芬不该瞎说。"

我说，是我赶上了，换了别人在跟前，她也会这样说。

母亲想了想，似乎还是不明白。

我说，她管扣子两口子叫爸、妈。

母亲说："她是孤寒的。没有一个亲人，双全算亲人，却是个废物。"

该我发呆了。我觉得母亲的话里有玄机。我说，应该把蓝芬姐拉到医院检查一下。

母亲说："你以为扣子媳妇会？"

我又呆住了。母亲过去是个柔软的人，说话从不这样一针见血。对了，适才跟成果说夏天吃鱼的事也属于一针见血，让我很不适应。

"你就不该往蓝芬近前走，你不听我的话。"母亲抱怨道。

"这不记性挺好么？"我敷衍道。

"可你的毕业证找不到了，我这是放哪了呢？"母亲又陷入了沉思。

我拍了下她青筋毕露的手背，说："没事儿，我再想别的办法。"

大嫂是一个喜欢热闹的人，不一会儿的工夫往外跑三趟了。她是听见外面有人经过，出去打探消息。大哥对这件事无动于衷，他只问了句："蓝芬活了?"就又去忙活猪的事了。新买来的一头母猪不合群，被另外三头咬得又叫又跳，猪的叫声委实不好听，像挨了刀一样。哥哥不时拿着棍子去教训："别咬了！它是新来的，你们就不能团结友爱一些?"

　　午饭做得很潦草，是大嫂的心思没在这上边。她边刷锅边说，蓝芬活了，却精力不济，脸刷白，一口接一口地喘气。双全一直抱着姑姑，一刻都不撒手。扣子媳妇骂半天，双全就那样抱着姑姑，不撒手。

　　大嫂把一盘炒土豆端上桌，那土豆切得都有小手指粗。

　　大嫂接着说："那姑侄俩一看关系就不一般。傻子看姑姑的眼神那样。"大嫂低下头，眯起眼，眼神朝斜上方挑，做出一脸桃色。我不禁笑了下，大嫂是有这本事，学什么像什么。我夹一筷子土豆放在嘴里，没搁盐。大嫂又说："扣子媳妇跟蓝芬的冲突都因为双全，蓝芬要给双全洗澡，扣子媳妇不依。扣子媳妇对人说，双全都长毛了，蓝芬还要摩挲，可不摩挲那傻子不干，我这是造了什么孽啊。"

　　大家都不说话。哥哥喝一种虫草泡的酒，浊黄色。养猪不挣钱，他的酒一点儿不少喝，嫂子对此非常有意见。嫂子继续说："我要是扣子媳妇，就由她去。她爱干啥干啥。你不让人家洗澡，人家夜里钻一个被窝，你能管得住人家？"

母亲终于忍不住了，不耐烦地说："吃饭。"

大嫂顿了一下。她要是听母亲的话她就不是大嫂了。"都说扣子的大房是蓝芬挣来的，蓝芬为这个家付出了多少多少。"大嫂的眼皮撩了下来，筷子在盘子里拨拉，却不见她夹东西。"该嫁人不嫁人，在娘家祸害，就是挣来一座金山，换了我也不稀罕。"我咽不下去了。此时我也是蓝芬姐的角色，大姑子小姑子，总之都是不受人待见。大嫂说话喜欢含沙射影，一贯的。她这是在报复母亲刚才说的话。大嫂是这风格，话头上从不吃亏。大哥小心地看了我一眼，潦草说，吃饭。大嫂用力一挑，一撮土豆跳到了盘子外面，母亲赶紧去捡。大嫂说："有一次，她还想拉双全跳河，死就死得了，还拉垫背的。还是不想死，若是真想死，后滩离河那样近，死一百回也有了。"我说吃好了，离开了餐桌。大嫂倒了杯水给我端过来。她这是在做姿态。母亲也一手扶墙一手扶凳子站了起来，端了杯子去漱口。母亲说："蓝芬原本就不该死，她心好，老天爷不会这么早就收她。"

乡办中学在太和路的中间地带，现在改叫镇了，但仍是一个乡的建制。这段路大约有一百米长，能跑四车道。只是乡村的路没规矩，看不到双实线之类的交通标志。当年我在这里读书的时候走小路，相当于一个正方形的对角线，中学就在对角线的顶点。街只有一拃宽，对面是供销社，里面的吃穿用品都让人眼馋。

校园的整体形制没有变。中间是一条甬路，两边是红砖排子房。双扇大铁门都斑斑锈迹，我上三年高中都没见它闭合过。还记得最后那天从校园出来是上午十点左右，天气不怎么好，像人的心情一样总是想下雨。一想到迈出这里从此就是社会青年了，便在大铁门旁蹲了下来，眼睛都湿了。

几个要好的女同学围着我安慰。我给她们写了很多诗。也不知是怎么回事，那时每天都是诗人。

如今修了牌楼，安装了电动门。电动门齐胸高，我隔着门跟门卫打招呼。我能进去么？你找谁？找校长。有预约么？没有。校长不在。我只得给局长打电话，局长关机。相熟的副局长，寒暄几句，说我已经调走了，大姐不知道么？

我对门卫说，我也是从这里毕业的，毕业证丢了，想在这里开个证明。门卫审视地看我半天，大概觉得我实在不像坏人。我又相跟着说，老家就是罕村的，离这里三里地。这学校，肯定有罕村的孩子在这里上学吧？门卫从那个岗亭里走了出来，总算把电动门开了道缝，勉强让我能进身。找到办公室，一位赵老师喊来了李主任，说这位校友要开个证明，你看怎么开好？李主任坐在电脑前，写了两行字，问我行不行。我看了下，说写清楚就行，那时的校长姓胡。赵老师拉了把椅子让我坐，说您是罕村的，最近罕村出了新鲜事，我们很好奇。

哦？我也很好奇，问他有什么新鲜事。

赵老师说，听说有个人死了又活了，这不是古人说的过阴术么？还听说她把世界弄反了，眼里都是死去的人。她不会是成心的吧？

我想起了彭蓉，我还能记起她的样子。"她不是成心的。"说完这话，我心里动了一下。她是不是成心的，我哪知道。

"她确实是死了又活了。"我只得传播消息，"没有脉搏，也没有心跳。人都停到了床板上了……"

"这能说明什么？"

赵老师说，那几个学生说得有鼻子有眼，我不信……我们有个老师动了心思。七年前她母亲因为脑萎缩走失了，她一直想知道母亲是不是死了，若是去了阴间，也好给母亲烧纸。

李主任也转过身来，说另一个老师也想去看看。她婆婆去年去世，把祖传的一对玉如意不知放哪了，临走没交代。如果真有人会过阴，她想托那人问问她婆婆。

我轻轻地笑了，这倒有点像黑色幽默。事情发酵得这样快，有点出乎我的意料。我轻轻拽下她脸上的布单，蓝芬姐就从阴间回转了，然后又生出了故事，这可让人想不到。过阴术的事我没听说过，但我知道蓝芬只是个普通人，长一个小肉鼻子，上面点着几颗浅麻子。一辈子没结婚，把脑瘫的侄子从小教育到大，都会走路了。

赵老师说，她因为什么死，又因为什么活？

我回答不出。好像也没听说她有什么病。她六十七岁，也还不够老。城里的女人这个岁数，还往小姑娘里捯饬呢。没人送她去医院，从医学角度也不好解释。

李主任站了起来，一按打印机的按钮，打印机就开始出纸。李主任说，也许她本来就没死。听说身体一直没凉？

我点头。我先摸她的手，甚至觉得她比我体温还高。她睁开眼就管我叫彭蓉，是许多年前上吊的一个女知青。

"是赤脚医生。"赵老师显然更了解情况，"听说她早晨起来就给哥嫂上茶，叫爸叫妈，管脑瘫侄子叫哥哥，其实她哥哥早死了。"

"发洪水去河里捞木头，撞死的。"我说。

李主任把几页纸戳整齐，说找校长去盖章。

赵老师说："1925年，有一个叫塔哈拉·贝伊的埃及人具有随心所欲控制脉搏的本领。他可以让自己的脉搏增加到每分钟一百四十跳，也可以令其放慢到四十跳，甚至能使脉搏完全停止。还有一个埃及人叫哈米德·贝伊，可以单独控制某一只手腕的脉搏跳动，在一次实验中，医生记录了他左腕的脉搏跳动为一百零二次，右腕为八十四次。这种特殊本领能让他们轻易进入假死状态。"

我困惑地看着赵老师，搞不清楚他说这些的用意何在，我对这些资料闻所未闻。

"听说她跟自己的侄子……"

赵老师稍微变换了一下表情，眼睛发亮，眉毛挑了起来，这是跳出四平八稳话题的征兆。不等我回答，他的眼神又黯淡了。他大概也觉得跟陌生的女性扯八卦不成体统，及时住了口。

李主任探了一下头，把赵老师喊出去了。再进来，赵老师非常不自然，说虽然我们很想给你出这个证明，可无法盖公章。公章在校长的抽屉里，校长去北京给他爸看病了。

一句话，把所有的路都封死了。但他分明是在说谎。

"我今天拿不到证明了？"我徒劳地问。

"拿不到。"赵老师回答得很果断。

四

乡间的公共汽车还是招手停，当然也足够破烂。里面人多得就像马蜂窝。从学校出来，正好遇见了这辆车经过，就像专门为我开来的一样。可见凡事有正有负。没开来证明我不失望，我原本也没怎么抱希望。你想办成任何微小的事情，都会有各种阻碍，我有心理准备。只不过，这次开证明是我返乡的一个理由。其实，如果想拿到证明，我还有其他途径，这里就无须细说了。

这是贯穿南北的一辆乡村公共汽车，我走到车厢里，有点犹疑，是不是要往里走。往里走就意味着要在埧城下车。如果没遇见这辆车，我大概会走着回罕村。这是我希冀的。人生的路，就是这样七七八八。当年对角线的那条小路早就不存在了，现在的孩子都骑自行车上学。不像我们那个时候，一边走一边讲故事。从棉花地里扯来棉花边走边纺线，线纺出来都像长虫吃蛤蟆。那些小纺车都是自己制作的，用螺丝固定两个电线的瓷夹板，中间穿一根带钩的扫帚苗，钩线头用。所有的女生都无师自通。线纺多了居然也能织一只袜子，但从没有人织成一双袜子穿在脚上。有人拉扯了我一下，示意要给我让座，我低头一看，是小雨媳妇，中年女人，打扮得就像朵花。嘴唇脸蛋都是红的，领口开得很低，海绵乳罩把胸垫得鼓鼓的。头发染成了棕黄色，发根一片白，就像长满了虮子一样。

我赶忙把她摁下了，说我坐半天了，不累。她问我咋在这里上车，我说去乡中学办点事。她问，回家看老娘么？我有点纠结，但嘴里说，前几天才看过。

对，就是蓝芬姐假死那天，我也看见了小雨的媳妇，她还跟我说了话。

我问小雨媳妇去哪了，她说去青甸庄了，那里有几个人要产品，她大早晨就送过去了。我不再搭话茬，怕她让我买产品。小雨媳妇搞传销在罕村是出了名的。美里美，高乐高，二十几年了，哪一拨传销都少不了她。她就是个荒唐人，小雨管不了她。

"这个产品现在世界上都很紧俏，做这个产品的都是精英团队。"小雨媳妇说得信誓旦旦，穿20块钱的小开衫，却胸怀全球。眼看着她马上要开始上课，我赶忙问："蓝芬姐最近几天怎么样了？我刚才在学校都听说了她的事，她会过阴？"

立刻，前后左右都有人把脑袋伸了过来，大家七嘴八舌。"你们是罕村的？""那个没出门子的老大闺女是个神怪吧？""听说她专门吃年轻人的精子！"

我起鸡皮疙瘩了。回头看说话的年轻人，戴一副近视眼镜，学生模样。他一脸无辜地面对我，一点儿也不觉得这话羞于出口。

小雨媳妇对这个也感兴趣，马上就是一副新闻发言人的样子。说这些天罕村可热闹了，总有人来找蓝芬问来生，问前世。蓝芬姐也像变了个人，过去她像个耙子一样长在地里，现在大门不出二门不迈。她盘腿坐在炕上，叼两尺长的大烟袋，那大烟袋锅是紫铜的，像蒜头那么大。她每天都不下炕，让扣子媳妇送吃送喝。过去都是蓝芬伺候那一家子人，现在倒过来了。

"扣子媳妇乐意？"我问。

小雨媳妇说："乐意着呢。那天有个老板来，甩手给了两千块钱。这得卖多少西瓜啊！"

"这个年头，她哪来的烟袋？"小伙子脑袋凑过来，刨根问底。

小雨媳妇说："听说是祖传的。扣子媳妇也不知道烟袋平时放在哪，关键是，过去蓝芬不吸烟。"

我想起了蓝芬家祖上是花子头儿出身，从东北带回来个女人，就叼长杆大烟袋。叼长杆大烟袋的人不能自己点火，因为够不着。她一装烟袋锅，点火的人就得在旁边伺候着。只有花子头儿家的女人有这待遇。

可按理，这些东西早就该进棺材了。

"蓝芬姐的身体没大碍吧？"我问。

小雨媳妇说："要说没大碍，也有大碍。她过去是红脸膛，现在却是白惨惨的。这样热的天，她裹一件大棉袄，连汗都不出。她家的厕所在外边，她出来进去低着头，走得比风还快。"

"是不是有啥附体了？"旁边有个女人见多识广。

小雨媳妇说："被附体的人得有邪骨头邪肉才行。蓝芬那么精壮，啥也附不上去。她一个人干几十亩地的活，顶几个好劳力。"

"她还管扣子两口子叫爸、妈？"我问。

"还有更邪性的呢。"小雨媳妇说，"她管瘫子叫刚头，夜里说啥也不让瘫子进门。瘫子成宿在院子里号，扣子两口子都求情，没用。"

我心中一动，这话倒有足够多的信息量。

罕村到了，小雨媳妇站起身，用身体护住座位，问我下不下车。如果我不下车，好把座位留给我。我略一迟疑，跟她下来了。我目前的状况就像俗语说的黄豆心、黑豆心，既想来罕村，又想回埧城。如果没遇见小雨媳妇，我可能真就回埧城了。下了车我才发现小雨媳妇穿高跟鞋，裙裤有些长，走路裹腿。我走两步就要等一等她，她像踩高跷一样。

"我表姐这几天输惨了，她啥也不想干，咋这没事业心呢？我告诉你，人光活着不行，就是得有事业心。"

小雨媳妇是在说自己有事业心，传销也算事业，这倒让我开了脑洞。我恍惚了一下，才想起她说的是我大嫂，她俩是表姐妹，当年是大嫂做的媒，她才嫁来罕村。那时两人关系很好，整天黏在一起，说婆婆的种种不是。后来，她们两家的父母出了状况，才老死不相往来。

大嫂每天都去打麻将，要穿过一条街，输赢全村人都知道。

几个老头在桥头下棋，跟我们招手。小雨媳妇抒情的时候，他们都能听到。

我想笑，却没敢笑出来。小雨媳妇挽住我的手，看了看前后，说："刚才车上人多，我没好意思说。有一天蓝芬骂你了。"我不习惯让她挽着，她的手很黏，像煮玉米一样发散着热气。我借故抽出了手，问蓝芬骂我什么。小雨媳妇有些不满，潦草地说，其实也不是骂你，她是骂彭蓉。

"她为啥说你是彭蓉？"

更小的时候，我跟蓝芬姐去采菜，要去很深的玉米地里。那年头，地里连草都不愿意长，家里的羊、兔子，生产队的大牲口小牲口，都靠青草养活。有一次，我割了一筐青草，卖了五分钱。蓝芬姐说我吃了亏，因为割的都是好草。蓝芬姐说，完全可以掺些大药、蒿子之类，只要是绿的就行。

跟着蓝芬姐采菜的有两三个或四个孩子，都是我的小伙伴。野草不好找，野菜更难找，所以要跑更深更远的地方。我们兜了好大一个圈子，刚钻进玉米地，就被护青的二驴盯上了。人起这样的名字，脾气会好么！我们事先有规定，只要有人追，不能往一起跑，要呈菊花状，散开了跑。可二驴不管小孩子，他只盯蓝芬姐一个人。蓝芬姐穿着蓝花上衣，臂弯里挎着篮子，在玉米地里风驰电掣。可再怎么努力也没有二驴跑得快，他是个四十多岁的壮汉。眼看就要追上了。蓝芬姐突然蹲下身，把裤子脱了，装解手。二驴刹不住闸，闯进另一垄玉米地，顺便蹚了个弯，往回跑。二驴是羞臊的，他还是个光棍。蓝芬姐顺顺当当提起篮子跟我们会合，把我们乐得呀。一是赞扬蓝芬姐有办法，也羡慕她到底是大女孩，若是我们假装"解手"，人家说不定会照我们屁股上给一巴掌。

说蓝芬姐是我们的偶像一点儿也不为过。那天我们都采了很多野菜，称得上满载而归。路上蓝芬姐告诉我们，她见过毛主席。吓了我们一大跳。在哪见的？原来，蓝芬姐去过北京的姑姑家，怎么那么巧，她坐公共汽车，上车的时候毛主席正好在车上坐着。毛主席亲切地问她是哪村的，她说是罕村的。毛主席说，我听说过罕村，罕村的乡亲们都还好吧？

我们听得热血沸腾。只是，我们算不算乡亲们？乡亲们是不是不包括小孩子？夕阳底下我们讨论得很热烈，蓝芬姐的小肉鼻子油光水滑，小浅麻子熠熠生辉。她是小团圆的肉乎脸，两只大眼很有神。蓝芬姐还是典型的黄毛头发，像个外国人。后来很多年，我才想起她家的祖奶奶从东北来，说不定有外国血统。

"小孩子也是罕村人，毛主席也问候了你们！"蓝芬姐就是这样可爱，她从不让我们失望。

童年的有关记忆就是这么多。知青下乡时，我们已经称得上少年了。特别是我，一边放羊一边看《红楼梦》。看完了一本书，只记住了一个尤二姐。因为我奶奶有块金子被蓝格子手绢包着，我特别想知道吞下去会不会死人。有一阵子走对角线去上学，连续几天人们都议论蓝芬姐。小赵从她家搬走后，她每天都去知青点，人家吃饺子，她跟着包，包完了就回家。她一个也吃不上。就这样，彭蓉仍对她有意见，到处散播有关她的谣言，说她夜里把脚伸进小赵的被窝里。蓝芬姐跟彭蓉的那场战斗，我们都是旁观者，知青宿舍外面就是长条坑，生着很多芦苇。两人从早晨一直打到天大黑。现在想一想，我们都够没良心的，因为在她和彭蓉之间，我们理应站在蓝芬姐一边，可当时的情境是，我们哪一边都不站，是纯粹的看客。放学回来，她们还在那里战斗，我们赶忙跑过去，把书包抱在怀里，看得津津有味。最后，她和彭蓉搂抱在一起，从坑沿上滚了下去。坑底下是割掉的芦苇，上面结一层冰，芦苇削尖的茬口就像剑一样直指天空。两人多亏穿着厚棉衣，否则会让那些"剑"扎得鲜血淋漓。

噢，这是我的想象。要是夏天衣衫单薄，也不会有削尖的芦苇。那时芦苇长得密不透风，人大概也滚不下去。

因为还有业务，小雨媳妇一进村就跟我分手了。她是这样说的："大黑顺的媳妇最近也开蒙了，愿意加入到我们的团队中来。干点啥都比你大嫂强，整天搓麻将，是正经人干的事情么？"我挥手跟她告别，愁肠百结地走进哥哥家，母亲在床上躺着。看见我，母亲紧张地问："你咋又来了？"

我在床边坐下。母亲的紧张传染给了我，我有点不好意思。我咋又来了呢？老实说，我也不是专门来看母亲，我还有别的事情，但我不愿意说，说了她也未必能懂。她八十四岁，年轻的时候七窍玲珑，现在变成了一根筋。

母亲回罕村是我送来的，母亲说，你们别老来看我，好像对你大嫂不放心似的。你大嫂也不愿意你们老来。

我大嫂说的？

是我猜的。

我叹息一声。这当中的馅儿，也遥远凝重得让人透不过气。

倒退三十年，父亲给弟弟盖了一层大房，分家的时候，明确给了弟弟，也明确要跟弟弟住到老。后来弟弟一家搬到了城里，父母也一并跟了去。弟弟一家做生意，每天早出晚归，父亲去世以后，母亲跟我住了几年，总抱怨家里没人，没伴儿，出去不认识路。她的心事我懂，她想回罕村了。可我懂又能如何？再早几年，母亲还不太老，我也抱怨过，当初咋就签了那样的协议，跟小儿子一直住到老，明明还有大儿子么。因为年轻，母亲振振有词，她觉得，自己干得动，跟谁住都不会成为负担。可两次大手术，让母亲元气大伤，身体迅速衰败了。就是因为还不太老，她能把心事藏在心里，表达得迂回，我可以装听不见。某一天，她活出感觉来了，大张旗鼓地说，我要回罕村！

我跟弟弟商量，把老宅收拾一下，请个保姆照顾母亲，真不是坏事。

可母亲是一个老传统，自家的钱，哪能轻易给别人，"我就住你大哥家，让他给我腾个屋，你把我送过去。"母亲给我下命令。

这个弯子转得有多难，谁都不能体会。我说出母亲的愿望时，羞得头都不敢抬。大哥，大少，息爷，现在只是个养猪的，行情不好，年复一年地赔。听见"人民的生活水平日益提高"就生气。嫂子的嘴就像把刀子，能把你割得一片一片的。

所以对这个世界母亲都毫无顾忌，可她顾忌大哥大嫂，也说明她还没老到不可救药。

"毕业证的事……有没有想起放在哪？"我还能说什么呢。

母亲又打开了百宝箱，徒劳地一点一点翻找。翻了几下，母亲有点扭捏，问我："你带钱了么？"

母亲从没主动跟我要过钱，每次给钱她都要反复推脱，有点本老太太不缺钱的豪迈。她的手上戴了四个金戒指，腕子上还有两个金镯子。我曾提议让她卸下两个，多沉。母亲不依。

"上次给了您五百，这才几天，这么快就花没了？"

母亲发愣，看着窗外。她可能以为我是在拒绝，脸上一点一点漾上来愁苦。吓了我一跳。窗外的一棵木槿今年没有发芽，每次看见它，我都会生出不祥来。

母亲摸摸衣兜。紫花的罩衫是她自己在埙城买的。母亲特别乐意自己买衣服，穿在身上是个成就。她站到穿衣镜前，认真地问我："穿上这身，我显得年轻么？""年轻！都快十八了。"我说。母亲笑得很愉悦。

"丢了？"我问。

"没丢。"母亲答。

我说："给大嫂了吧？"

我一猜就着。

母亲不好意思地说，不是我主动给，是她要的。好大个人，我总不能让她白张嘴。

我说，给她就对了。都是自家人，不给她给谁？

话是这样说，心里还是疼痛又无奈，一个整天战斗在牌桌上的人，大概身后得跟个印钞机才行。

"我去看看蓝芬姐。"点出几张钞票塞给母亲，母亲长出了一口气。"她说我是彭蓉，我要去问问，她为啥说我是彭蓉。"

这个理由真是不能再充分了。

"你不回来吃饭了？"母亲问得小心翼翼。

"不回来了。"我知道母亲担心。她怕大哥麻烦、破费。

母亲这下放松了，说："她对不起彭蓉。要不是因为她，彭蓉就不会上吊。"

陈年往事母亲都还记得。我说："彭蓉怀孕了，她做下了丑事。"

母亲说："要不是小赵不要彭蓉，彭蓉就不会做下丑事。"

嗨，这真是奇怪的逻辑。母亲的脑袋瓜怎么像抹油了，转得这么快。"彭蓉做下那么丑的事，能怪别人么？"我说。

"彭蓉在树上挂着，小赵跪在地上，抱着彭蓉哭，蓝芬上去拉开了小赵，把彭蓉的裤子扯了下来。彭蓉的肚子鼓出来了一个包，是孩子的脑袋。蓝芬指点着说，孽种，她怀的是孽种！她都没脸活着，你哭她干啥！"

"小赵从那儿就走了，再没回来。蓝芬疯了一阵子，就不疯了。"

我查看了一下母亲的药，降压的，降糖的，恢复脑细胞的，小学生考试一般问她各种药的吃法，母亲说得全对。我这才问，大哥呢？

母亲朝西屋指了指。说人家看电脑，一天一天也不理我。

我说，外面那么多老伙伴，您去找别人玩。

我站起身往外走。母亲说，甭告诉你大哥，省得他送你。

五

一辆斯太尔堵在街中心，我就知道响四回来了。响四跟扣子是一个祖爷爷，小时候我们一起玩，大家都要让着他。因为医生说，他是心脏病，活不过八岁。他打小就是个胖子，跑几步就喘得厉害，不停地说，我要死了，我要死了。结果，八岁那年他妈给他做了新衣服，想等死的时候穿，可他没死。十岁也没死，十八岁也没死。后来就娶了媳妇。

响四光着脊梁从院子里出来，一只手在胸脯上抹，两颗乳头像紫葡萄干一样。我问他啥时回来的，他说昨天晚上。"想夜里睡个踏实觉，就是睡不着。"我问他为啥睡不着，他说双全鬼哭狼嚎。我朝后看了看，双全跟扣子家不是紧邻，还隔着线板和小庄家。我问，双全咋了？响四说，他想去蓝芬的屋里睡觉，蓝芬不让他去。我说，蓝芬为啥不让他去？响四说，不知道。他们家的事，谁知道。

"蓝芬当双全是哥哥。"想起在水里被木头戳死的刚头，我觉得这是个解释。

"屁。"响四不屑。

"照你看呢?"我真是好奇。我从小就是个喜欢猜闷儿的，任何出谜的在我面前都无法逃遁，我磨死他（她）。"你回来以后有没有见到蓝芬姐?"

"见到了。她管我叫二叔，好像我爸还活着。我凑到近前，说睁开你美丽的大眼睛看看我是谁，我是不是响四? 蓝芬姐就笑了。"

"听说有人找她看来生前世?"

"都是吃饱了撑的。她要是能看，我也能看。"

一句话，说得我心里特别豁亮。到底是跑大车的，见多识广。我问他这次去哪出车了。他说去了内蒙古，在沙漠里走了三天，人影鬼影都不见。这太阳晒得，要把肥肉晒成油了——多亏我没有。他看了看自己的两个肩膀，冒紫铜似的光。小时候的一身肥膘都不见了踪影。我问他拉的啥，他说断桥铝。回来拉了一车纸，都不够过路费。接收货物时人家想少给一千块钱，"我把车就横在厂家门口，不给钱我就不走，他们报警了我也不怕"。

"后来呢?"

"一分钱都没少给我，还请我吃了一顿饭。"响四说得特别骄傲。

我竖了下大拇指，响四能干，还勇敢。一个人开车在沙漠里走，不是容易的事。他问我去干啥，我说想去看看蓝芬姐。他说看她干啥，疯疯癫癫的。

"她疯么？"我问。

"要不就是装疯。"他说。

"她说我是彭蓉，我想问问她为啥说我是彭蓉。"我也没有别的更好的理由。

"说你是王母娘娘也没啥稀奇。"响四说，"她打年轻的时候就云山雾罩。她和她妈，都心气儿太高。"

哦？这可听着新鲜。

"彭蓉不就是那个女知青么？"

我点头。

响四从裤兜里摸烟，抽出一支叼在嘴上，问我抽不抽，我急忙摆手。"若不是蓝芬出么蛾子，谁还记得那个吊死鬼。蓝芬年轻的时候一心想嫁到大城市，吃得好，穿得好，又有公园又有电影院。大城市是那样好嫁的？嫁不成就完了，找个踏实人好好过日子，现在也该儿女成群了。弄成现在这样装神弄鬼，怪谁？"

说石破天惊都不为过，我觉得，响四是在我头上敲开了一道缝，从里面嗖嗖往外冒风。

"可是，"我说，"她是死了又活了的。1925年，有一个叫塔哈拉·贝伊的埃及人……"我想复述赵老师的话，可我说不顺畅，只得闭了嘴。响四显然也不想听，他撇着嘴说，你不如我了解她，她就是装神弄鬼。

我不方便表态。

响四又说："要不是她妈死乞白赖，当年知青小赵也不会住她家，就不会生出那么多事端。彭蓉和小赵说不定会好好的，也不会有开追悼会的事，蓝芬就不会挨打，掉了三颗牙。你记得么？"

我摇摇头。

响四说，彭蓉死的时候留下了一个小本子，巴掌大，里面写的都是遗言。她当年原本可以不下乡，可为了跟小赵做伴，也报了名。她说跟蓝芬打的那一架，伤透了自尊，为了疗伤才想远走。可是，能走多远呢？去埧城学了三个月的医疗知识，很快又回来了。为了争取这个名额，她答应了色眯眯的支书老葛。原本想，回来就做个好赤脚医生，可大队办公室跟医疗室隔一道墙，老葛经常来骚扰。再没想到的是自己会怀孕，而又对怀孕毫无办法。想来想去无路可走，只得一死了之。

唉，那年月。

老葛当天就被公安抓走了。再回来已经是十几年以后了，人就剩一把骨头架子。邻居每天放双喇叭录音机，把他震得无处躲藏。他就一天一天去桥头坐着，背对着一群打牌或下棋的老头。当时彭蓉的父母提的唯一条件，就是要在罕村开个追悼会，所有的人都参加。这个条件不简单，所有的人，包括在外务工的、上学的。老师提前告诉我们，追悼会要奏哀乐，别忘记用手指蘸点唾沫抹眼皮。可我们站好队列，他们打起来了。彭蓉的父母和一个姐姐原来早有准备，他们就想在全村人面前打蓝芬姐，几个小伙子都拉不开。他们就是想打死她。

一辆帕斯特停在街口，司机摇下车窗，问蓝芬大仙在哪住。响四小声说："不告诉他。"

"到底是二哥哥还是爱哥哥呀？"暑假支农，我和六个同学跑到生产队找活计，队长让我们站成一排，说留俩个子高的，其余都回家逗蛐蛐去吧！

我和小文来到打麦场，管往机器跟前抱麦子。那不是个好活计，麦芒扎到脸上，又痒又疼。蓝芬管用三股叉挑花秸，那是机器的嘴里吐出来的，脱净了麦粒，花秸像鱼一样滑。她穿一条咖啡色的微喇裤，一双针织面的绿布鞋，有一点鞋跟。上身是一件水红格子的衬衣，大红的兜兜露出一个三角，上面绣一朵梅花。人们议论说，她就这一身好衣服，已经穿一春一夏了。

蓝芬第一天穿着来上工，简直惊艳啊！社员的裤子都是上宽下窄，提里秃噜，蓝芬的裤子大腿是紧的！大家围过来，问她衣服哪来的？蓝芬说大城市的百货大楼。大家就知道她去城里找过小赵，没有小赵，百货大楼的门朝哪边开蓝芬都未必知道。

"你见到小赵了？见到小赵的妈了？你管他妈叫啥？"

那双针织面的半高跟绿鞋子轮流在女人脚上试，有人总觉得地不平，在地上蹭。蹭完了才知道，原来不是地不平，是鞋跟不平。其实就是多出来那一块，若用现在的眼光，仍算平底鞋。但那时大家都觉得这已经是高跟了。

蓝芬喜欢大家跟她开玩笑。问她是二哥哥还是爱哥哥，蓝芬会羞红了脸，小肉鼻子上的几颗浅麻子蠢蠢欲动。蓝芬在我们队算好看的，但放到全村，就排不上号了。村里有文艺宣传队，那些大闺女在台上涂胭脂抹粉，才真叫俊。休息的时间大家都坐在一起聊天打牌，那些牌的图案和数字码都要磨没了，没有大王小王，就用烟盒纸画一下。

蓝芬姐总是独自坐在麦秸垛的阴影里，屁股底下坐着三股叉的杆，郁郁的。

"她又想小赵呢。"媳妇们说，"她和小赵能成么？"

有人说："能——成。"声音拉得长，一听就透着虚伪。

队里的马车从地里往场院拉麦捆子，小赵跟车。他原本是个瘦高个，下乡几年，更瘦了。颧骨凸出来，眼睛像大眼贼田鼠一样，布满辛苦的血丝。看见马车进场院，蓝芬赶紧舀一瓢凉水送过去，小赵喝完，用袖子抹嘴巴，两人要对半天眼，蓝芬才一跳一跳地往回走，像只青蛙一样。

这个情景一去不复返了。

眼下跟车的是另一个人，也像小赵一样瘦，但不是小赵。自从上冬的时候逃走，小赵就再没回来过。过了年，村里的知青都走了，有的连铺盖卷都没带。蓝芬姐的春天有多漫长，看那身衣服就知道了，有时候红格褂子上有一层白碱，她也不知道脱了洗洗。夏天这样热，她还穿着厚裤子。媳妇们说，那裤子脱下来能站着，就像铁打的一样。

她经常写信，也收信。有一天，她故意当着别人的面拆信，有个媳妇嘴快，说："你收到的信，字怎么也像你写的啊!"

蓝芬躬起腰背，"哇"的一声哭了。

蓝芬姐就像一个传奇，活在人们的嘴巴上。后来生产队散了，分田到户了，改革开放了，世道在变，人们都在变，蓝芬姐不变。起初也有人想给她做媒，或哪里做个填房，都被蓝芬姐骂跑了。蓝芬姐说那些人没好心，都是来害她的。后来人们就把蓝芬姐忘了，各忙各的营生，想不起还有一个没出嫁的人。扣子媳妇经常说这位大姑姐的种种不是，有洁癖，大冬天也要烧热水洗澡，又费柴又费煤。经常神秘地失踪两天，谁也不知道去干什么了。后来她生了个脑瘫儿子，被蓝芬姐一把屎一把尿地拉扯着，扣子媳妇也没个好言语。她就是那样的人，说话喜欢"横"着出来。她又承包了大片的西瓜地，蓝芬像驴一样地给她干活。蓝芬图个什么呢? 罕村的人都想不通。

大人的世界，小孩子看不懂。那个麦假我经常偷偷看发呆的蓝芬姐，我喜欢看她，她就像个谜面。她坐在麦秸垛下，蜡像一般毫无表情，可也显得深沉、孤傲，与众不同。她几乎没跟我说过话，也没见她跟任何人说过话，这跟早先不同。蓝芬姐原是个很喜欢说话的人，而现在，她简直成了哑巴。有时候，我凑近她，想跟她回忆当年带领我们看电影、采野菜的光辉历程，她假装解手吓退了护青的二驴。蓝芬姐的目光直直打过来，看你，又像没看你，眼神有些空茫，遥远而又隔膜。

说出来真够害臊的，我让蓝芬姐吓跑了。然后，我还想再见见蓝芬姐，看看她到底成了什么样子，死掉一回，摇身就变成了另外一个人，换成是你，你不好奇么？好奇心害死人啊！可就像你知道的，这不是件容易的事。过去任何人家的门子我都可以随便串，那时父母都还居住在老街，我便是个十足的老街人，推谁家的门都不犯怵。现在却需要理由，就像我回罕村需要理由一样。甚至，看母亲都不再是理由。如果我再发些酸，那就是，村庄已经不是我的，老街就更不是了。它们更像遗产，被别人继承了。那天我跟响四聊了许多话，听他讲跑大车的经历是件过瘾的事。这时我才知道，我好想跟人随便聊点什么。离开老街这些年，老街有了形而上的意味。后来谈话被响四媳妇打断了，她把我拉进院里。响四家到处干干净净，他媳妇是个能干的人。响四媳妇问我："那个长杆烟袋，最少也有一百年了，能算文物么？"她说的是蓝芬姐叼的那杆，我还没看到。响四痛斥媳妇说："动那心思干啥，有你啥事儿！"我清楚，响四多少有些好面子，觉得媳妇惦记人家的烟袋不体面。我不说话，响四媳妇也不说话。气氛有点闷，我借口往外走，响四媳妇嚷了句："那烟袋是祖上留下来的，要是值钱，也有我一份！"响四不耐烦地挥了下手，像轰鸡一样往回轰媳妇。他送我到大门外，说她这一辈子不容易，爱干啥干啥吧。

他说的是蓝芬姐。

在响四的注视下，我没好意思往北走。可我的心思都在北面的那条路上，两边是毛白杨，夏天有浓重的暗影。蓝芬姐穿一身蓝布衣服，头发挽成鸡蛋大的髻，肩上扛着一只镐，影人儿似的穿过来，上了大堤。这里是一个死角，轻易看不到人，人也看不到她。有时我在大堤上遛弯，能看到远处地里的一个黑点，知道那是蓝芬姐在匍匐着，拔草，或给瓜秧打蔓。那年第一次流行小西瓜，黄瓤，让扣子挣了大钱。村里人说，许多大老爷们都顶不上一个蓝芬，蓝芬把瓜园打理成了摇钱树。

可我从没走过去跟她说句话。我一个游手好闲的人，走过去干什么，看人干活？

六

顺着大堤朝南走，我又遇见了成果。他没事就在堤上转，查看鱼情。他的眼睛也像鱼的眼睛一样，鼓了出来，估计是鱼吃得太多了。夹鼻高耸，头发卷曲，他年轻的时候是个中看的人，曾经相过很多次亲，最后找了一个个子不高、脸盘也不俊的人。村里人教训不务实的孩子常说，你看看成果头！小名后面带个"头"字，也是风俗。可他的媳妇是出了名的能干，在村办企业打工，一天也不闲着。现在那些企业都黄了，她才赋闲在家。还有小雨媳妇，干活都是一把好手。那时村里有十多个企业，形成了良性循环。到底也没能循环下去，现在那些厂房都空着，被附近的人家轰进去几头猪。

成果说，又来瞅老太了？我说，又来了。他说，管管你大嫂吧，有一天输了好几百，又不是有钱人，那样还输得起？我说，你今天没捞鱼？他说总捞也没有，要等着远处的鱼朝这边游。我想起了河里贼绿的水，发散着一股腥气。那绿却不是好绿，黏稠得就像毛玻璃。我说，这水都不流动，鱼会游过来？成果说，水是死的，鱼是活的。说完这话，我们已经错开了几步的距离。我叨咕了一句，水是死的，鱼是活的，这话不能再对了。

十几个年老的或不太年老的女人都在大堤上坐着，有用马扎的，有用板凳的，也有像我母亲一样拿一块泡沫板，直接坐到土牛上的。两边粗壮的杨树遮出了浓厚的树荫，真是一个乘凉的好地方。微风习习从北面刮来，撩动着那些人的白发。三婶子二大娘都在人群里。她们有的比母亲年纪大，有的比母亲年纪小，可都比母亲身体好。所以她们能攀上那样高的堤，母亲却不能。母亲就是因为她们才执意回罕村，一趟一趟地往老街走。现实却是，母亲攀不了这样高的河堤，她被人群抛弃了。到了这个年龄我才发现，对于母亲来说，儿女不重要，能说话的人才重要。

母亲到老街找不到人，才回家。在床上躺着，抱怨哥哥跟她一句话也没有。

她们七嘴八舌跟我打招呼，说咋不吃饭走？咋不多陪陪老娘？我赔着笑脸说，还有事，得赶回去。但也不失时机地说，到我家去串门吧，我老娘想你们。那些人都摇头。说岁数大的人串门不招人待见。我就明白了，同时愈发为母亲的处境悲哀。谁都帮不上谁的忙，自己都帮不上自己。

母亲在我家，我到处给她找老伙伴，甚至想管人家饭，人家都不爱来。年纪轻的爱去广场跳舞，年纪大些的只要腿脚好，到处去接见骗子。

有一次，遇见一个拿小板凳的人，跟母亲的年龄差不多。我追上去，费了半天唇舌也没说动人家来串门。她说外面发鸡蛋呢，一个人俩，"看见我的板凳没有？就是准备排队坐着的"。

"昨夜双全把玻璃砸了。"两句寒暄以后，二大娘就把我忘了，她们倾着身子往一块凑，继续刚才的话题，"双全也哭，扣子两口子也求，让蓝芬开门，蓝芬就是不开。双全不是哭一宿两宿了，转眼有十多天了吧？"

三婶子说:"蓝芬装死那天是六月初六,今天都二十了。"

装死。我吃了一惊,悄悄停下了脚步,转到了一棵树旁。

二大娘说:"双全死猪心,扣子媳妇不死猪心。实在叫不开门,扣子媳妇回屋去睡觉了,双全用一块石头把玻璃砸了,想从窗户爬进去,被蓝芬推了下来。她家新盖的房子,窗台高,下面又是水泥地,双全摔得不轻,大腿都硌坏了。扣子媳妇骂了半宿,她现在不敢骂蓝芬,她骂双全。说双全就是坑人精,咋不早点掉河里淹死!"

三婶说:"这一家人。啧啧,这一家人。"

二大娘说:"今天一早就来了辆小汽车,想请蓝芬去看阴宅。蓝芬吧嗒着长杆烟袋说不出去。那人说,先生就在这里看,就在小岭子山后,那里是个山洼,前边有座水库。风水好不好?"

"她是千里眼?"说话的是侄媳妇,她长了个疤拉眼。男人前不久去世了,她才加入这个阵营。

三婶问:"蓝芬是咋回答的?"

二大娘说:"蓝芬闭上眼想了会儿,说那里是风水宝地,葬的时候要头朝北,脚朝南。那人说,一把骨灰,咋分得清头脚? 蓝芬说,匣子端在手里颠三下,重的那头是北,轻的那头是南。"

突然就都不说话了。我猜,是话题进行到这里犯忌了。二大娘抱了一下膀子,怕冷的样儿。她在这群人里年岁最大,八十七了。

疤拉眼住在街对面,她家其实比二大娘家离蓝芬家还近。她说:"要说扣子媳妇也够意思,一天三顿伺候蓝芬,蓝芬越来越事儿。菜不是咸了就是淡了,油不是多了就是少了。有时还发脾气,说扣子媳妇成心的。扣子媳妇过去哪受过这个气,她跟我说,我哪是她妈,她是我妈!"

三婶说:"她还叫?"

疤拉眼说:"她还叫。要不,扣子媳妇怕她?"

三婶说:"扣子媳妇真信她?"

疤拉眼说:"你们都不信,我信。蓝芬要不是成精,那些开小汽车的会来找她?"

二大娘哼了声,不同意疤拉眼的观点。她辈分小,年龄也小,没多少见识,观点不足以受重视。二大娘一手扶着地吃力地站起身,宽大的身形晃了晃,才站稳。二大娘用扇子扇了两下后背。"该吃饭了。"她竟自顾自地走了。

罕村大多数人都不信蓝芬,信的都是外边的人。"这消息传得比风都快,第二天就有人上门来找蓝芬。"这话是小雨说的。燕山大街是一条横街,栽种着许多大叶梧桐。我就是在树底下等车的时候看见了小雨。小雨汗流浃背,走得很快,边走边四下张望。小雨说,外面的人也不知道是怎么回事,竟然有上香的,就在扣子家门外的石头上,设了香案,纳头便拜。那是一个挂双拐的人,据说有天大的冤屈。蓝芬姐问他想问啥,他说问冤屈能不能昭雪。蓝芬姐说，能昭雪，你回家等着吧。那人就兴高采烈地走了。小雨进城来找媳妇，怎么那么巧，让我碰上了。碰见罕村任何人，我都会叙谈几句，何况是小雨。我拉小雨进了冷饮店，给他买了杯柠檬水。小雨喝了一口，皱着眉头说，这有啥好喝的，酸死个人。我说，那就来一杯咖啡？小雨高兴地说，好，我爱喝咖啡。

小雨黑红的脸膛放着油光，一口一口喝得特别庄重。小雨家在罕村是上等户，他父亲在采购股工作。计划经济年代，家家买煤买自行车都少不得求他父亲。后来他父亲去世了，小雨学了泥瓦匠，整天跟泥水打交道。小雨媳妇总嫌那些活计脏，年轻的时候分分合合的，没少闹离婚。婚没离了，小雨的技术倒是越来越精湛，现在统领一支小队伍，在左右邻村都有名。小雨媳妇干传销这些年，人显得光鲜，比同龄的村里女人年轻，就是不知道有没有挣钱，挣了多少。

我问他到哪里去找媳妇。他说就知道媳妇在埙城，具体在哪他也不知道。

我说，你没有给她打电话？

他说打了，媳妇的电话从昨晚一直关机。

我说，没有联系你就跑来找，这哪找得到。

小雨说，我来就是碰碰运气。这不一下就碰见了你。

我说，你有个大致方向也好，或者，有她朋友的电话问一问。对了，大黑顺的媳妇跟她有业务往来，她知道不知道？

小雨说，她不知道，已经问过了。

我问她这些年有没有赚钱。小雨说，赚啥钱，我挣的钱她倒填进去不少。

她是在搞事业。我想起来小雨媳妇的话，这话特别有力量。

我的电话响了。一看来电是大嫂，我让小雨等等，急忙走到了窗前。"喂？"

大嫂说，你有空回家一趟，扣子媳妇找你。其实也不是扣子媳妇找你，是蓝芬找你。这几天她总问，彭蓉呢？

大嫂话音未落，我就向小雨告了别。对于我来说，没有比回罕村更重要的事了，这回总算有了名正言顺的理由。我打了一辆车，直接回了家。母亲仍在床上躺着，坐起身来说，我又找了一遍，还是没找到你的毕业证。

我说，记性挺好嘛，还记得毕业证的事。别找了，让我拿城里去了。

母亲说，啥时拿的，我咋不知道？

我说几年前了，连我都忘了。

我确实忘了。不忘我就不会为了开证明跑到中学。人家大学生毕业以后回去称母校，各有一份荣光。我们这种乡办中学，可不好意思说什么。

我问，大嫂呢？

母亲说，她一分钟也不舍得耽搁，早上牌桌了。

我说我去扣子家看看。母亲出溜下床，对着镜子抿头发，说我也去。

其实我不想母亲去。这里离老街足有一里地，母亲走到那里需要老鼻子工夫。

母亲也像成精了，说你走你的，我不累赘你。

七

响四家、线板家、小庄家的门都关着。都是一种拒绝的姿态。是这里经常有外人出入，让他们警惕了。这是我的理解，因为在村里，白天家里有人的话就不关门，这也是风俗。告诉过往的人家里有人很重要，跟宅院不能空太久是一个道理。我正瞎琢磨，疤拉眼匆匆朝我走来，她是从扣子家出来的。她年龄大，却要叫我一声姑，我是萝卜小长在了辈儿上。她的丈夫，我称作大侄子的人，是改革的弄潮儿。在村里第一个办厂，用机器织松紧带，赔了。养蚯蚓，赔了。养雕，赔了。用麦秸秆编绿色环保草帽，又赔了。总之他干啥都不合时宜，人送外号老赔，抑郁了很多年，勉强活到了六十九岁。死的时候左邻右舍都放炮，把他崩远点。不是讨厌他，是在崩霉运。

疤拉眼是个矮个子，两条腿像风车一样快，年老还能有两条好腿，真让人羡慕。她说："二姑可算来了，蓝芬这两天总闹，不吃不喝，非要找彭蓉。扣子媳妇说，上哪去找彭蓉，彭蓉早死了，是个吊死鬼。她是大吊死鬼，肚子里还有一个小吊死鬼。扣子媳妇正在扫地，一个没提防，蓝芬胳膊抡圆了打了扣子媳妇一烟袋，脑袋瓜差点被敲漏了。"我问这是啥时候的事，疤拉眼说，就是前几天……现在扣子媳妇说起来，还眼泪汪汪呢。"她蛮横惯了，哪受得了这般委屈。这要是过去……"疤拉眼贼眉鼠眼起来，没往下说，可她的眼神里明显还有内容。蓝芬姐可是好脾气的人呐，怎么变成了这样？我问，扣子呢？她说扣子去地里了。地里的草长老高，过去蓝芬姐拾掇，一个草刺都不长，现在草能没脚脖子。我说，双全那孩子咋样？疤拉眼看看线板家的门，确定没人偷听，才小声说："双全可不是孩子，他也是个男子汉。有一天他把蓝芬的门锁弄坏了，夜里闯了进去。蓝芬早有防备，用一把剪刀把他逼了出来。双全又哭闹了多半宿，我们家听得真真的。蓝芬咋还那样，嫡亲的侄子，想进就进去呗。"她拖着声调说。

　　我起鸡皮疙瘩了。我摸了下手臂，细细麻麻都是带尖的小鼓包。我觉得侄媳妇的话有两层意思，表面一层意思，内里还有一层意思。乡间很多人都喜欢这样讲话。有个成语叫声东击西。她未必知道这个成语，但她能解构这样的成语，那都是有语言天赋的人。蓝芬姐使用暴力了，不单对扣子媳妇，还对自己一手带大的侄子。这是几层意思?

"蓝芬姐为什么要那样?"我问得徒劳。

"谁知道呢?谁都不知道,问她她也不说。问双全,他说他就想跟姑睡,不跟别人。"

"二十几年的习惯,不容易改。"我说。

"他也就七八岁孩子的智商,"疤拉眼小声说,"可身体成人了。"

门口果然有香案,是在石头上放一个白托盘,小香炉只有苹果大,插着红、蓝、粉三色香。但那香只剩下寸把长,只有这三根。墙上贴一张画,是手绘观音像,戴一顶奇怪的帽子,长一只小肉鼻子,这活脱脱就是蓝芬姐呀。院子里,双全靠墙根斜倚着,扭曲的脸,瘦骨嶙峋。右眼吊上了眉梢,不时朝空中翻一下白眼。鼻子挺括,嘴唇鲜红。若不是脑瘫,真是个俊小伙。他的两条腿就那样恣意地叉开,我无意中朝那里看了一眼,莫名有些心悸。"脑瘫患者有性功能么?"我想起那条百度搜索,有四千多条答案备选。第一条这样回答:脑瘫不具有遗传性,检查生育能力健全,从医学上来说男脑瘫病人可以生育,是可以要孩子的。

他斜起眼仁看我,神情中满是傲慢和挑衅。也许过去就是这副神情,只是我没意识到。

我叫了他一声。他梗起脖子不屑一顾,我才知道那些傲慢和挑衅不是我心里生出来的。

我的心抽搐一下，便有些寒噤。想到蓝芬姐把他从小揣到怀里、裤兜里，在一个被筒里从小滚到大，要付出多少艰辛。事到如今，蓝芬姐肯定是无路可退亦无路可走，才会让他整夜干号。脑瘫大概也分等级，像双全这样，显然不适合成亲要孩子。能成亲要孩子的，大概智商和身体都不受太大影响。平展的水泥地面像汪着水，水里游动着许多蝌蚪。我跟谁都没有说起过，我曾经做梦梦到了蓝芬姐，她在树上挂着，裤子退到了大腿根，肚子像扣着一只大瓢，圆鼓鼓的，像白十沟的甜瓜一样爬满了纹路。许多人指指点点，说蓝芬姐怀孕了，马上就要为小赵生儿子了。

醒来后，我惊出了一身的冷汗。那挂在树上的明明是彭蓉，可就是长了张蓝芬姐的脸。那年我只有十二三岁。

扣子媳妇迎了出来，她微微有些驼背，瓜子脸蜡黄，一副心力交瘁的模样。她原本也不是个丑女人，双全就随了她。是跋扈的性格改变了她的样貌，使她凭空生出几分恶相。眼下那几分恶相被扫平了，变得低眉顺眼。她叨叨说，我这辈子就是受罪的命，你看着吧，早晚有一天我会死在蓝芬前边。我说，蓝芬姐当真认不出人？她说，认不出。为了彭蓉的事你瞧我挨的打。她把脑袋伸过来，用手扒开花白的头发给我看，那里果然有个栗子大的包。我说，听说她给你挣钱了。扣子媳妇烦躁地说，哪有几个给钱的，那天有个人拉来五个西瓜，我说我家里就是种瓜的，会缺瓜吃？我问门口上的香是怎么回事。话一出唇，才想起小雨曾给过说法，那是一个含了天大冤屈的人。我的记忆力真是越来越差了。可扣子媳妇说，是一个丢了老婆的疯汉，我越不让他摆他越摆，不让在屋里摆就在院外摆。我问蓝芬姐能帮他找人么？扣子媳妇说，不能，蓝芬能管死人的事，管不了活人。我看了扣子媳妇一眼，满脑袋花白的头发，脸上都是愁苦，眉宇间皱出一个坑。她真是一个不幸的女人。年轻的时候被骗婚，生下脑瘫儿子，眼下又面对这样的事，搁谁也不容易。进门之前，我拉了她一把，小声说，蓝芬姐真能办死人的事？她却没有降下音量，响声说，她能！她啥都能！明显有怨气。顿了顿，扣子媳妇压低声音说，好不容易把你盼来了，她说你是谁你就是谁，千万别反驳她。我问为什么。扣子媳妇说小心她出手打你。话音未落，里屋传来一声："彭蓉来了？"

　　我起了一身鸡皮疙瘩。这声音分明不是蓝芬姐的，有一种冰冷咸湿的味道，而且，带着明显的城市口音。罕村的口音是没有二音这个音节的。我轻轻挑开门帘，蓝芬姐朝东盘腿坐着，身上披一件蓝棉袄。袄袖是绒线的，有斑斑油渍，一看就是很多年前的。头上扣一顶灰色的绒线帽，帽顶拴个绒线球，都泛着一种古旧的颜色。传说中的长杆烟袋终于得见，蓝芬姐吧嗒两下嘴，却不见有烟出来。我扫了一眼炕上，没有烟簸箩，没有磕烟灰的地方，也不见有火机或火柴。这都跟我小时候的记忆不一样。对，烟袋杆上还要吊一只烟荷包。这才像一个抽烟的人。紫铜烟袋锅里也没有烟灰，我突然想伸手摸一摸凉热，没敢，我怕她也朝我的脑袋抢一下。这可得不偿失。蓝芬姐冷冷地看着我，说你好难请啊。我吃惊地指着自己的鼻子说，你说我？蓝芬姐怕冷似的揎了下袄袖，扭头看着门帘说，别像贼一样在那儿藏着，想进就进来。

有脚步声离开了。

蓝芬姐说，孩子呢？

我不知道她说的是谁的孩子，想了想，我说，出国了。

蓝芬姐说，是出太平洋还是大西洋？

我险些笑出声，难得从她嘴里蹦出这种词。我说她哪个洋也没出，她去泰国喂大象了。

蓝芬姐低头默想了会儿，说让我看看你的手。

我踌躇一下，还是伸了过去。我想让她摸，好感受她的体温。又怕她摸我，我怕她的手往我的手背上一搭，就有意料之外的事发生。仿佛我们之间隔着一条河，我或是落水，或是到达她的岸上，都是恐怖的事。我不知道她此刻在扮演什么角色，她脸色苍白，嘴唇不停地抖。穿了那么多，却氤氲着一层寒气。

可她用右手的拇指去摁烟袋锅，左手从下方托着，烟嘴含在嘴里，这让她打开了两只手臂却顾不上我。这个动作真是很经典，看得我又亲切又感动。可这动作明明只是虚晃一招，像演小品一样。棉袄从肩上滑落，我给她往上抻了抻。

"看样子没受苦，还是细皮嫩肉。有个手艺就比没有强，还是给别人打针？"

我愣了一下，"啥？"

她提高声音说："葛鸿儒是个王八蛋，我要是知道是他欺负你，做鬼也不会放过他。"

我吃了一惊。葛鸿儒就是那个支书，是他让彭蓉怀了孕，眼下已经死十多年了，人们都忘了他曾经坐牢的事。倒退多少年，他完全可以收下彭蓉养着她们母子，罕村人都这样说。他除了年纪大些，也没啥毛病。可那个知青妹子宁可上吊也不跟他在一起，哎呀呀，那你何苦怀孕呢？大家都说，老葛吃了个哑巴亏。谁想到那个女知青写日记，让老葛一跤栽进牢里。若不写，这就该是个无头案，罕村人做梦也不会往支书头上猜。彭蓉起初一点儿麻烦也没给他找，自己在土乒乓球台子上跳来跳去。实在不能流产，只得用一根绳子上了吊。如果不是留下了日记，谁也不会想到是葛鸿儒那个半大老头子。那年他都五十六了，年轻时死了媳妇，苦熬苦挣了多半辈子，给人的印象特别传统特别正派。

她认定了我是彭蓉。她为什么认定我是彭蓉？我细细端详她的眉眼，她始终眼皮子耷拉着，并没有怎样认真看我。在她接触的人中，我是外人。只有我是外人，我这样琢磨。那么，是我的外来人身份让她觉得可以利用？"给别人打针是手艺，"她嘟囔，"怀揣千金都不如手艺在身。"

这话都是我小时候常听人说的。她抽动一下小肉鼻子，那几颗浅麻子相跟着跳动，看上去特别有趣。

"我不是彭蓉。"我想看她的反应。我把扣子媳妇的叮嘱忘了。

"你是。"她一口咬定，"别以为我不认识你。"

"你希望我是吧？"我心里忽然一动。

蓝芬姐咯咯地笑，一口细碎的芝麻牙跟她的年龄很不相称，她"呸"地吐了口唾沫。还好，那唾沫落到了地上。我暗暗一惊，想，她人老了，可她的牙齿还年轻。她为什么有那么年轻的一口牙齿？

"烧成灰我也认识你。"她正色，丝毫也不含恶意。

"蓝芬姐。"我低低地叫了一声。

她的腮帮子瘪下去两个坑，嘴唇噘成一朵喇叭花。那烟袋更像道具，奇怪的是，那道具她使用得相当纯熟。蓝芬说："选上调你别走，我留在罕村陪着你。"

我的心一点一点凉了。蓝芬姐的样子不像带仙气，倒像是神经。

"陪着彭蓉？"

"你。"

"我是活着还是死了？"我有点让蓝芬姐闹糊涂了。

"你不上吊就是活着。"她在炕沿上假装磕烟灰。

我心里有了底。我觉得，眼下她就是个拎不清的蓝芬姐。我指了指窗外，说你为啥不让双全进来睡觉，让他一宿一宿地哭？蓝芬姐突然紧张了，神秘地说，我这话只对你说，他们说脏话。我不能让他们说脏话，我得避嫌。

　　"避啥嫌？"

　　"他是男的。"

　　"他一直都是男的。"

　　"他一会儿是刚头，一会儿是双全，我跟谁都得避嫌。你说是不？"

　　"你还打了扣子媳妇，把她脑袋敲出了鸡蛋大的包。"我直视着蓝芬姐，若真当扣子媳妇是妈，会打她？

　　"哼哼，她欠揍。嘴上从来不留德性。她说你是大吊死鬼，你孩子是小吊死鬼。你哪是吊死鬼？你孩子不是出国去喂大象了么？"

　　我心说，这可能是眼下蓝芬姐希冀的。顺着这个方向想，几乎能找到问题的症结。可毕竟已经时过境迁了。几十年过去了，往事不可能再回来走一遭，就像人不能两次迈进同一条河流。

　　"可彭蓉确实是上吊了。"我这个时候有点想以毒攻毒，我想把蓝芬姐从那种虚妄中扯出来。你该是谁是谁，该是什么就是什么，这种移花接木的戏法不好玩，凭啥当我是彭蓉，这让我不甘心。"就在长条坑的歪脖榆树上，你还在那里跟她打过一架，从早晨我们上学一直打到天黑放学。"我还想起了彭蓉上吊蓝芬姐一把扯掉了她的裤子，指点着她肚子上的鼓包——当然这些我不会说。

蓝芬的喉咙里像打嗝一样"嗝喽"一声，身子一歪，突然躺倒了。

我才发现最重要的事情还没问，她喊我，不，喊彭蓉来，所为何事？或者，她只为了看一眼彭蓉的手，再骂一通葛鸿儒？

八

城市的夜晚越来越像庄稼地，飞着数不清的萤火虫。从一家KTV出来，我抱着一棵白蜡树呕出了眼泪。我跟人打赌喝啤酒，输了就唱一首歌。我有一首歌是自己写的，叫《回不去》。我没有唱下去，喝了一瓶啤酒。

我发现，啥也回不去了，包括故乡。

我回不去跟别人回不去不是一个概念。别人回不去是因为没有亲人了，或没有屋舍了。我回不去是因为自己羞惭，我怎么越来越觉得自己是个尴尬人呢！

我好长时间都无地自容。就因为我说了蓝芬姐跟彭蓉打架的事，蓝芬就"嗝喽"一声，背过气了。她从那时就垮了精神，人整天昏睡，像得了嗜睡症一样。好在双全又能回屋睡觉了。没有他的哭叫，这一方区域的夜晚显得特别安静。那天扣子媳妇告诉我千万别反驳蓝芬姐，她说我是谁我就是谁，可我没太当回事。或者，我不愿意当回事。凭什么她说我是谁我就是谁？我可没有那样好的耐心。事后一想，我确实有一点进攻的姿态，我应该像别人一样问问今生前世，看她怎么说。

过去有人说我的前世是男性，是个威武大将军。让蓝芬姐说，想必也是十分有趣的。

有一天，嫂子给我打电话，怒气冲冲地说，你快把妈接走，罕村人都让你们得罪光了！

我问母亲犯了什么错，嫂子气急败坏地说，她整天说些陈谷子烂芝麻的事，在家里说，在外也说，一点儿都不知道避嫌。我说，她八十四了，能说就已经不错了，为啥要避嫌？

嫂子说，她说王家跟蓝家有世仇。我说，王家和蓝家是有仇，她说得没错。这是上两辈的事情。那才真是陈年旧事，我的二爷爷，应该是母亲的叔公，引诱了蓝家的一个媳妇，两人丑事败露，双双坠河，那媳妇已经怀了婴儿。所以我们家从不吃河里的鱼虾，也反对别人吃。谁知道那河里的鱼虾是啥变的？所以母亲看见成果捞鱼捞虾就气哼哼的。

"也不是啥好事，整天挂嘴边上，她不嫌丢人我嫌丢人。"大嫂不嚷了，但说起来咬牙切齿。

我深刻理解婆婆与儿媳妇不睦又要被迫住在一个屋檐下的感

受。关键是，从没住在一起，婆婆从天而降，不是悲剧，也是悲剧。倒退几年，母亲不肯回来，她好面子。现在肯回来，是母亲已经有些拎不清了。她忘记了自己年轻时做的承诺。她两年前开始小脑萎缩，行动越来越迟缓，可说话越来越锋利。

她只剩下行使语言的权利了。

蓝家的人当着她的面指责我的时候，母亲不知道怎样为我辩护才好。母亲的意思是，就因为两家有仇，蓝芬姐才不放过我，一再说我是那个吊死鬼。而我一旦不想当吊死鬼，蓝芬姐就装死，吓唬人。

真实的情况怎么可能是这样。用脚后跟想，都不可能是这样的结论。

过去有一个说法叫血蒙了心。是个形容词，若是当名词用，就是一种病。估计就像蓝芬姐那样。

放下电话，我就开车回了罕村。因为是正午，街上空无一人。我拉着母亲出来了。母亲坐副驾驶，小小的瘦瘦的一团，耳朵很大，让金耳环衬得更大了。我们兄弟姐妹几个，谁也没有长母亲这样好的五官，精致，福相。母亲是个有福气的人。

母亲一路都是闷闷的。我最怕听她说在罕村没待够之类的话。好在她没说。过了好久，母亲叹了口气，说蓝芬活不长。

我看了她一眼，问她咋知道。

母亲说，她想死。

你叫不醒一个装睡的人。想起网上流行的这句话，我心说，同理。

小雨有时候会来我的办公室坐一坐，歇歇腿脚，找口水喝。这天是处暑，炎热退去，干湿交接，同事都在谈冬瓜薏米老鸭汤，润肺，健脾，祛湿。这是网上学来的经验，也有人说，老鸭汤里煮薏米，听着不合药性。开放的时代，我们都听互联网的。否则，去哪找又润又健又祛的三大法宝？小雨像听天书一样听了会儿，插嘴说，我家有一只老鸭，八年了，下次给你拿来。我赶忙说，你还是先找媳妇吧，找到以后炖汤给她喝。

小雨媳妇总往埙城跑，是个把传销当事业干的人。这些年，市面上流传的传销产品没有她不参与的。政府一直在打击，但传销事业一直很蓬勃。只不过从地上转入了地下，也许这也是小雨媳妇消失的理由。在村里，一说"小雨媳妇来了"，能吓跑一千人。不知什么时候她开始不回家了，然后就没了踪影。小雨把手底下的工程让给了人，专门找媳妇。小雨说，媳妇来埙城了，他就在埙城找。我私下纳闷，挺大一个活人，也老大不小了，不年轻，手里没钱，不会有人劫财劫色，怎么就说没影就没影了？

罕村的人和事，我在心里都是个惦记。有一天早晨，听人说周河公园的树丛里发现一具女尸，我比警察跑得还快，抢先看了一眼。没看之前一口气总提着，看了以后就彻底放下了。那是一个苍老、干瘪的妇人，与小雨媳妇的时尚不搭界。这样的事情我没告诉小雨，但小雨似乎有预感，他经常说，媳妇也许回不来了。

我给小雨泡了杯菊花茶，加了几块冰糖。说是酷暑过去了，空气却更加湿热和潮闷。昨晚一场大雨，地上到处都是虫子的尸骸。小雨问，你这段时间怎么没回罕村？我能说别的么？我说我懒。散步从不带钥匙和手机，口袋里装个硬币也嫌沉。小雨嘲笑说，你们这些公家人，身子都待废了。是的。办公室五个男人，胖得虚胖，瘦得就像小柴公鸡，没有哪个像小雨那样长四方肩膀，人像铁塔一样坐实。坐实又如何呢，还不是丢老婆。而我们办公室的五个男人一个老婆也没丢。我把空调打开，清凉的风一缕一缕往外送，小雨待了片刻，问："蓝芬姐死的事，你知道么？"

是扣子早起下地干活看见树上挂着一个布袋，就在房后那片毛白杨的地里。走近一看才发现是个人。离地面很高，那个树枝还不如小孩胳膊粗。杨树是最脆裂的树种，按理，难以承受百十斤的重量。蓝芬姐就像荡秋千似的，在树梢上一晃，一晃。她是怎么把自己挂上去的？罕村人集体开动脑筋，也没研究出所以然。

奇怪的是，双全突然安静了。他跪在蓝芬姐的脚下磕了三个头，从始至终也没有哭闹。他像大人一样返回屋里，从柜子里端出一个小木箱，打开，里面都是车票。火车票，汽车票，一捆一捆，一扎一扎，从许多年前到最近，都是去T市的。扣子媳妇当时就傻了眼。她知道蓝芬姐插花会失踪两天，但从来也没问她去干什么。她问双全，这些车票是哪来的。双全说，是姑姑用过的。扣子媳妇一屁股坐下来，不停地问，她去T市干啥？

有人忽而想起，T市有小赵。当年蓝芬姐去过小赵家，回来穿高跟鞋，喇叭裤，是小赵在百货大楼买的。蓝芬姐年轻的时候就喜欢叫"爱哥哥"，她原本是个发音清楚的人。

只是，这遥远的一点儿记忆，能说明什么？

诡异的是，那些车票有些是双份的。比如，蓝芬独自去T市，回来却是两个人。因为有相同的两张一模一样的车票。

为啥？

为啥？

我心中有些酸涩。这样一个蓝芬带走了所有的谜，关键是，没有人关心这个谜面和谜底。流言比雨后的蚱蜢还多，但没人关心蓝芬这个人。我问，大黑顺有没有带人去吹响器？小雨说没有，他来晚了。

2021年5月28日星期五